CIUDAD TÓXICA

Orlando Llath Sánchez

Reservados todos los derechos. No se permite la reproducción total o parcial de esta obra, ni su incorporación a un sistema informático, ni su transmisión en cualquier forma o por cualquier medio (electrónico, mecánico, fotocopia, grabación u otros) sin autorización previa y por escrito de los titulares del copyright. La infracción de dichos derechos puede constituir un delito contra la propiedad intelectual.

El contenido de esta obra es responsabilidad del autor y no refleja necesariamente las opiniones de la casa editora.

Publicado por Ibukku
www.ibukku.com
Diseño y maquetación: Índigo Estudio Gráfico
Copyright © 2020 Orlando Llath Sánchez
ISBN Paperback: 978-1-64086-540-2
ISBN eBook: 978-1-64086-541-9

EOBARD GORDON

Llovía a cántaros, el golpeteo de las gotas contra el pavimento era tan intenso como los sonidos de los motores y bocinas de los carros atascados en el tráfico, pero el olor a petricor no era lo suficientemente fuerte para ocultar el hedor del esmog; a gasolina e inmundicia: el perfume inconfundible de la ciudad.

Eobard caminaba por la acera a paso calmado. Llevaba una gabardina negra, camisa blanca, corbata a medio arreglar acompañada de unos mocasines negros, su color favorito. Sus manos se congelaban por el frio. Se cubría de la lluvia con aquel viejo paraguas que compró hace más de siete años.

Tenía el décimo cigarro en la boca ¡y apenas eran las once de la mañana!, un vicio heredado por un viejo amigo. A pesar del veneno que consumía a diario se conservaba muy joven: era alto, de cabello revoltoso con ondas que parecían no tener ni inicio ni final, el cual el viento era su más jurado enemigo ya que nunca lo dejaba descansar, ojos negros que a la hora correcta brillaban como una piedra preciosa, poseía pocas cejas algo heredado directamente por su madre, aunque sus brazos y piernas contaban con tanto pelo que cualquier insecto que se posara sobre él se perdería en la inmensa selva que estos creaban.

Debido a todo esto sus amigos le bromeaban diciéndole, que, si se vistiera más informal, podría hacerse pasar por adolescente. Eobard solo se reía de aquellos comentarios, no los tomaba en serio casi nada se lo tomaba en serio, esa actitud despreocupada llegó para quedarse después de aquel altercado que pasó varios años atrás el cual había hecho un esfuerzo monumental para olvidar.

Tuvo que salir corriendo de la oficina cuando lo llamaron por un caso muy importante.

—Es aquí —exclamó—. Calle *Kluvoot* numero 25-40 en el distrito *Northbell*: un rústico, pero llamativo edificio de diez pisos que tenía cierta historia detrás. Pero en estos días que circulaban funcionaba como un gigantesco parqueadero de coches.

—¿Qué será tan importante para que Vanessa viniera a joderme tan temprano? —se preguntó. Tiró la colilla de cigarrillo, cerró su sombrilla y entró a la primera planta del edificio: un pasillo largo y vacío, que contaba solamente con cuatro puertas de elevadores justo en el fondo. El aire se sentía frio y reciclado proveniente de un gran ventilador ubicado en el centro del techo, las manchas que estaban en las paredes le daban cierto estilo al vestíbulo. Para Eobard fue extraña la ausencia de fuerza policial tanto afuera como adentro—. ¿Por qué no hay nadie?, ¿no se supone que esto es una escena del crimen? —caminó a través del pasillo hasta llegar al elevador central: En total eran cuatro, servían para acceder a los pisos superiores. Lastimosamente, en ese momento, solo uno estaba en funcionamiento.

Eobard presionó el botón y esperó a que bajara recostando su paraguas en la pared, lo dejó ahí para que se secara. Introdujo su mano en el bolsillo de su gabardina para tomar un nuevo cigarro—¿qué? —exclamó al sentir algo en sus bolsillos—, ¿qué es esto? —echó un vistazo a los dedos de su mano con la que presionó aquel botón, una pegajosa y oscura sustancia se adhería a sus huellas, se lo llevó a la nariz para olfatearla.

—Esto, esto es sangre, pero de donde. —Miró a su alrededor hasta descubrir de dónde provenía la sustancia—. ¡El botón! —clamó al reconocer que aquel líquido seco provenía del panel de control—. ¿Qué mierda...? —se aproximó para ver la mancha más de cerca cuando— "PIM"—la señal del elevador, la cabina había llegado finalmente. Dudoso de proseguir, las puertas se abrieron—. ¡Maldición! —exclamó al ver en el interior del ascensor, una decoración que hacía un contraste con todo lo que había visto en la mañana, las manchas de sangre en cada rincón, justo en el piso, un montículo de partes humanas, hacían una oda a los rituales paganos de innumerables culturas de la antigüedad y con un agregado que seguro era el toque personal del creador de tan traumática obra: tres cabezas humanas sobre aquella montaña, alrededor de aquella monstruosidad, pequeños letreros amarillos marcando la escena del crimen.

—Maldita sea, ¿qué carajos pasó aquí? —el cigarro que apretaba ligeramente con sus labios cayó al suelo debido a la sorpresa. Eobard en sus años de trabajo nunca había presenciado una escena tan macabra como esta—. Maldición, y los otros elevadores no sirven. —Dudando de sus acciones el detective entró delicadamente en la horrible escena. Movía sus pies con tanta finura que parecían los de una bailarina de ballet, intentaba no dañar la escena del crimen, sacó un pañuelo del bolsillo trasero de su pantalón y lo colocó en su nariz y boca para no inhalar el característico hedor de la carne y vísceras.

—¿Cuál era el bendito número? Vamos, Eobard piensa. —El shock causado por la escena en la que de una extraña forma ahora era parte le hicieron olvidar los datos claves de aquella conversación que tuvo en la mañana con la capitana, de todas formas, no le prestó mucha atención—. Cual era el número… ¡nueve! Si ese es. —Eobard presionó delicadamente el botón del piso al que iba en el panel de comandos, las puertas se cerraron y el elevador empezó a subir.

—Más rápido basura. Sube de una vez —dijo con un feroz grito en el que tuvo que tragar aquel aire impregnado de sangre, intentaba mirar hacia arriba para no ver el carnaval de vísceras a sus pies. El elevador se detuvo arribando a su destino, las puertas se abrieron y Eobard se dio cuenta de que hoy iba a tener un día largo—. Mierda —exclamó al ver la cantidad de personal en el piso, era incontable, forenses examinando la escena del crimen dispersados por todo el lugar. Policías revisando cada escondrijo, fotógrafos y técnicos analizando cada rincón. Observó a su alrededor pedazos de cuerpos esparcidos por el suelo, extremidades y otras partes desmembradas, el piso de concreto viejo y dañado por el paso del tiempo en el que innumerables pies habían deteriorado la capa del pavimento, ahora se encontraba recubierta por sangre coagulada la cual durante el tiempo que vivía en un estado líquido se mezcló con diversos materiales que quien sabe Dios de donde provenían—. Esto si que va a estar bueno.—Salió escopetado de la cabina, tomó un cigarro del bolsillo de su pantalón para volver a fumar.

—¡Detective Eobard por aquí! —escuchó una voz femenina que no era nueva para él.

—¿Vanessa? —dijo mientras trataba de ubicar de dónde provenía. Conocía la dueña de tan particular voz desde hace unos dos años, una mujer con la que siempre tenía altercados debido al choque de sus personalidades.

—Capitana D'wolves para ti —exclamó ella. Vanessa era madura con un cuerpo que seguramente se debió ver más agraciado en su juventud, una mujer que se propuso metas diferentes a las de una mujer tradicional. Muchos la tenían en un concepto algo exagerado: insultos y apodos volaban alrededor de su coronilla, pero ella los espantaba como si de moscas se trataran, ella venia solamente a cumplir con su trabajo no a hacer amigos—. No se fuma en una escena de un crimen. —Tomó entre sus dedos el cigarro de la boca del detective, caminó hasta el balcón del piso y lo arrojó.

—Un gusto verla hoy —dijo Eobard tratando de actuar lo más seriamente posible, pero para alguien como él esto era muy difícil—. Se ve tan elegante como siempre.

—No estoy de humor para tus estupideces. —La mujer se dispuso a recorrer junto al detective el piso del parqueadero.

—¿Qué pasó aquí?

—No sabemos nada —respondió la capitana—, cerca de las ocho de la mañana recibimos una llamada diciendo que ocurrió un <<accidente>> en la Calle *Kluvoot* numero 25-40 del distrito *Northbell,* no dijo nada más.

—¿Tienen idea quien llamó?

—Ni idea, no dijo su nombre y la llamada fue hecha desde un teléfono público. —Vanessa atravesó una cinta policial que marcaba el área donde yacía un grupo de torsos y muñones. El detective echó un rápido vistazo dándose cuenta en qué estado se hallaban aquellos cuerpos, a los cuales les habían cortado sus extremidades. Haciendo una rápida deducción, asoció aquellos torsos con los brazos y piernas que vio en el ascensor. El forense, que tomaba fotos a los cadáveres, le dio un poco de espacio al detective y a la capitana.

—¿Cuántos cuerpos han encontrado? —preguntó Eobard, mientras se acercaba al resto de partes humanas.

—En este piso, cuatro, pero aún nos falta confirmar ese número debido a que hay más cuerpos en los pisos inferiores.

Eobard tomó un par de guantes que estaban en el interior de su gabardina. El pleno roce de sus dedos cubiertos con la piel del cadáver embutió por todo su cuerpo una energía poderosa y siniestra, a la vez que diversas e inexplicables imágenes aparecieron en su cabeza dándole jaqueca—ah, mierda —exclamó.

—¿Estás bien? —preguntó la capitana al ver tal reacción.

—Eh, sí, solo... solo se me fueron las luces por un momento, debió ser que me moví muy rápido. —Fue la única explicación que dio a pesar de la magnitud de la energía y aquellas misteriosas imágenes, ya había tenido experiencias similares en el pasado, pero él nunca hablaba de eso. Procedió a examinar los ropajes que llevaban. Era el mismo para todos, un gran chaleco táctico como los que llevaban las fuerzas especiales, encima de una camisa naranja; sus pantalones eran de tipo de combate y también un gran cinturón en los cuales llevaban munición y varias herramientas—. Esto no lo usa cualquiera —dijo—. No eran matones comunes, llevaban equipo especial.

—Exactamente —respondió ella—, por el equipo que traían no creemos que sean matones comunes, lo más probable es que hubieran sido…

—Que hubieran sido profesionales. —Eobard terminó la oración y se puso de pie nuevamente—. Hay que buscar más a fondo, identificaciones, marcas, tarjetas, ¿llevaban carteras o un registro con el que podamos identificar los cuerpos?

—No, ninguno de ellos llevaba algún objeto con el cual identificarlos —Vanessa estaba muy preocupada, la escena del crimen era muy grande, no daba ninguna pista clara y para agregar, el sitio donde ocurrió era muy importante además de transitado—, si se supiera que una matanza de este tamaño pasó en un sector tan importante, sería nefasto para el comercio de la ciudad —afirmó.

El detective se percató de algo que le resultó muy curioso. Esos torsos y muñones no poseían ningún impacto de bala, sino que todas sus heridas fueron causadas por un tipo de arma blanca, con un gran filo.

—¿Cuántos de los cuerpos presentan estas clases de heridas?

—Hasta el momento creo que todos, habrá que preguntar si alguien encontró alguno con impactos de bala —respondió la mujer.

Eobard se puso de pie, pasó la línea amarilla y comenzó a caminar por todo el piso apresuradamente.

—¡Eobard!, ¿a dónde vas? —gritó sorprendida al ver el comportamiento del detective. Sin más opción se dispuso a seguirlo.

Él caminaba velozmente, parecía que lo hacía de modo errático danzando de manera aleatoria por todo el piso visitando hasta el más pequeño rincón, pero algo dentro de él dirigía sus pasos, una extraña fuerza que no era ajena a su ser, todo lo contrario, el detective y aquellas vibraciones se conocían, tenían una historia, convivían con él como si se tratase de una madre sobre protectora que nunca quisiera dejar a su hijo solo, se acercó a un grupo de coches que presentaban impactos de balas en el parabrisas y la carrocería. De repente aquella energía se hizo a un más fuerte; diversas sensaciones entraron por su cuerpo las cuales eran muy difíciles de explicar tan solo se podían sentir, la jaqueca volvió al igual que nuevas imágenes que sin saber cómo, se relacionaban con los eventos ocurridos en el lugar, en sus manos sentía una leve corriente que pasaba por todo su cuerpo

—Aquí inició todo —se dijo así mismo el detective, tenía un don para desenmarañar escenas del crimen, él era el mejor.

—¡Eh! ¿tienes algo? —Vanessa le habló cuando por fin lo alcanzó.

—Algo me dice que fue un intento de secuestro o un atentado —expresó cuándo analizó todo lo que había visto y sentido—, pero tal parece que se les salió de control.

—¿Qué? Como que un secuestro como has podido...

—Capitana. —Llamaban a Vanessa.

—¿Qué sucede? —respondió a la voz

—Tenemos algo dos pisos abajo, creo que es mejor que lo vea. —Era la voz de uno de los tantos oficiales de la zona.

—Vamos Eobard —los dos empezaron a caminar siguiendo al oficial.

—¡¿MALDICIÓN QUIÉN FUE EL IDIOTA QUE ENTRÓ POR EL ASCENSOR?! —una voz gritó desde el otro lado del piso.

La capitana giró rápidamente y miró con un odio indescriptible al detective, estando completamente segura de que él fue el responsable.

—En mi defensa no encontré las escaleras y los otros elevadores no servían —respondió intentando excusarse, pero su rostro no poseía el más mínimo rastro de culpa.

—Grandísimo idiota —increpó—. Si no fueras tan bueno con estas cosas, ya te hubiéramos metido en un pozo. —Estaba acostumbrada a sus metidas de pata, de un modo u otro nunca lo hace a propósito, pero, por otro lado, esto la hacía enojar aún más.

Los tres caminaron hasta las escaleras las cuales se localizaban en el extremo sur del piso, Eobard observaba con mucho detalle cada rincón del lugar, hasta llegar a las dichosas escaleras.

—Encontramos más cadáveres en el piso siete, regados por cada rincón —habló el oficial—, pero eso no es lo que queremos que vean. —Bajaron por las desgastadas escaleras de concreto hasta llegar al piso de destino, el breve tiempo que pasaron ahí no fue placentero, era sofocante y oscuro con una pobre ventilación.

—¿Por qué piensas que ha sido un secuestro o un atentado? —preguntó, esperando una explicación.

—Tengo, tengo una corazonada —alegó sin agregar nada más, a la vez que guiñaba el ojo derecho.

—Sigan adelante, mi compañero les mostrará. —El oficial apuntó derecho.

—Gracias —respondió Vanessa, ambos se dirigieron al punto indicado. En este piso había muchísimos más cuerpos esparcidos por el suelo, el hedor a sarna y vísceras era tan fuerte que mareaba. Los cadáveres presentaban cortes, perforaciones y laceraciones hechas por algún tipo de arma blanca. Finalmente, llegaron hasta una gran pared donde varias personas de la fuerza policiaca estaban agrupadas observando lo que había escrito con sangre—: "¡YA ESTOY EN CASA!"

Vanessa quedó confundida al ver aquel mensaje, Eobard se acercó más a la pared, la contempló por un par de segundos como tratando de ver algo que los ojos comunes no pueden. De repente, dio media vuelta y dijo—: Oye, ¿crees que debo vestir elegante para la cena del jueves?

IGNACIO CATRICOFK

El antiguo muelle, uno de los sitios más viejos y espantosos de la ciudad. El mar contaminado lleno de basura y desechos industriales. El color negro de las aguas cuyo característico olor era opacado por la esencia que desprendía el mismísimo muelle. Barcos sucios y viejos aparcados alrededor de la marina. El lugar estaba cerrado para el público desde hace varios años por la contaminación, pero esto no detenía al hampa de usarlo como madriguera. La gobernación intentó recuperar el terreno, limpiarlo y sobre todo curarlo, pero no resultó. Ahora solo era un paraje para drogadictos, tratos ilícitos y asesinatos. Dentro de un pequeño barco yacía Ignacio durmiendo, un joven que apenas iniciaba sus veintes, agraciado resultado de la unión de un padre ruso y una madre española. Era un hijo prominente de la ciudad y a diferencia de lo que esto pudiera significarse nunca había hecho mal uso de las comodidades en las que nació, sus ojos color café siempre reflejaban su humildad, lo más característico de su ser era su piel llena de lunares los cuales se presentaban en todo su cuerpo a excepción de su cara, Cuando era niño jugaba con su madre a unirlos y ver que figura hacían, siempre recordaba de buena manera a su difunta madre. No era un joven muy común: no era de beber ni de las fiestas. El asesor de su padre le dijo que debería salir más a reuniones y eventos ya que esto serviría para la imagen tanto de él como la de su padre, él prefería quedarse en casa leyendo sobre historia y también sobre idiomas.

—¿Dónde estoy? —fue lo primero que dijo al despertar y lo primero que sintió fue un terrible dolor por todo su cuerpo. Lentamente se sentó aún somnoliento—. ¡Uf! ¿por qué me duele todo el cuerpo? —un dolor punzante localizado en su hombro derecho que empezaba desde su epidermis atravesando nervios, músculo y hueso hasta llegar al otro lado de la piel. Por otra parte, su cara también estaba comprometida, sentía su carne palpitar debido a la inflamación y el tan solo pestañear le dolía—. Maldita sea —exclamó al tocarlo. Su hombro no presentaba ninguna herida aparente, el daño era invisible, pero a la vez muy fuerte, cosa que le preocupaba—. ¿Cómo llegué a aquí? —se intentó poner de pie con dificultad. Cuando puso sus manos en el suelo, sintió una extraña sustancia la cual tenía un fuerte olor, no se percató antes puesto que su sentido del olfato nunca fue el mejor de todos, aquel caldo era resbaloso y debido a la oscuridad en el barco no pudo observar lo que era—. ¿Qué es esto? —pasó sus dedos impregnados con la anormal sustancia sobre un misterioso objeto en el piso.

La luz era casi inexistente, pero el joven pudo deducir lo que era, tuvo un objeto similar en sus manos hace mucho tiempo—es... ¿una katana? —sus dedos rozaban tímidamente las grabaciones y diversos realces que tenía por toda su estructura. Después de un par de segundos por su mente pasaron una cantidad de imágenes y recuerdos que explotaron en su hipocampo como el inicio de un conflicto bélico, aunque nada conciso—. Tengo que salir de aquí —se dijo a sí mismo. Se dispuso a buscar una salida de aquel sitio, giró la cabeza hacia su derecha y no muy lejos pudo ver un pequeño tragaluz sobre él que emanaba una leve y tenue luz proveniente de la luna y las estrellas. Rápidamente se arrimó para ver en donde estaba, la iluminación era poca y solo podía observar algunas estrellas en el cielo. Ignacio buscaba la forma de salir de ese cuarto, procedió a palpar las paredes de la estrecha habitación hasta que tocó un pequeño objeto metálico y redondo—. ¡Sí! —Exclamó, era la perilla de la puerta, giró de ella velozmente—. Maldición. —Su emoción duró muy poco al darse cuenta de que tenía seguro—. Necesitaré algo para hacer palanca. —El muchacho buscó en la oscuridad, pero estaba seguro de lo que necesitaba—. La espada puede ayudarme. —La tomó y la retiró de su *saya*, blandió la hoja de una manera tan natural como si fuera un samurái viviendo aventuras en el Japón feudal. Introdujo la katana entre la puerta y el seguro—. Esperemos que... —al aplicar un mínimo de fuerza la espada rompió la cerradura, la madera astillada creó un seco sonido, este hizo un poco de eco en la habitación, fue tan repentino que Ignacio casi perdió el equilibrio—. Vaya esta cosa sí que es fuerte. —Como si estuviera siendo perseguido, no perdió ningún segundo de su tiempo, guardó el arma en su *saya* y procedió a salir de ese pequeño cuarto.

Distinguió una pequeña sala sucia y vieja que parecía que ninguna forma humana hubiese estado ahí desde hace mucho tiempo, también percibió como el suelo se movía lenta pero continuamente. La forma arquitectónica del lugar, sumado al movimiento del suelo, hizo que fácilmente dedujera en dónde estaba —esto, esto es un barco —dijo sorprendido—. ¿Cómo he llegado aquí? —se acercó a una ventanilla ubicada en una esquina detrás de unas viejas y sucias sillas, observó a las afueras y ratificó su deducción, pudo ver las aguas negras y la niebla espesa que surcaba el mar y lentamente se meneaba a su suave movimiento—. ¡¿Cómo carajos llegué aquí?!—se repitió aún más extrañado—. Tengo que… ¡MIERDA! —debido a la falta de luz Ignacio no se había dado cuenta del pequeño detalle en su ropa—. ¿Qué es esto? —parecía un niño de kínder al que se le encomendó pintar con témperas solo que si hubiera sido pintura no se hubiera aterrado tanto—. Es sangre, pero ¿cómo? —caminó hasta un pequeño espejo ubicado en una esquina y pudo examinarse mejor— ¡DIOS MÍO! —su cabello estaba cubierto del líquido ya coagulado, su pelo estaba peinado hacia atrás. La sangre servía como un macabro fijador dándole cierto tono rojizo—. ¿Qué mierda me pasó? No recuerdo nada, ¡JODER! —exclamó angustiado, mientras rascaba su cabeza con desespero.

Sentía un intenso miedo, acompañado con un sudor frio y desesperante, por más que intentaba hacer un esfuerzo, no recordaba nada de lo ocurrido. Esperó unos segundos y dirigió su atención hacia una puerta a unos metros de él—me largo de aquí. —Caminó a paso rápido; agarró la perilla y rogó que no estuviera cerrada, y exhaló aliviado al descubrir que no era el caso. Finalmente, salió de ese barco con la misma alegría de un animal enjaulado al regresar a su hábitat natural. Llegó a la cubierta del pequeño pero lujoso yate y se dispuso a contemplar el deprimente paraje alrededor suyo; el viejo y sucio muelle que parecía una ciudad fantasma—. ¿El muelle?, no he estado aquí desde que mi madre me traía cuando era un niño. —Caminó hasta la barandilla, dio un pequeño salto para aterrizar en los viejos tablones de madera—. Un momento —exclamó—, la puerta del armario estaba cerrada, pero la de la salida no —situó sus ojos de nuevo en el pequeño barco—, alguien debió haberme encerrado. —Apretó fuertemente la katana que, por una extraña razón, no dejó atrás—. ¡Me largo de aquí!, ¡este no es un buen lugar y menos para alguien como yo! —caminaba a paso acelerado, pasando por los barcos viejos y distintos establecimientos cerrados que en un pasado servían como restaurantes y atracciones turísticas. La madera a sus pies hacía diversos rechinares, siendo el único ruido que podía apreciarse; las farolas algunas rotas y las que no, daban una casi inexistente luz. Se podría decir que era un lugar familiar para él. Recordaba cuando era muy pequeño y su madre lo llevaba a cenar a un restaurante de mariscos y cuando su padre lo traía con el cuándo hacia negocios, era dueño de unas cuantas bodegas en el área.

—Voy a llamar a mi padre para que me saque de aquí —tomó su celular del bolsillo de su chamarra—, je, je, je —río forzosamente—. Debí hacer esto hace mucho tiempo —desbloqueó su teléfono—, las cinco de la mañana —dijo sorprendido al ver la hora—. Solo tengo tres por ciento de carga, debo llamar rápido. —Abrió la agenda de contactos; marcó al número de su padre, el tono de espera sonó dos veces, muy para su infortunio la llamada fue transferida a buzón de mensajes—. ¿Mi padre contestándome una llamada? ¿Cuándo? —su sarcasmo se podía sentir a leguas de distancia. Él y su padre siempre habían sido distantes— Maldición a ¿quién llamaré? a quién, a quién ¡ya sé!

Se desplazó hasta favoritos y llamó a Dante, su guardaespaldas de confianza. Dante Wayne ha sido su guardaespaldas en jefe desde hace quince meses. Era solo un par de años mayor que él, prestó servicio militar por cuatro años participando en la tercera guerra de las provincias; posteriormente fue mercenario durante cierto tiempo para después retirarse debido a una herida en el hombro.

El padre de Ignacio sorprendido por las habilidades de Dante lo situó como jefe de seguridad de su hijo además de encargarle uno que otro <<trabajo especial>> de vez en cuando. Él e Ignacio se volvieron buenos amigos desde hace meses—vamos, Dante contesta. —El teléfono timbraba y timbraba, pero nadie lo tomaba. El muchacho se desesperaba y al final la llamada fue a buzón—. ¡MALDITA SEA! —llamó una infinidad de veces hasta que la poca energía del teléfono se gastó—. ¡CARAJO! —gritó a todo pulmón, miró a su alrededor aquel sitio, mermaba sus esperanzas y contaminaba su energía—. Bien, creo que caminaré a casa, al menos con esta ropa manchada de sangre y una espada nadie se meterá conmigo... Espero.

Examinó la katana mientras caminaba, la cual, había sido su compañera en esa enigmática madrugada—¿de dónde saliste? —susurró, extrañas sensaciones provenientes de aquel pedazo de metal, que parecían estar atraídas hacia Ignacio esta fuerza no le parecía extraña de ningún modo más bien familiar era desconcertante—. Bien, salgamos de aquí. —Terminó de recorrer el funesto lugar llegando a la salida. Observó la larga y vieja reja que custodiaba el muelle, sus ojos no podían divisar el inicio o el final del oxidado enrejado, era un milagro que no se hubiera destruido por el salitre que el mar traía. En el suelo a un rincón custodiado por la negrura divisó un pequeño objeto brillante a la lejanía—. ¿Qué es eso? —preguntó mientras la curiosidad picaba su espalda haciéndole dirigirse para descubrir de qué se trataba—. Es... —se agachó para tomarlo—. Es una bala. —Ignacio se sorprendió, apretó el trozo de metal entre su puño y una vaga, pero posible idea surcó su mente a la vez que llevaba aquella mano a su hombro herido—. No, no, eso es imposible, ni siquiera estoy sangrando —se dijo negando aquella idea que cruzó por su cabeza; guardó el proyectil en el bolsillo del pantalón y siguió su camino. Encaró a la oxidada y vieja reja que protegía al muelle y se percató que el candado que cerraba las puertas estaba roto; este yacía aun lado en el suelo.

Ese trozo de metal podría ser mucho más viejo que el muelle mismo; sin pensarlo ni un segundo más salió de ese sitio. Ignacio dio los primeros pasos y el aire ya se sentía un poco más puro y fresco—bien, bien, estoy en la vieja marina, lo cual me indica que estoy en la parte antigua de la ciudad. De aquí hasta el edificio de papá son setenta kilómetros, si camino a una velocidad de… ¡PUTA MADRE! —tuvo un ataque de ira, de esos que vienen acompañado por la desesperación, de esos que son acumulativos, que son el resultado de amontonar y amontonar situaciones de estrés y que en el momento indicado llegan y hacen que todo explote. Tiró violentamente la espada contra el suelo, estaba agitado el vapor frio salía disparado de su boca moviéndose velozmente con ayuda del viento. Normalmente, en la ciudad hacia un clima cálido de esos que son perfectos para hacer de todo, desde un picnic hasta un robo de banco en el que no tendrías que preocuparte porque las mojadas calles dificulten tu huida; sin embargo, esa noche hacia bastante frio, de ese tipo que duele y afecta tus articulaciones, lastima tus oídos y te dan ganas de mear con cada pestañeo, no es para nada agradable; Ignacio lo sentía, invadido por una cólera amante de los ataques tipo encamisada, se sentó en la acera preocupado por su situación—. ¿Qué voy a hacer? —colocó su cabeza entre sus piernas—. ¿Cómo saldré de aquí? —unas luces blancas doblaron en la esquina, el sonido de un motor viejo que podía ser tan molesto como el maullar de un gato en la madrugada se hacía cada vez más fuerte. El muchacho alzó la cabeza, las luces del coche lo segaron por un instante, pero la emoción ayudó a que no le diera importancia, tomó la katana y se puso de pie e inmediatamente se colocó en el medio de la calle— ¡eh!, ¡eh!, por favor, deténgase. —Alzaba sus brazos y gritaba, el conductor del coche frenó en seco antes de atropellarlo— gracias —corrió hasta la puerta del conductor—, necesito que me lleve hasta…

—Por favor, joven no me haga daño yo solo quería ayudarlo —dijo el conductor asustado el cual era un hombre de avanzada edad—. Mire le daré mi reloj, pero, por favor, no me lastime.

—¿Qué?, ¡no! —Ignacio sacó su cartera del bolsillo trasero de su pantalón—. Mire, le daré seiscientos treinta y cinco guiados, si me hace el favor de llevarme a mi casa. —Puso el dinero enfrente de la cara del anciano esperando una respuesta, era mucho dinero nadie le diría que no.

—Está bien, Joven lo... lo llevaré, súbase. —El hombre mayor tomó el dinero y quitó el seguro de las puertas de atrás.

—Gracias. —Ignacio entró al carro—. Por favor, lléveme al edificio Catricofk de la 226 con avenida Allen

—¿Se encuentra bien? —empezó a conducir, el miedo poco a poco se desvanecía de su ser—. ¿No prefiere que lo lleve a un hospital? Parece herido.

—No, no se preocupe —dijo mientras se acostaba en el asiento trasero—, es... es sangre falsa —mintió—, lléveme a la dirección que le di, mientras tanto tomaré una siesta. —Preso de un gigante y extraño cansancio Ignacio cerró los ojos y se quedó dormido.

—*JA, JA, JA, JA, JA.* se siente tan bien estar en casa. Cuánto tiempo ha pasado. Vamos, cerditos corran que el lobo ya llegó a casa —estas palabras se repetían en la cabeza de Ignacio como un bucle interminable acompañadas de un torrencial de imágenes abominables de sangre, muerte y destrucción. Era una pesadilla o algo más, aquellos retratos le causaban dolor y sufrimiento, pero por muy extraño que pareciese, sentía que era él mismo haciendo tales actos y, peor aún, sentía que lo estaba disfrutando. De repente escuchó una voz que le resultó muy familiar—. Ignacio, Ignacito estás empezando a ver en rojo, es hora de que tome el control —dijo aquella macabra voz—. Tú eres el espectador, pero yo... *JA, JA, JA, JA* ¡SOY EL SHOW!

—Joven, joven, despierte, ya llegamos —el anciano intentaba despertarlo moviéndolo con delicadeza—, ya llegamos a su dirección.

Ignacio abrió los ojos de golpe e igualmente se reincorporó sentándose—¿ya llegamos? —preguntó un poco somnoliento.

—Si joven, esta es la dirección que me dijo —respondió el hombre mayor—, déjeme ayudarlo. —Ignacio asintió con la cabeza, el anciano lo tomó del brazo derecho y lo ayudó a bajarse del coche.

—Muchas gracias por todo señor, si es posible pase por las horas de la noche y le daré un extra por traerme —propuso con una sonrisa cansada.

—No se preocupe joven, con lo que me dio fue más que suficiente.

—Bueno, si quiere puedo ofrecerle un trabajo como chófer, se nota que es bueno conduciendo, no hubo ningún bache que me despertara durante el viaje —agregó con una carcajada.

—Eso me parece bien. Actualmente me encuentro desempleado y tengo una mujer y… una nieta a la cual cuidar.

—Perfecto señor… Disculpe, ¿me podría decir su nombre?

—Wilson, Miguel Wilson —respondió.

—Mi nombre es Ignacio Catricofk, Bueno señor Wilson, venga pasado mañana en las horas de la tarde y le diré qué vamos a hacer. Pregunte por Ignacio en la recepción. Hasta luego. —Dio media vuelta y comenzó a subir las pequeñas escaleras para llegar a la puerta del edificio de su padre.

—Gracias, joven. —El hombre regresó a su automóvil.

Estaba a punto de entrar al edificio cuando de repente escuchó a su espalda—joven Ignacio olvidó su espada. —El anciano subió las escaleras con una agilidad extraña para un hombre de su edad—. Tome, no se le vaya a perder

Un poco desconcertado la agarró—sí, mi espada —apretó a su misteriosa pareja—, hasta luego —respondió casi sin ganas para después abrir las pesadas puertas y finalmente entrar en el edificio Catricofk. Su padre lo mandó a construir hace un par de años. Era un lugar magno con una elegante recepción llena de grandes candelabros y una hermosa fuente en el centro, atiborrado de flores en cada rincón. Debido a la hora, poca gente estaba en el sitio, solo un par de recepcionistas y el conserje.

—Oh, ¡qué susto! —exclamó una de las mujeres atrás del mostrador al ver en las condiciones en las que llegaba el muchacho.

—¿Es el joven Ignacio? —preguntó otra recepcionista.

—Sí, soy yo —él siguió su camino hasta uno de los ascensores sin hacer contacto visual con ninguna de las mujeres.

—¿Se encuentra bien?, ¿quiere que llame a un médico?

—No, estoy bien. —Las puertas del elevador se abrieron y él entró en la cabina—. No se preocupen.

—Esta, esta bien joven —respondieron tímidamente las chicas.

—Bien.

Presionó el botón con la letra "K"; las puertas se cerraron y a continuación una voz ginoide habló—: Usted desea acceder a un piso especial, por favor diga la contraseña.

—*In terris vel infernus.* —Enseguida el elevador inició su ascenso. Ignacio cerró los ojos por un momento y poco a poco su rostro se llenaba de una gran rabia. Estaba fastidiado por todo el calvario que sufrió, necesitaba respuestas. Aparte, también le molestaba que su padre le rechazó su llamada, cada vez que lo necesitaba él no estaba ahí para ayudarlo. Después de unos segundos el ascensor se detuvo en el piso indicado, las puertas se abrieron. Estaba en el último piso de la gran torre, esta se dividía en dos partes; del uno al cuarenta eran unas oficinas, las cuales se rentaban para empresas y servicios, finalmente, los últimos cinco pisos eran del señor Catricofk, los tenía a disposición para sus propios negocios y también vivía ahí con su hijo. El joven salió del ascensor y caminó por un pequeño pasillo hasta dos grandes puertas de ébano muy antiguas. Podía escuchar la voz de su padre al otro lado: discutiendo por quién sabe qué. Al muchacho no le importó y tomó las dos perillas entre sus manos abriendo ambas puertas; su padre estaba conversando por teléfono mientras desayunaba.

—Se supone que ordenamos alrededor de dos mil y apenas llegaron quinientas —discutía—. No, no me importa si mandaste un recordatorio, ese no era el trato.

—Podrías, podrías colgar un momento tengo que hablarte de algo importante —dijo tratando de controlar su enojo.

—Sabes algo Michel te llamaré más tarde. —El hombre frunció el ceño, pero accedió a lo demandado—. Hola, hijo, no sabía que estabas en una fiesta de disfraces, tu atuendo se ve bien. —Fue su respuesta al ver a su fruto cubierto de sangre seca y suciedad. Pensó que se trataba de una broma.

—No es un disfraz —caminó hacia su padre—, te estuve llamando esta madrugada y tú ni te tomaste el trabajo de contestar, solo desviabas las llamadas. No sabes todo lo que tuve que pasar, dónde desperté y cómo hice para salir de ahí. Estoy herido y toda esta maldita sangre en mi ropa es real. Perdí la memoria y solo recuerdo haber despertado en un barco en el maldito muelle, y la única vez que te necesito en mi puta existencia tú no contestas el teléfono. —Sus ojos tenían un extraño tono carmesí, combinando con la sangre seca que tenía en la piel y en la ropa.

—¿Qué me estás contando? ¿Qué te pasó? —preguntó su padre desconcertado.

—¿Quieres saber lo que me pasó?, ¿quieres saber? —dijo en tono irónico—, pues yo no tengo la más mínima idea. —Un enorme golpe se escuchó detrás de Ignacio, haciendo que él y su padre prestaran atención, no se imaginaban quién fue el causante.

—¿Dante? ¿Qué demonios? —El guardaespaldas de Ignacio había llegado atrás de él, pero, al entrar a la oficina cayó al suelo. Tenía un gran impacto de bala en el pecho, la sangre se escurría por la alfombra, Ignacio y su padre se acercaron a socorrerlo.

—Yo… yo te puedo… De…cir lo que pasó. —Con esfuerzo el hombre dijo aquellas palabras antes de desmayarse por la pérdida de sangre, dejando a padre e hijo con el misterio.

FRANCESCA WEST

Existe una frase "para gustos colores". Bueno, te puedo decir que en *Hollyhell* puedes encontrar todos los colores si sabes en dónde buscar. Aquí, donde las condiciones sociales no existen, donde no importa tu tono de piel, tu etnia, ni estrato social, diez cuadras en donde todo juega todo vale.

La bilis y la corrosión, lo marginal vivía, dormía y cogía aquí. El cielo era color púrpura con matices rojizos, nadie sabía el porqué, nadie quería saber el porqué. Era fácil encontrar a las putanas una en cada esquina, cada una con una mejor promoción que la anterior, algunas, incluso, te ofrecían un valor agregado: juego de roles, masajes, dos por uno, y muchas otras perversiones. También vendedores de drogas, cualquier sustancia, cualquier sensación, lo que sea que busques lo encontrarás aquí, niños corriendo por las calles; todo en un mismo sitio. Si tenías una placa o trabajabas para el gobierno probablemente eras hombre muerto. Esta era una zona sin ley, una tierra de nadie; tal vez hasta Dios tendría problemas para entrar.

Llovía y eso era muy peligroso: la contaminación combinada con la lluvia hacia que se creara una especie de coctel venenoso. Si tu piel tenía demasiado contacto podría desencadenar en quemaduras y en casos más graves mutaciones en la piel. Pero hoy, en plena madrugada del martes, las calles estaban vacías. Las advertencias de lluvias habían asustado a todo ser viviente, excepto por alguien, una joven con unos cojones más grandes que los de cualquier hombre, respondía al nombre de Francesca. Caminaba por las calles, sola y sin ningún temor, una chaqueta negra con capucha que la protegía de la lluvia y unos gastados yines que hacían juego con sus botas, de una corredera de su chaqueta colgaba su vieja máscara la cual era de color blanco opaco, con cinco triángulos que empezaban desde la base hasta el centro de la cara, los ojos y la nariz eran de un completo negro mientras que la boca era una pequeña cruz de color azul oscuro; tenía que regresar rápido a la base con el rabo entre las patas. La misión que se le encomendó falló miserablemente, pero no era su culpa algo salió terriblemente mal; caminaba cabizbaja, su flequillo rozaba su puntiaguda nariz, refunfuñaba entre dientes por su fracaso—*merda*—exclamó—. Ese imbécil tuvo que arruinarlo todo. —En su mente recordaba como su misión se fue por el caño en tan solo un par de minutos. Frenó su andar en la fachada de un viejo edificio a medio construir; era la central de operación de la orden en la que ha estado desde hace más de un año—. Maldición y ahora, ¿qué le diré a Barry? —Francesca apretó los puños, empujó la vieja puerta de cristal y entró al lugar aparentemente vacío. Estaba en peores condiciones por dentro; el piso a medio terminar, columnas que apenas se mantenían en pie y varios materiales de construcción en el suelo.

Ella observó el desvalido y solitario panorama por unos segundos—chicos soy yo, Frank —pregonó mientras tomaba una vieja silla de plástico ubicada en un rincón para sentarse de forma que el espaldar rozara su vientre. Rápidos pasos se sentían desde los pisos superiores del edificio los cuales descendían. Un total de doce encapuchados llegaron al sucio vestíbulo vestidos con ropajes de tonalidad oscura, además de unas máscaras cada una más única que la anterior. Una de esas personas dio un paso al frente para hablar:

—¿La tienes? —era una voz masculina joven y suave como la de un adolescente.

—¿Ves que la traigo conmigo? —alzó ambos brazos dando a entender que no llevaba nada con ella.

—Maldición —exclamó otro de los enmascarados.

—¿Qué le dirás a Barry? Estará decepcionado.

—Se suponía que era un trabajo fácil. —Volvió a hablar el sujeto de al frente.

—Escúchenme —se puso de pie—, tuve un problema que no esperaba.

—Ya, dile eso a Barry, veamos cómo reacciona —habló una voz femenina en tono burlón al fondo del grupo.

—Ojalá hubieras estado ahí Rita, para que hubieras muerto —chilló Frank molesta.

—No pequeña drogadicta, yo hubiera traído el encargo. —Rita se burlaba de Francesca y su fracaso.

Frank tiró la silla molesta, se quitó su capucha y caminó hasta el frente de Rita —quieres saber algo *figlia di*...

—¡Ya basta! —una nueva voz irrumpió, deteniendo la posible pelea. Un nuevo enmascarado salió de las sombras.

—Francesca, ven a mi cuarto, por favor. —Dio media vuelta y empezó a alejarse.

—Sí Barry. —Frank se alejó de Rita no sin antes enseñarle como lucía su dedo medio derecho, se dispuso a seguir a aquella persona, le tenía mucho respeto, la ayudó de gran manera en el pasado a limpiarla y darle un nuevo propósito. Subieron un par de pisos antes de entrar a un pequeño cuarto, él encendió la luz de la habitación, era un lugar sencillo: las paredes tenían un color amarillento debido a la humedad, solo había dos sillas puesta una al frente de la otra, un colchón en un rincón y un viejo televisor.

—Toma asiento, por favor —dijo mientras se sentaba en una de las sillas.

—Gracias.

—Dime —se retiró su capucha y luego su máscara de color negro y alargada en la cual, lo que más resaltaba era una larga línea blanca que cruzaba casi toda la careta. Reveló su rostro. A pesar de su corta edad, se notaba que la vida no ha sido justa con él, con cabello rubio y ojos azules, unas ojeras que tomarían toda una vida para eliminarlas, su nariz estaba levemente torcida a la derecha, tenía una cicatriz en diagonal que cubría parte de su rostro justo igual que en la máscara—, no tienes la katana, ¿verdad? —preguntó con pesar sabiendo ya la respuesta.

—No, lo siento hubo, hubo un problema. —Francesca miraba al suelo no hacía contacto visual con Barry. Estaba apenada.

—Cuéntame lo sucedido, por favor.

—Fue algo muy… Todo se arruinó en un segundo.

—No te preocupes. —Barry se puso de pie, se acercó a ella y colocó su mano en el hombro derecho de la muchacha—. por favor, dime lo ocurrido.

La chica se sonrojó un poco, estaba nerviosa, pero agarró suficiente fuerza y dijo—: Está bien, te contaré lo que sucedió.

Cinco horas antes
Calle Kluvoot numero 25-40 distrito Northbell

—Sí, creo que puedo ayudarte —Ignacio intentaba retirarse el cinturón de seguridad mientras hablaba por celular—, sí, estaré ahí antes de las cuatro. —Cambió el teléfono de oreja y por fin se liberó del cinturón—, no, no te puedo confirmar una hora exacta Victoria —dijo con firmeza, mientras la voz detrás del teléfono sonaba histérica—. Que te parece a las tres y media. —Se recostó a una de las puertas—. Bien, adiós. —Negaba con la cabeza mientras colgaba, llevaba saliendo con Victoria Levine desde hace once meses. Ella era la hija del alcalde, se conocieron en una cena creada por su padre la cual él no quería asistir, era para las familias más prominentes de la ciudad. El joven quedó impresionado al ver la belleza de la chica, era un pecado original, su cabello parecía hilos de oro, con unos ojos café claro, y una sonrisa que derretiría a cualquiera, después de ese baile salieron un par de veces, a pesar de todo esto la belleza de Victoria contrastaba con su forma de ser, poseía una personalidad fría y poco considerada, esto hizo que Ignacio no quisiera volver a salir con ella, sin embargo, su padre insistió sobremanera casi obligándolo con el único objetivo de poder acercarse al alcalde.

—¡Dios, en qué lío me he metido! —dijo en voz alta mientras rascaba su cabeza con desespero. Guardó su teléfono en el bolsillo de su chamarra e intentó mirar a través del parabrisas; con dificultad pudo distinguir a Dante parado a unos cuantos metros de distancia del coche con sus otros guardaespaldas—. ¿Qué está pasando? —bajó rápidamente de su vehículo—. ¡eh! Dante ¿Qué sucede? —preguntó.

—¿Eh? —el guardaespaldas dio media vuelta—. Ignacio, ¿qué sucede?

—¿Qué hacemos aquí? —interpeló algo molesto—. Llevamos veinte minutos aquí y ni siquiera sé para qué.

—Relájate chico, tenemos que recoger algo aquí, cuando lo tengamos nos iremos; mejor sigue hablando con tu noviecita —dijo mientras hacía un gesto con la mano para que regresara al coche.

Ignacio negó con la cabeza por unos cuantos segundos y retornó al vehículo. Dio un par de pasos cuando, de repente, una sonrisa apareció en su rostro mientras recordaba el acontecimiento más gracioso que había visto aquella semana; tomó el celular de su bolsillo y corrió hasta su guardaespaldas y amigo—¡eh! Dante ¿has visto el video del gato que se cae a la bañera? —su sonrisa continuaba mientras buscaba el video en su celular.

—No, déjame verlo —respondió con curiosidad Dante—. Se avecinó a Ignacio y enfocó su atención en el celular.

—Déjame, aquí esta. —Tocó la miniatura del video y esperó a que se reprodujera, pero, lo único que se veía era el símbolo de cargando—. ¡Ah! Maldita señal de mier… ¿qué demonios? —unas cuantas gotas rojas empezaron a caer en la pantalla de su teléfono—. ¿Qué carajos es esto Dan…? —alzó su cabeza para ver a su amigo y se dio cuenta de que de su boca caían esas gotas rojas que salpicaron en la pantalla.

—Co… rre —Dante exclamó esa palabra con una dificultad inmensa para luego caer al suelo. Un charco se expandía proveniente del agujero justo en medio de su pecho.

—Bien, uno menos. —En un viejo edificio a varios metros de distancia del Gran estacionamiento, ubicada en un cuarto de limpieza no más grande que una caja de zapatos, estaba Francesca. En su pecho tenía un rifle de alto calibre que de no ser tan solo por un par de centímetros sería más grande que ella—. Bien, ahora al chico. —Movió delicadamente el arma y colocó la mirilla entre las cejas de aquel muchacho de cabello castaño, para luego posicionar su índice derecho suavemente en el gatillo—. Maldición. ¿Ahora qué sucede? —algo la distrajo. Desmarcó a su objetivo para inmediatamente mover la mirilla hasta el piso inferior del gran estacionamiento—. ¿Qué mierda?, ¿quiénes son esos? —Un gran número de uniformados avanzaba por el piso inferior, algunos a pie, mientras que otros lo hacían por medio de unas camionetas color negro.

—*CAZZO*! —exclamó mientras se levantaba—. No debo correr riesgos, tengo que llegar ahí y tomarla. —Proporcionó unos cuantos pasos hacia atrás lo más que pudo en ese pequeñísimo cuarto para agarrar impulso—. Bien, es hora de entrar a la fiesta. —Corrió ágilmente cual guepardo persiguiendo a su presa. Dio un salto justamente en el borde de la ventana para agarrar más momentum; al llegar al punto máximo de altitud, hizo un par de giros en el aire antes de empezar a caer. Su agilidad era la envidia del gato más mañoso. Rodó varias veces, justo al tocar el suelo para poder desplazar la fuerza a través de todo su cuerpo, y emprendió una carrera hasta el edificio.

La noche estaba tan silenciosa que nadie se percató de esa sombra que se desplazaba a gran velocidad a mitad de la calle—Maldición, tengo que darme prisa. —Mientras se acercaba se empezaron a escuchar disparos provenientes del parqueadero, en un par de segundos todo se convirtió en una zona de guerra. Le preocupaba las intenciones de estos uniformados, tal vez estaban ahí por lo mismo que ella. Ya estaba cerca, solo tenía que atravesar la avenida. Se desplazó hasta un viejo y sucio poste de luz y a toda velocidad lo empezó a escalar como un mono a un árbol hasta llegar a la cima.

—*Merda* —exclamó a volver a escuchar los impactos de bala cada vez más estruendosos—, tengo que darme prisa. —Hacia equilibrio por la luminaria hasta llegar a la parte final de esta—. Debo llegar al puente. —A unos cuantos metros de distancia, estaba un viejo puente de metal que servía de conexión entre aquel edificio y la acera de la otra esquina. Frank comenzó a dar pequeños saltos que poco a poco ganaban potencia, usando la farola como trampolín para finalmente dar un fuerte brinco estirándose lo más posible para llegar a la pasarela. Atravesaba una gran distancia, el impulso fue suficiente para agarrarse la última Viga de metal que sobresalía de la estructura. No dio ni un segundo para su descanso. Se dispuso a escalar con todas sus fuerzas. Su corazón latía con un ritmo acelerado, sudaba, estaba nerviosa. Cada vez se acercaba hasta la barandilla protectora del puente, las balas y los gritos habían cesado hace un par de segundos, ya no se escuchaba nada y eso la asustaba.

—¿Qué está sucediendo? —estando en la cima, se colocó su capucha y aquella rara máscara que llevaba colgando en su chaqueta para después sacar su gran cuchillo de su bolsillo, finamente ornamentado el cual daba la impresión de poseer un diseño muy antiguo—. Debo tener cuidado. —Llegó hasta la puerta de la entrada que tenía un gran número cinco pintado de un color blanco, este indicaba el piso que se disponía a acceder—. Recuerda porque estás aquí Frank, no falles —se dijo a sí misma, apretó fuertemente el cuchillo con ambas manos y abrió la puerta para entrar al campo de batalla.

—Maldición. ¿Qué es esta mierda? —Ignacio estaba dentro del maletero de su coche en posición fetal, lleno de horror y espanto—. Que no me encuentren, por favor —exclamó intentando no ahogarse con su propia saliva.

—¿Ya los mataron a todos? —los disparos habían cesado. Ahora se escuchaban voces y pasos en aquel piso.

—Sí, ya matamos a todos los guardias, los demás muchachos se quedaron en el piso siete.

El pánico se multiplicó por cien al oír aquellas palabras a las afueras de su pequeño y sofocante refugio. Abrasaba nerviosamente un objeto largo, metálico y frio el cual desconocía.

—¡Eh! ¿Ya revisaron el carro? —Se le heló la sangre, un momento de angustia que para la percepción de tiempo que tenía en aquel momento pudieren ser dos vidas y media. Sentía los pasos acercándose al baúl de la camioneta.

—Vamos a ver. —Alguien presionó el botón, las linternas y el aire caliente del parqueadero fueron su bienvenida al infierno—. Que mierda. ¡Aquí está! —el hombre armado agarró a Ignacio de su cabello y lo sacó bruscamente de su escondite.

—Vaya, vaya. Con que aquí estabas. —Otro uniformado se acercó al desvalido joven que ahora yacía en el suelo—. ¿Quién eres niño? —el tipo se puso en cuclillas al mismo nivel de Ignacio el cual derramaba lagrimas—. ¿Por casualidad eres Ignacio Catricofk? —apretó el rostro del joven fuertemente y lo azotó contra el coche a su espalda—¡RESPÓNDEME! —volvió a retomar su posición esperando una respuesta, pero no obtuvo ninguna, Ignacio se mantenía fuerte, ante todo era la adrenalina o el miedo—. Eres valiente chico, lo reconozco —dijo con cierta malicia, que vino acompañada de una patada al estómago del muchacho, él gritó con el poco aire que quedaba en sus pulmones para luego desparramarse en el suelo casi inconsciente—. Vamos a ver si ahora… —algo llamó la atención del matón, tomó el objeto que anteriormente Ignacio estaba abrazando dentro del baúl del coche—. ¿Qué es esto? —dijo el tipo sonriendo mientras observaba aquel misterioso objeto y la gran calidad que tenía—. Ah, ¡me encanta Japón! —exclamó mientras admiraba el enigmático ente—. Podría sacar buen partido de esto. Chicos, amarren al señorito pantalones elegantes, no cabe duda de que es hijo de Catricofk.

«¿Eso es una katana?» dijo mentalmente, «nunca la he visto, ¿qué hacía en el coche?» el joven quedó impactado ante tal descubrimiento. Sus ojos tuvieron la extraña necesidad de observarla; perdió toda concepción de lo que pasaba a su alrededor. «¿Por qué me resulta tan familiar? Siento como si…»

—Todo Listo, vámonos. —El hombre comenzó una caminata mientras que los demás uniformados le seguían.

—¡Jefe! —alguien se le acercó desde atrás—. Uno de los guardaespaldas quedó con vida, ¿qué hacemos con él? —otros dos más se le unieron, arrastrando a un hombre moribundo que sangraba por varios lugares de su cuerpo.

—Se me ocurre una idea. —aquel extraño que al parecer comandaba a la tropa de uniformados hizo una sonrisa macabra—. Tráiganlo y muéstrenselo al muchacho. —Aquellos dos hombres arrastraron el cuerpo del herido hasta colocarlo al frente del asustado Ignacio.

—¿Sebastián? —observó a aquella persona que de una manera increíble se aferraba a la vida. Era Sebastián. Tenía un gran afecto por aquel viejo hombre, una relación de más de quince años; fue casi como un padre para él, ya tenía el pelo como ceniza, bastantes arrugas en la cara y su vista ya no era lo que una vez fue, ahora necesitaba llevar lentes todo el tiempo, pero era leal: un perro viejo que aún sabía morder.

—Joven, joven Ignacio —dijo con dificultad. La sangre caía de su rostro debido a un par de golpes recibidos, aparte de dos impactos de bala, uno en su pecho y el otro en la pierna izquierda—. Lo... siento, debimos... debimos protegerlo y fallamos.

—Sebastián, esto no es tu culpa —dijo con lágrimas en los ojos al ver el estado de esa persona que estuvo apoyándolo desde que tenía cinco años, apoyándolo más en sus decisiones que su mismísimo padre.

—Oh, qué lindo. —El mercenario apuntó con un revólver de gran calibre a la cabeza de Sebastián y, con una frialdad inhumana, apretó el gatillo. El líquido cerebral salió disparado manchando el rostro de Ignacio.

—¿Qué te pareció eso, niñito Catricofk? —el rostro del Muchacho estaba cubierto tanto por la sangre de su guardaespaldas como por la de él, debido a los golpes que recibió. Esta se mezclaba con las inagotables lágrimas que emanaban de sus ojos—. Lo siento, ¿era tu amigo? —Ignacio quedó inmóvil. Ninguna palabra se atrevía a salir de su boca, pareciese que se las hubiera tragado todas. Observaba el cadáver de su amigo tirado en el suelo bocabajo diseminando sangre por el orificio de su cabeza, mientras lo que le quedaba de materia gris creaba espasmos en su cuerpo.

—Vamos, métanlo al carro. Tenemos... ¿Qué demonios? —de repente, las luces del parqueadero se apagaron, para dar paso a las luces de emergencia que apenas alumbraban.

—Maldito. —Volvió a sacar su revólver y lo colocó fuertemente contra la cabeza de su retenido— ¡Dime! ¿Hay alguien más aquí?, ¿tienes más guardaespaldas? —el hombre, agitado, esperaba una respuesta, pero el chico tenía la mirada perdida y la boca abierta de la cual emanaba saliva. Estaba totalmente absorto. La muerte de Sebastián aparentemente destruyó su psiquis —. Maldito infeliz. —Enfundó su arma. Al ver que sus esfuerzos eran en vano, colocó la katana, su nueva adquisición en el suelo y sacó el intercomunicador que tenía en su cinturón—. Escuadrón Bravo, aquí Rojo, respondan.
—Esperó por unos segundos, pero no hubo ninguna respuesta—. Escuadrón Bravo responda... —intentó comunicarse de nuevo, pero la única respuesta que tuvo fue la interferencia—. Maldita sea —el hombre presionó uno de los tres botones de su intercomunicador—, equipo Charlie, entren de inmediato al edificio, con armas. El equipo Bravo no responde, nos encontraremos en el piso siete, si ven cualquier cosa rara disparen a matar.

—¿Qué hacemos jefe? —preguntó uno de los soldados.

—Ya verán —el hombre se agachó y volvió a tomar la katana para luego lanzársela a uno de sus hombres—, ustedes cuatro quédense y cuiden al niño y a la espada, los otros síganme. Tenemos a unas ratas que matar. —Dio media vuelta y empezó a caminar en dirección a la rampa del parqueadero. Detrás de él, le seguían otros diez hombres armados, rumbo a matar a los presuntos intrusos.

Mientras tanto, Ignacio se quedó con cuatro captores. El joven seguía viendo el cadáver inmóvil tirado en el suelo. Sin embargo, algo estaba cambiando, modificando, mutando dentro de él. Despertando una cosa que estuvo dormida por mucho tiempo; fue invocada por la sangre, el dolor y el sufrimiento. Sin saberlo, algo se extendía por su espina apoderándose de cualquier célula que estuviera en su camino tomando el control del cuerpo de Ignacio.

***

—Bien. Todo está listo. —Francesca infectaba las cámaras de seguridad con un *malware*; al fin y al cabo, esta tarea también se le fue encomendada—. ¡Uf! —exhaló, estaba sentada en una pequeña silla de escritorio, se retiró su máscara y capucha. El calor era totalmente repelente, sudaba, las gotas bajaban por su frente, el cuarto de seguridad no era muy grande: Solo un computador con varias pantallas que eran los ojos del parqueadero, una mesa y unos cuantos objetos de aseo. El sitio olía a una combinación de aromatizante con fragancias cada una más fuerte que la anterior—. ¡Llegaron! —acababa de terminar, se levantó de la silla, volvió a equiparse su máscara y después la capucha para, finalmente, salir del cuarto de vigilancia.

—Escuadrón Bravo, respondan. —La tropa de mercenarios que se encontraban afuera del edificio, cuyo trabajo era de custodiar para que nadie entrara acababan de llegar—. Maldición, ¿dónde están? —los hombres estaban nerviosos, el piso siete se sentía vacío y oscuro, las pocas luces con las que contaban eran la de sus linternas y la poca iluminación que provenía de las calles.

—No lo sé viejo. Esto se ve mal. —Uno de los mercenarios habló, su voz se escuchaba entrecortada. Estaba más asustado que los demás. Temblaba como un perro chihuahua.

—Escuadrón Bravo, ¡maldición salgan! —El líder del equipo Charlie gritó a todo pulmón esperando una respuesta, pero solo se escuchaba un leve eco, era cómo si al equipo Bravo se los hubiera tragado la tierra.

—Relájense todos —habló otro mientras encendía un cigarro—, ¿en serio creen que un grupito de guardaespaldas de un niño rico puede acabar con un pelotón de hombres armados? —exhaló una gran cantidad de humo por la boca—. Seguramente los de Bravo se quedaron sin señal este sitio es inmenso.

—Sí, tiene razón —dijo el líder del conjunto recuperando su confianza—. Bien, somos un total de nueve. Hagamos grupos de tres, separémonos y busquemos alguna señal de Bravo en este piso y, cualquier amenaza que vean, denle caza.

—Sí chicos, vamos a hacerlo. —Se separaron. Cada grupo tomó un rumbo diferente y con la idea clara. Creían que iban a ser los cazadores, pero estaban muy equivocados, serían las presas. La bestia encargada de eso era una jovencita, no tenía más de diecisiete años y apenas rozaba el metro sesenta, pero con un increíble y sobrenatural don.

—Bien, que empiece el segundo asalto. —Francesca escuchó toda la conversación detrás de una de las innumerables vigas de concreto. Era tan delgada que inclusive la chaqueta que vestía no sobresalía por ninguno de los dos lados; sé reacomodó su máscara y se introdujo en la oscuridad.

Minutos después...

—¿Qué se supone que estamos haciendo aquí? —uno de los tres exclamó con amargura.

—Estamos buscando al escuadrón Bravo O 'Brian. —Le respondió su compañero—. ¡Imbécil!

—¡No! —exclamó O 'Brian —, me refiero al trabajo, nunca me dijeron que venimos a buscar aquí —explicó mejor su pregunta, el grupo de tres buscaba alguna señal del pelotón desaparecido, pero no tenían ninguna pista.

—¡Ah! Se supone que veníamos a secuestrar a un niño rico —respondió—, lo que no se es cómo el jefe consiguió… ¿Qué es eso? —el mercenario captó con la luz de su linterna un bulto tirado en el suelo a unos cuantos metros de ellos.

—¡¿Que es qué?! —dijeron los otros dos alarmados.

—¿Eso es…? —se acercaba lentamente al enigmático objeto, con su rifle fuertemente empuñado.

—¡Eh! Espera carajo. —Los otros dos intentaron detenerlo, pero el mercenario no prestaba atención solo seguía acercándose a su objetivo sin pensar en nada más.

—No, no puede ser —dijo asustado al estar ahora solo unos pocos centímetros, pudo darse cuenta de la atrocidad que era.

—¿Qué pasa? Maldición —O 'Brian se acercó igualmente y quedó sorprendido al darse cuenta de lo que estaba en el suelo—. Es… es ¡Satoki! —el cadáver yacía tirado en el piso, el cuerpo tenía los ojos en blanco, con la piel pálida y presentaba un corte limpio en la garganta.

—Sí es él, maldición. —De inmediato se puso de rodillas y comenzó a registrar el cadáver.

—¡MIERDA! —chilló O 'Brian—, Bill comunícate con el jefe tenemos que… ¿Bill? —dio media vuelta, su camarada había desaparecido. Apuntó con la linterna que cargaba en su arma a sus alrededores, pero no encontró nada más que oscuridad—. Eh, eh, levántate hay que alertar a los otros. —Movía bruscamente el hombro de su compañero, el cual permanecía de rodillas registrando el cadáver—. Te estoy diciendo que... —O 'Brian se detuvo un momento, dejó de sacudirlo y de repente este se desparramó en el suelo—. ¿Qué mierda? —aterrorizado el hombre agarró su rifle fuertemente con ambos brazos apuntaba cada esquina a cada rincón a cada pilar buscando al responsable de los actos—. Sal maldita sea. —Estaba asustado, sudaba frío, agarró su intercomunicador de su cinturón para poder comunicarse con los demás y alertarles—. Atención nece... —cayó de rodillas, no había salido ni media gota de sangre, pero O 'Brian ya se estaba ahogando con esta, el tipo terminó por caer al suelo cerró los ojos y finalmente el líquido emanó de lo más profundo de su garganta.

—*Merda*! —exclamó Francesca mientras tomaba el aparato de comunicación del suelo—. Ojalá que...

—Soldado, soldado, responda informe. —No fue lo suficientemente rápida los otros pudieron escuchar a su compañero, ya sabían que algo malo estaba pasando.

—Maldición Frank, ¿podrías ser más lenta?

—Soldado maldición hable. —Francesca enterró su cuchillo para destruir el intercomunicador.

—Bien Frank, creo que ahora será más difícil. —Apretó fuertemente su arma, cerró los ojos y totalmente enfocada en su misión añadió—: Te prometo Barry, te prometo que la llevaré conmigo.

Dos pisos arriba...

—¿Qué crees que estén haciendo los demás allá abajo? —preguntó uno de los captores de Ignacio.

—No lo sé —respondió otro mientras se estiraba y bostezaba debido al aburrimiento—, pero seguro están bien. —Fue la vaga respuesta que dio, puso su atención en Ignacio, el cual estaba tirado en el suelo, no se había movido ni emitido ningún sonido desde hace ya cierto tiempo—. ¡JA!, mira ese pobre infeliz —exclamó mientras se burlaba.

—Sí, El idiota no ha dicho una palabra desde hace rato.

—Le debió dar un ictus mental al malnacido por la impresión.

—El pobre debe tener un trauma de la puta. ¿Lo golpeamos un rato?

—Ja, ja, ja, ja, estaría padre, pero llama los otros chicos talvez también quieran golpearlo.

—Está bien, ya lo hago. —Corrió hasta el rincón donde se quedaron los otros dos jugando cartas—. Oigan, vamos a golpear al ricachón, ¿quieren participar? —informó con cierta malicia.

—¡Claro! —expresaron los otros dos al unísono mientras dejaban sus cartas sobre una pequeña caja que usaban como mesa, rápidamente se levantaron y siguieron a su compañero.

—Oh, espera. —Uno se regresó y agarró la katana que yacía al lado de una viga de concreto.

—¿Qué haces Hernández? —preguntó uno al ver lo que llevaba consigo.

—¡Qué! —Exclamó—. Podríamos golpearlo con esto, esta mierda es muy dura.

—Ok, vamos ya antes de que el jefe regrese. —Los tres caminaron de vuelta y se reencontraron con el hombre restante que estaba parado justo al frente de Ignacio.

—¿Bien quién quiere ser el primero en romperle la cara al niño bonito? —armaron un semicírculo justo enfrente del muchacho que ni se inmutaba por la presencia de sus captores.

—Yo voy a ser el primero —respondió Hernández—. ¿Alguien tiene Problemas con eso? —preguntó, los demás negaron entre risas—. Bien le voy a partir la cara al niño bonito.

***

—Vengan rápido encontré otro cuerpo —exclamó en voz alta.

—Maldición, ya van más de diez con este, ¿qué mierda pasa aquí?

—No se separen manténganse alerta, disparen a todo lo que se mueva.

—Estoy realmente jodida. —Oculta detrás de una gran camioneta, en un rincón del parqueadero, Francesca levantó suavemente su máscara y se secó el sudor de su frente con la manga de su chaqueta—. La he cagado en grande —dijo molesta—, esta era mi oportunidad, ayudar a Barry y callarle la puta boca a Rita de una vez. —Cerró sus piernas y entrelazó sus brazos decepcionada —. Esto no podría ser peor.

—Levántate despacio hija de puta. —Sintió una pequeña presión en la parte superior de su cabeza.

—¡Ah! —los ojos de Francesca se abrieron como platos, su corazón palpitaba tan rápido que creaba espasmos en los músculos de su pecho y sentía un hormigueo en su espalda.

—¿Que no me escuchaste maldita? —exclamó el hombre mientras presionaba su arma más fuerte contra la cabeza de la muchacha.

—Relájate, ya, ya lo hago. —Decidió obedecer, lentamente se colocó de pie.

—Alza tus brazos ¡AHORA! —ordenó el mercenario violentamente.

—Está bien. —Seguía sus órdenes no mostraba miedo, aunque lo estaba, pero no por la razón que uno imaginaría.

—Muévete, camina. —El mercenario empujaba su pistola contra la capucha para hacerla avanzar por el corredor del parqueadero—. ¡JEFE! —dio un grito a todo pulmón—, jefe, encontré a uno.

—¿¡Que!? —a lo lejos una voz gritó.

—¡Aquí! —exclamó, mientras agarraba fuertemente a su presa—. Capturé a uno.

—¿En serio? —el líder de los mercenarios caminó hasta encontrarse con él, se acercó hasta estar cara a cara con Francesca, lentamente le retiró la capucha y luego la máscara, alzó ambos brazos y en menos de un parpadeo apretó fuertemente su garganta ahorcándola—. Dime niñita, ¿quién eres?

—¡Agh! —Francesca se ahogaba, las fuertes manos del hombre apretaban la tráquea como una pitón enroscándose en su presa.

—¿Disculpa tratas de decir algo? —apretó aún más fuerte—, es que no te escuché.

Francesca acumuló todas sus fuerzas para un solo movimiento, escupió en la cara de su apresador que la soltó para limpiarse, dándole la oportunidad de llenar sus pulmones con aire nuevamente.

—Niña estúpida. —Él que la capturó le arrojó un fuerte golpe en la nuca con su arma que mantenía atrás de su cabeza, haciendo que cayera arrodillada.

—Eso no me gustó —el cabecilla de los mercenarios se limpió el rostro con la manga de su camisa—, no me gustó para nada. —Y con toda su fuerza acertó una patada en el estómago haciéndola caer bocabajo sin aire—. Dime ahora ¿dónde están tus compañeros? —puso su pie en la cabeza de la chica y presionó con toda su fuerza.

—¡Jefe!, ¡jefe! ¿Es cierto tiene a uno? —los otros grupos que estaban desplegados por todo el piso se reunieron de nuevo.

—Más bien a una. —Quitó el pie de la cabeza de Francesca y dio media vuelta —. Oigan malditos —gritó —, tenemos a su amiga si no salen de su escondite le voy a cortar la garganta. —el eco término de sonar y vino un silencio absoluto no hubo respuesta—. ¿Me escuchan?

—No… no pierdas tu… tiempo —habló la chica con dificultad—. Aquí no hay nadie, yo sola acabé con tu "grupito" de soldados.

—¡JA, JA, JA, JA! —soltó una carcajada—. Para ser una chica tienes muchos huevos ¿sabes?

—Si me lo dicen mucho —respondió Frank mientras limpiaba la sangre de su labio.

—Me lo imaginaba. —volvió a dar media vuelta y acertó una nueva patada, esta vez en el rostro de la desvalida Francesca dejándola inconsciente —. Díganles a los del piso nueve que bajen aquí. Traigan unas cadenas —ordenó molesto—. Le voy a reventar la cara hasta que me diga la verdad.

Piso nueve...

—Toma bastardo. —Atinó un golpe directo a la cara. Ignacio tenía varios moretones y cortes en su rostro, pero él no hacia el más mínimo gesto de dolor, seguía perdido en su mundo, babeando como si no le importara nada.

—Ya déjalo Ribera ese hijo de perra no va a reaccionar —habló uno de los captores que ya se había aburrido de golpear al joven y ahora jugaba cartas con los otros dos.

—Maldición, ¿este tipo no siente o qué? —el hombre se alejó molesto, decepcionado y algo cansado.

—Atención a los del piso nueve, bajen al piso siete y háganlo rápido no se les olvide traer al niño rico y la espada del jefe —habló una voz a través de los comunicadores de los soldados.

—¡Oh, mierda!, vámonos, el jefe no querrá que le hagamos esperar. —El grupo se levantó apresuradamente de su pequeño rincón de juego improvisado.

—Si es mejor que...—en su afán de levantarse a Hernández se le cayó la katana, la tenía sobre sus piernas, el golpe hizo un pequeño ruido agudo, el *tsuba* hecho de un fino metal impactando contra el asfalto hizo un eco que llamó la atención del perdido joven que desde lejos puso su mirada en esa misteriosa arma, sentía una rara atracción algo lo llamaba a tomarla, en su mente surcaron un montón de imágenes las cuales pareciese que la espada estaba tratando de ponerlas ahí, él solamente sonrió.

—Sí que eres estúpido Hernández—increpó uno de sus camaradas—, ya verás lo que te hará el jefe si llegas a romper esa cosa.

—Ya chicos no se alteren —Hernández tomó la espada del suelo y la limpió un poco—, vieron no pasó nada, ni siquiera un rasguño.

El grupo de cuatro tomaba sus cosas guardando las cartas y los cigarros que tenían sobre la pequeña mesa, pero de improviso un gran ruido los detuvo de su obligación.

—¡*JA, JA, JA, JA, JA!* —una gran risotada se escuchó, era tan fuerte que hizo que los cuatro hombres dieran un pequeño salto.

—¿Qué demonios? —se dieron vuelta a observar de dónde provenía la risotada.

—¡*JA, JA, JA, JA, JA!* —aquella monstruosa risa venía de Ignacio, aparentemente acababa de salir de su trance.

—¿Qué le pasa a ese infeliz? —preguntó el torpe de Hernández.

—No lo sé, hagan que se calle —exclamó Ribera.

—Richard has que se calle —le ordenó.

—Ya voy —Richard corrió hasta el muchacho que seguía con sus horribles carcajadas—. Tu imbécil —dio una patada a una de las piernas del chico—, será mejor que te calles o…

—¡*JA, JA, JA, JA, JA, JA, JA!* —la risa se volvió aún más fuerte que antes tanto que empezaba a lastimar los oídos de sus secuestradores.

—Maldición lo haré yo mismo —Agarró su fusil—, maldito —dijo mientras colocaba su arma en la frente de Ignacio—. Cállate o te vuelo los sesos.

—*JA, JA, JA, JA, JA.* —La risa se detuvo por un momento—. Vamos, Dispara, no tienes los huevos. —Al terminar su oración él continúo riendo.

—Dame acá —le arrebató la katana a Hernández—. Vamos a ver si no se calla. —Sacó la hoja de su funda y se arrodilló cerca de su prisionero, le quitó el zapato derecho y luego la media—. Mira maldito si no te callas te juro que te cortaré el pulgar, ¿me oíste? —él ni se inmutó ante tal amenaza seguía riendo—. Vamos, chicos vengan —los otros tres del grupo se acercaron—, a ver si no se calla. —Puso la fría hoja contra su pulgar, apretó con tanta firmeza que estaba empezando a cortar la epidermis del dedo.

—Oye viejo ¿en serio lo harás? —preguntó Richard.

—El jefe nos cortará las pelotas —agregó Hernández preocupado.

—Ah, cállense, lo voy a hacer —respondió.

—Pero ¿qué pasa si el jefe se entera? —argumentó Richard.

La discusión le dio una oportunidad, paró de reír, miraba la pelea con una sonrisa en su rostro—bien creo que es hora de irme de aquí. —Procedió a patear fuertemente el mentón del mercenario arrodillado haciéndolo soltar la espada, la katana no había caído al suelo, pero alcanzó a agarrarla entre los dedos de su pie descalzo, manejándola con maestría la clavó en la pierna derecha del secuestrador más cercano.

—¡AAAAAAH! —gritó Rivera mientras caía al suelo con su extremidad herida.

—¡¿Qué mierda?! —exclamó Hernández sorprendido haciéndole tirar su fusil.

—¡Eh! Richy. —Llamó la atención del hombre y por reflejo él volteó e hizo contacto visual con el muchacho lo cual aprovechó para escupirle un líquido que estaba revolviendo en su boca directo a los ojos dejándolo ciego.

—¡Ah! Maldito. —Richard inhabilitado se alejó para limpiarse.

—¡QUE EMPIECE LA FIESTA! —dio un gran salto para ponerse de pie—. Bien ahora estamos listos para el segundo asalto. —Proporcionó una fuerte patada al fusil de Hernández para que este se deslizara debajo de una camioneta.

—Bastardo. —Apenas se acababa de recuperar del golpe en el mentón, agarró su arma e inició una lluvia de plomo, no obstante, ninguno de los disparos acertaba a su blanco, él danzaba para alejarse de las balas con una velocidad increíble.

—Muy lento viejito. —Los movimientos realizados por él no parecían humanos, no lo eran.

—Maldita sea —exclamó al ver que las balas no daban en el blanco—. Ribera, déjate de pendejadas y ayúdame.

—Maldito. —Ribera retiró la espada del interior de su pierna y se unió a la lluvia de fuego, pero ninguno de los dos lograba acertar, él recorría toda el área moviéndose con una velocidad y soltura increíble, hasta posicionarse detrás de una columna.

—Buscaré más munición y un arma para Hernández —se acabó el par de cargadores que llevaba con él—, no le pierdas el rastro. —Velozmente salió disparado a la camioneta donde guardaban sus equipos.

—No, no lo harás. —Aprovechó el momento y salió de su escondite, bordeó el fuego enemigo para alcanzar la Katana que estaba tirada a unos metros de Ribera—. *Jackpot*! —exclamó al agarrarla, ya solo necesitaba a quien alcanzar —. No es tu día de suerte Ribera.

—Muere infeliz. —Utilizaba su último cargador, confiando en que el racimo de balas acabaran con su enemigo, esas esperanzas mermaban con cada proyectil disparado, él se acercaba desviando los disparos mientras blandía la espada— "clic" —ese sonido indicaba la pérdida total de su esperanza.

—¡BU! —vociferó con una sonrisa totalmente espeluznante justo a unos pocos centímetros del rostro de su contrincante—. Hasta aquí llegas en la historia Ribera. —Con un rápido movimiento degolló a su enemigo. La sangre se derramaba en el suelo manchando todo a su alrededor, la cabeza se desprendió de los restos de carne y rodó por el piso—. Va uno quedan tres. —Agitó la espada contra el suelo para limpiar el exceso de sangre.

—La tengo. —Hernández finalmente pudo agarrar su arma debajo de la camioneta, estuvo tratando de alcanzarla y ahora que la tenía apuntó hacia su objetivo.

—Que no te dé felicidad amigo. —La espada fue más rápida que la bala, lanzó la katana en dirección hacia el matón, no pasó ni medio segundo antes de que el arma blanca penetrara el ojo izquierdo del mercenario matándolo al instante, caminó tranquilamente y la retiró de la cavidad ocular.

—Mierda, mierda —llegó al vehículo, trataba de tomar los cargadores, pero debido a su nerviosismo se le resbalaban de las manos—, no puedo creer que ese infeliz...

—¡HOLA! —se aproximó sigilosamente y le dio un fuerte grito justo detrás de la oreja, el hombre dio un salto y los cargadores salieron volando por los aires.

—Maldición. —Fue su última palabra, con un rápido movimiento su corazón fue atravesado, por la afilada hoja tomando así su vida.

—JA, eso fue demasiado fácil —exclamó algo inconforme, dio media vuelta para localizar a su siguiente presa—oh, Richy. —Comenzó a entonar una canción acompañada de un baile.

—Ah, bastardo —él seguía sin ver, sus ojos no solo estaban manchados por la sangre y la saliva que él le escupió, se podían ver unos diminutos cristales blancos que brillaban como escarcha al ser tocados por la luz—. ¿Dónde estás? —podía oír la balada que estaba cantando lo cual le daba una señal de qué tan cerca estaba de él.

—¿Sigues sin ver? —preguntó en cierto tono sarcástico, mientras danzaba como si fuera un bailarín de vals, movía sus pies con cierta gracia mientras hablaba—. Bueno... —finalmente, se detuvo, puso su dedo índice derecho en su mentón en actitud de pensar mientras miraba hacia arriba—. La verdad es que antes que decidieran tratar de cortarme el dedo decidí masticar un trozo de vidrio que encontré por ahí, ese debió ser el ingrediente secreto para tu ceguera. —Terminó con una gran y sísmica risa al ver como Richard se movía a ciegas.

—Maldito loco —agarró su fusil y empezó a disparar en todas direcciones tratando de aniquilar a su enemigo—, te voy a matar. —Richard descargó todo el cargador de su arma. El eco del último disparo resonaba por todo el lugar. Respiraba fuertemente, las gotas de su sudor bajaban de su frente y se mezclaban con la sangre y los cristales enterrados en sus párpados—. ¿Lo maté? —se preguntó a sí mismo nervioso.

—*Nope* —le habló desde detrás de su oído, apretó la espada fuertemente y de un rápido y despiadado estoque atravesó el corazón del secuestrador desde su espalda. Richard exhalaba sus últimos gajos de aire, la sangre salía de su boca, el joven retiró la katana y el cuerpo se desparramó en el suelo manchando el piso con su sangre.

—Cielos, esta cosa tiene bastante filo. —Dispuso de un minuto para mirar detalladamente la hoja de la katana la cual brillaba con la poca luz del parqueadero—. ¿Qué es esto? —Pudo darse cuenta de que de un lado de la hoja estaba escrita una leyenda—, *"Diabolus autem revelare"* —leyó en voz alta— *Ja, ja, ja,* coincidencias del destino. —Tenía una sonrisa de oreja a oreja se podían observar sus dientes, estos estaban manchados con algo de sangre—. Tú y yo seremos grandes amigos. —Tomó el *tsuka* con su mano izquierda mientras que con la derecha apretó fuertemente la hoja, después hizo un rápido y brusco movimiento que desencadenó en un gran corte en su palma—. Mi sangre —se dijo a sí mismo al ver la cortada que se había hecho, el líquido rojo brotaba, la herida era profunda, pero él no presentaba ninguna señal de dolor, velozmente pasó la mano llena de sangre por su pelo de adelante hacia atrás lo cual hizo que se tiñera de un color rojo oscuro.

Por un par de minutos no se movió, miraba los cuerpos de sus captores tirados en el suelo, cerró sus ojos y de repente sonrió—¡sí! Qué bueno es volver. —Dio media vuelta y caminó un par de metros para recoger la *saya* de la katana, esta yacía en el suelo—. Así estarás completa. —dijo Ignacio, se agachó y... —. Amigo yo no soy Ignacio, no me vuelvas a decir así, mi nombre es... Shay, un gusto en conocerte —Shay hizo una reverencia—, y desde ahora yo seré el protagonista de esta historia.

***

—Lo preguntaré una vez más. —El cruel hombre golpeó el rostro hinchado y sangrante de Francesca con una barra de metal.

La chica escupió sangre directo en los zapatos de su maltratador—ya te... Dije —Frank estaba de rodillas, atrapada, con cada brazo fuertemente amarrado a una cadena que llegaba hasta unas tuberías en el techo.

—Crees que te creo, ja —dio media vuelta para dirigirse hacia sus hombres—, ¿alguno de ustedes le cree?

El grupo entero rio como respuesta, todos Los mercenarios rodeaban a su jefe mientras observaban el espectáculo, ninguno creía que una jovencita podría acabar con un grupo de hombres entrenados.

—Jefe disculpe que lo moleste. —Uno de ellos se le acercó.

—¿Qué quieres? —dijo mientras le pegaba una fuerte patada en el estómago a su rehén.

—Es que han pasado más de diez minutos, desde que avisamos al grupo que dejó a cargo del Muchacho millonario que bajaran, pero no hemos recibido respuesta ni confirmación, no cree que...

—Maldita sea —arrojó la barra y se apresuró a tomar su intercomunicador—, atención piso nueve —esperó un par de segundos por una respuesta—, maldita sea confirmen allá arriba. —Otra vez volvió a hablar, pero nadie respondía, no podía perder a su rehén, estuvo planeando ese secuestro por más de tres meses y no iba a dejar que todo se desmoronara de esa manera, así como así.

—«Eh, sí... Jefe Discúlpenos es que estábamos golpeando al niño rico, ya estamos en el elevador». —Finalmente, una voz habló, aliviando así al hombre.

—Maldición Richard —exclamó—, te pago para que sigas mis órdenes, vengan para acá para meterles una bala Calibre cincuenta a cada uno de ustedes por el culo. —Cortó la comunicación, aunque parecía molesto en realidad ahora se encontraba mucho más aliviado por la respuesta de parte del equipo—. Estos imbéciles. —Colocó el aparato en su cinturón, recogió la palanca de metal y volvió a su labor—. Voy a reventarle los dientes a esta perra. —Apretó fuertemente la barra y estaba a punto de golpear a Francesca cuándo.

—"PIM" —el característico sonido del elevador arribando al piso, a unos cuantos metros de ahí.

—¡Eh! Llegaron los muchachos —uno de los mercenarios en el grupo avisó acerca del elevador.

—Bien —respondió el jefe después de golpear el brazo izquierdo de la muchacha con la barra de metal.

—¡AAAAAAAH! —chilló Francesca después de recibir el poderoso impacto.

—«"PIM" "PIM" "PIM"» —el ascensor volvió a dar su característico sonido de alerta empero nadie aparecía de dentro de sus puertas.

—¿Qué está pasando? —dijo extrañado el mismo sujeto al oír de nuevo el sonido, sin embargo, ninguno de sus otros compañeros prestó atención debido a que estaban concentrados en la tortura de la chica—. Iré a comprobar el elevador. —Absolutamente nadie se dio cuenta de que se marchaba su curiosidad fue más grande que sus ganas de ver sangre.

—A ver hija de puta —la agarró fuertemente de su cabello, arrojó la palanca al suelo y de la funda de su cinturón sacó su gran revólver y lo colocó contra el mentón de Francesca—, dime, ¿qué estabas haciendo y de una vez?

Ella solamente volvió a escupir en la cara de su torturador, sin importarle las consecuencias de esto, su ojo derecho estaba morado y envuelto en sangre, palpitaba, al ritmo de las gotas de sudor que caían de su frente.

—Bien tú lo quisiste. —Comenzó a golpearla con la culata del arma encarecidamente.

Los hematomas en su rostro surgían después de cada golpe recibido, su brazo izquierdo se encontraba roto, pero increíblemente, no mostraba ningún signo de doblegarse, si tenía que morir por su orden o por sus compañeros para ella eso estaría bien.

—Ya me cansé de esto. —Retiró el seguro de su arma, introdujo el revólver dentro de la boca de la joven lo más profundo que pudo—. Te voy a...

—¡AAAAAAAAH! —no pudo terminar su oración ni mucho menos su acto debido a que un estruendoso alarido de miedo lo detuvo.

—¿Qué demonios? —sacó el revólver de la boca de Frank y sé volteó buscando el sitio donde provenía tal grito.

—Cof, cof. —Francesca tosía desesperadamente mientras volvía a tomar aire.

—Vamos, síganme. —Se dirigió hasta el origen del grito con sus hombres atrás de él—. Quédense algunos con ella para que no se le ocurra nada. —Cuatro de los mercenarios se quedaron al cuidado de la chica—. ¿Qué mierda fue eso? —lograron localizar el lugar de origen del grito y a unos cuantos metros de ahí uno de sus hombres tirado en el suelo temblando como una niña perdida.

—Tú responde —el jefe se acercó hasta el mercenario caído agarrándolo de su chaleco táctico—, ¿qué ha ocurrido?, ¿por qué gritaste? —tenía la mirada perdida, su piel estaba más blanca que la leche, las pupilas de sus ojos estaban tan dilatadas que no se podían diferenciar del iris. El pobre hombre solo se limitó a apuntar hacia el elevador—. ¿Qué mierda? —dirigió su mirada al punto indicado y pudo entender el porqué de la reacción de su subordinado. Dentro del ascensor había una matanza, el piso estaba lleno de partes humanas brazos, piernas, y otros pedazos de carne, la sangre escurría del piso haciendo un camino fuera del elevador, las paredes repletas de huellas con el mismo líquido rojo y por último tres cabezas ubicadas arriba del cúmulo de vísceras con los ojos completamente en blanco. Uno de los mercenarios ante tal atrocidad, vomitó y a los pocos segundos otros tres le siguieron.

—¡MIERDA! —gritó el jefe a todo pulmón—. Esa maldita, esa maldita va a pagar, seguro ya se llevaron al muchacho, maldi…

—¡Fuuuu, fuuuu! —unos extraños silbidos se percibieron súbitamente atrás de ellos, este era tan fuerte y agudo que lastimaba.

—¿Qué, que es eso? —los secuestradores, dieron media vuelta y se colocaron en posición de combate con sus armas en mano—, ¿ahora qué maldita sea?

—¡Fuuuuuuuuu! —una figura empezaba a asomarse de las sombras.

—¿Quién… quién eres tú? —el líder preguntó mientras apuntaba con su revólver al misterioso ser, el sujeto se limitó a mostrar una gran sonrisa que podía verse aún en la oscuridad, unos grandes y filosos dientes que se parecían más a pequeñas navajas barnizadas con un ligero tono rojo—. Habla maldito, antes de que te llenemos de plomo. —Todo el grupo apuntaba hacia la figura envuelta en las sombras.

—«Chicos no disparen, soy yo Richard». —La figura por fin se identificó.

—Maldición Richard —exclamó El líder de los mercenarios—. ¿Querías matarnos del susto? —todos bajaron sus armas—, los demás están muertos, masacrados y tu maldito te apareces así, ¿qué mierda pasó allá arriba?

—«Lo siento jefe» —respondió—. «Un loco nos aniquiló ahí arriba, mató a los demás, yo apenas pude escapar de ese monstruo».

—¿Viste quién era?

—«No, lo siento» —confesó—. «Pero logre traer la espada conmigo». —De las sombras se alcanzó a divisar la hoja reluciente del arma.

—Bien imbécil, al menos algo es algo, ven para acá y ayúdanos a matar al maldito que hizo todo esto.

—«Está bien jefe, pero ahora tengo heridas en todo el cuerpo ya no estoy igual que antes».

—Da igual bastardo —expresó—, cuando terminemos aquí te pagas un cirujano.

—«Está bien, ya voy». —Hubo unos segundos de silencio y de repente un objeto rodó desde las sombras hasta los pies del líder, era la cabeza de Richard—. «¿Qué pasa jefe? Le dije que lucía diferente», ¡JA, JA, JA, JA, JA! —Shay soltó una risa estruendosa y macabra.

—Maldita sea abran fuego. —Al dar la orden todos los del grupo empezaron a disparar a la oscuridad, la lluvia de fuego duró por casi diez segundos todos disparando al mismo punto negro—. Alto, alto al fuego —gritó dando la señal a sus hombres de parar.

—¿Lo matamos? —preguntó un acobardado mercenario. Todos permanecieron en silencio, el humo no se terminaba de disipar de los fusiles, al igual que el polvo levantado por las balas y el concreto

—Activen las linternas rápido. —Dio la orden, esperando ver el cuerpo tirado en el suelo, lleno de agujeros creados por las balas, pero para su sorpresa no hubo nada—. ¡MALDICIÓN! —gritó violentamente—. Tenemos que encontrarlo ya, sepárense en tres grupos de cuatro ¡ahora!

—¡Sí señor! —dijeron los soldados al unísono, los grupos tomaron caminos separados y empezaron a registrar el piso.

—Atención —el jefe agarró su intercomunicador de su cinturón para contactarse con el conjunto que seguía con la chica.

—Dígame jefe, escuchamos disparos y...

— Escúchenme, tenemos a alguien más aquí, y no creo que sea normal, agarren a la chica y llévenla al cuarto de mantenimiento, nos refugiáremos ahí, háganlo ahora. —Dejando al resto de sus hombres buscando al misterioso ser, él se dirigió al cuarto que sería su trinchera.

Justamente en la parte exterior del edificio, estaba Shay agarrado de una barra de metal que sobresalía de la pared exterior, sonreía, escuchó perfectamente la conversación del jefe—dejaré de último al cerdito mayor, primero me encargaré de los súbditos. —Soltó una pequeña risa burlona—. Y ustedes amigos, tienen un pase exclusivo para esta matanza. —Se balanceó y dio un salto para poder entrar de nuevo al edificio—. ¡Ah! —exclamó estando en el interior del parqueadero. Retiró la katana de su *saya* y dio un pequeño toque al suelo—. Bien, es hora de cazar cerditos.

***

—Maldición este sitio es enorme. —El mercenario se quejó mientras patrullaba. Los minutos habían pasado y todos empezaban a desesperarse.

—Esta mierda es grandísima —agregó otro, el grupo se mantenía en una clase de círculo que les permitía ver en todos los flancos.

—Se suponía que este edificio iba a ser uno de los primeros súper hoteles en la ciudad, pero el propietario no quiso continuar con el proyecto y le vendió el edificio al estado, los imbéciles no supieron que hacer con él y lo convirtieron en un maldito estacionamiento.

—¿Qué idiota planea construir un hotel lujoso y luego lo deja a medias?

—Un gran idiota —Los cuatro se rieron por la respuesta. Pero la historia era un poco diferente, hace muchos años un inversionista extranjero quiso construir un súper hotel en el distrito *Northbell*, claro, mucho antes tenía un nombre muy diferente, en el pasado respondía al nombre *shi no michi* bautizado así por los japoneses desplazados por la primera guerra de las provincias que moraban ahí tiempo atrás, la gente decía que esa zona emanaba una gran cantidad de energía negativa debido a los cientos de atrocidades ocurridas durante mucho tiempo; muerte, violaciones y peste era lo que se consumía en ese distrito, el inversionista extranjero se le dio la idea de invertir en esa horrible parte de la ciudad construyendo un mega hotel, creía que si uno se animaba después el resto lo haría, pésima deducción, el proyecto quedó a medias debido a muchas razones que aún no se tienen claras, unos decían que era porque el inversionista resultó ser un capo de la droga que utilizaba el edificio como fachada para traer diversos tipos de narcóticos dentro de los materiales de construcción. Otras lenguas aún más negras decían que por las noches el interior del edificio era destruido por diversas clases de monstruos emergentes a causa de la acumulación de maldad en el lugar, esto hacía imposible la realización del mega hotel ya que se perdía mucho tiempo al volver a arreglar todo lo destruido en una noche, al final el proyecto fue abandonado, pero lo que nadie sospechó era que ese edificio fue la primera piedra para renovar aquel horrible sitio, pasaron varias décadas las leyendas y las malas historias fueron muriendo al igual que las personas, el nombre fue cambiado a *Northbell*, y el sector se convirtió en el distrito financiero de la ciudad, muchas personas de distintas partes del mundo llegaban a esa zona, buscando un sitio para sus multinacionales, la gobernación le empezó a inyectar más capital al lugar creando centros comerciales, parques, almacenes y demás, a aquel viejo edificio decidieron convertirlo en un súper estacionamiento, el cual dado a las magnitudes de la estructura era tan grande que para localizar tu vehículo necesitabas hacerlo mediante una aplicación que te enviaba exactamente la ubicación para no perderte.

—¡Eh! esperen un minuto. —Uno de los soldados paró.

—¿Qué estás haciendo? —el grupo se detuvo preocupados por la alerta de su compañero.

—Necesito un cigarro —el sujeto velozmente sacó un paquete de cigarrillos del bolsillo de su pantalón, tomó uno de la caja y se lo puso en la boca—. ¿Alguien quiere uno?

—¡Señores! —Shay apareció de improviso detrás del grupo que al oír la extraña voz voltearon—. Les propongo que dejen sus armas en el suelo, de todos modos, los mataré, pero de una forma más... linda —hizo una reverencia con sus brazos bien abiertos, apretaba fuertemente la katana con su mano izquierda—, entonces, ¿qué dicen?

—Mátenlo. —El grupo de cuatro inició el ataque.

—Bueno si lo quieren así —atravesó la lluvia de balas con una gracia y una velocidad única, haciendo gala de un increíble manejo de pies—. Bien ahora es mi turno. —Shay desenfundó la Katana y arrojó la *saya* directamente a la boca de uno de los mercenarios, recibió un golpe directo, el *kojiri,* la base de la funda estaba hecha de una aleación de metal, sumado a la increíble fuerza con la que el joven la lanzó destruyó la mandíbula del tipo el cual se desplomó inconsciente, aun así, la *saya* continúo en el aire por un par de metros antes de tocar el suelo.

—Maldición —exclamó uno nervioso—, recarguen rápido. —El grupo buscaba munición en sus cinturones.

—Hagamos una brocheta. —Estando significativamente cerca de sus tres objetivos restantes, empuñó poderosamente su arma—. Tú serás la ensalada. —Penetró el estómago de uno de ellos, toda la hoja atravesó la carne del pobre sujeto.

—Malpa… rido —dando lo último de si con mucha dificultad el agonizante hombre intentó agarrar el *tsuka* de la katana para poder retirarla con sus últimas fuerzas.

—No te molestes. —Fue la respuesta de su victimario.

—Listo, ahora fuego. —Los dos mercenarios restantes recargaron sus fusiles y continuaron con la ráfaga de balas.

—¡Escudo humano! —avivamente utilizó a su enemigo ensartado para cubrirse del fuego, posicionando el cuerpo entre los proyectiles y él.

—Vamos, retrocede. —El par restante se alejaban de su contrincante para así tener un mejor ángulo de disparo, Shay comenzó a dirigirse hacia ellos aun con el cuerpo incrustado en su arma.

—Ahora vamos por la carne. —Acelerando el paso logró empotrar a una nueva persona, el mercenario expulsó un leve sonido antes de sucumbir.

—¡Rogers! —gritó su compañero al verlo caer—. Maldito. —El hombre furioso se alejó corriendo mientras tomaba su intercomunicador para alertar a sus compañeros.

—No amigo —dijo en voz alta Shay al darse cuenta de lo que hacía su presa—. Esto es una fiesta privada... Por ahora. —La *saya* estaba cerca de sus pies, dio una fuerte patada y la funda se deslizó a través del piso de concreto hasta llegar a las piernas del incauto y desesperado hombre haciéndolo resbalar.

—Mierda. —Se dio un gran golpe al caer al suelo.

—Atención respondan —se escuchó una voz, alcanzó a hacer contacto con sus compañeros—, oímos disparos, ¿están bien?

—Tengo que responder. —El individuo intentó a toda costa agarrar su aparato que cayó tan solo a unos centímetros fuera de su alcance sin embargo alguien fue más rápido.

—"Ah, ah, ah" no te muevas. —Shay colocó la punta de la espada en la nuca del mercenario y se agachó lo más que pudo para tomar el intercomunicador.

—¿Hay alguien?

—«Sí, estamos bien» —Shay respondió imitando perfectamente la voz del hombre tirado en el suelo, tan grande fue la sorpresa del sujeto que el joven tuvo que poner su pie en la cabeza del mercenario y presionarlo lo más fuerte que pudo para evitar que gritase—, «nos enfrentamos a alguien, pero regresó a las sombras, no pudimos darle, creo que lo mejor será que nos reagrupemos todos».

Por unos segundos no hubo ningún sonido, pero al final—sí, creo que sería lo mejor, contactaré por el otro canal a los otros, nos encontraremos en el ala sur.

—«Esta bien». —Shay sonrió mientras veía a su víctima tirada en el suelo, no podía hablar, pero sus ojos expresaban todo el horror necesario, el joven retiró el pie—. ¿Querías decir algo?

—Púdrete en el infi… —no lo dejó terminar, en menos de un segundo atravesó la nuca con la katana para después dar un pequeño giro matándolo al instante.

—Bueno ahora solo me falta uno. —Recogió la *saya* de su espada que permanecía a los pies de su última víctima, dio media vuelta y retomó camino hasta el mercenario tirado en el suelo aun inconsciente y con su mandíbula rota —. Oh, duerme como un cerdito, ¿qué dices amigo "narraciones locas"?, ¿debería matarlo?

—No me preguntes es tu historia.

—Vamos, aparte del que está leyendo esto, solo somos tú y yo.

—La verdad no creo que deberías estar hablando conmigo.

—Vamos hombre, estoy aburrido, quiero que interactúes más en la historia.

—Creo que deberías estar pendiente porque…

—Mira te llamaré Emanuel, ¿ok, Emanuel?

—Es mejor que te des vuelta ya que…

—Voy a matarlo Emanuel. —Shay cortó la garganta del mercenario inconsciente, la sangre manaba como una pequeña fuente, colocó su mano derecha dentro del manantial hasta que estuviera completamente empapada del líquido rojo, para luego pasarla por su cabello—¡Lucifer! —exclamó—. ¿Vas a seguir haciendo eso cada vez que haga algo?

—Será mejor que te prepares porque...

—Me molesta y sobre todo cuando... —Shay seguía hablando como estúpido sin darse cuenta de que un nuevo grupo de hombres armados venían directo hacia él.

—¡Ahí está! —gritó un miembro del nuevo conjunto—, ha matado a todos.

—Quieto imbécil. —Los tres mercenarios rodearon a su objetivo—. ¡Valente! Termina ya con eso y ven para acá.

—¡Vaya! —observó a los tres hombres alrededor de él—. ¿Hola, chicos cómo están?

—Tira la espada al suelo ¡AHORA! —le ordenó, Shay se limitó a hacer una pequeña sonrisa maliciosa, esta escondía cualquier idea maquiavélica que guardaba en su interior

—Está bien como gustes —obedeció a su orden y colocó la katana y su *saya* justo a sus pies—, ¿algo más mi señor?

—¿Eh? —el hombre dudando y desconfiando de la actitud de Shay tomó coraje para continuar hablando—. Patea eso hacia nosotros y... ponte de rodillas.

—Okey —siguió las órdenes dadas, pateó la espada y demás en dirección a sus captores para así arrodillarse tranquilamente en el suelo—, ¿alguna otra cosa mi señor?

—*Foder!* —el cuarto integrante acababa de llegar, se retrasó debido a que fue a mear detrás de unos coches. Observó los cuerpos alrededor, sus compañeros muertos, rebanados, una carnicería y el culpable justo al frente de él—. *Amaldiçoado, bastardo.* —El hombre enfurecido se acercó a Shay y se dispuso a golpearlo varias veces con su fusil—. Eran mis compañeros, maldito.

—Valente ya para —lo detuvo arrebatándole el arma—, cálmate idiota, no podemos golpearlo.

—Y porque no, ¿eh? —gritó Valente, mientras se sacaba de encima a su compañero.

—Por… porque él es el muchacho Catricofk —dijo un mercenario aterrorizado.

—Maldición, ¿estás diciendo que este infeliz niño rico mató a todos los del grupo?, ¿cómo es posible? —Valente preguntó mientras cogía de nuevo su fusil.

—Tan, tan, taaaan —exclamó Shay en voz baja.

—Estoy seguro de que es él, yo lo saqué del baúl y se lo entregué a Diego…

Al escuchar ese nombre Shay abrió los ojos como platos, ahora sabía el nombre de la persona que lo trajo nuevamente después de mucho tiempo, y al que haría pagar más que a todos.

—Tenía la misma ropa —continuó el mismo mercenario y añadió—: Casi no lo reconozco, su pelo ahora es rojo, antes era castaño, su piel está algo amarilla, y con esas orejas parece un maldito *goblin* y… sus ojos. —Dio un par de pasos para observar lo más cerca posible, estando justo a un par de centímetros de él, admiró sus ojos, como describirlos era una amalgama de colores, sensaciones y sentimientos; sus ojos giraban como un gran remolino en la parte más profunda de un peligroso río emanando alucinaciones que podían invadir tu espinazo, todas tan perturbadoras y malignas—. Ahora sus ojos... sus ojos son de color ¡rojo!

Shay se estiró y dio un beso en la nariz del aterrado hombre haciendo que este diera un salto hacia atrás por la sorpresa—oh, cariño me describes perfectamente, si no me gustara violar cadáveres... Te metería la verga por el ojo.

—Maldito loco. —Se limpió la nariz, mientras regresaba con sus compañeros armados—. Llamaré a Diego, para que venga con refuerzos.

—Si es que queda alguien —agregó Shay en voz baja.

—Él decidirá qué hacer, ustedes tres sigan apuntándole.

—O... —Shay habló esta vez en voz alta—. Pueden atarme, meterme en una camioneta, llevarme lejos de aquí y ustedes mismos pedir la recompensa. ¿Qué les parece?

—Mejor cállate, tú no tienes nada que ver en esto. —Valente argumentó furioso.

—Espera, espera, no es una mala idea —respondió uno de sus compañeros con una sonrisa—, imagínense el plan perfecto.

—No puedo creer que se lo hayan tomado en serio. —Shay negaba con la cabeza sin creerse que sus captores pudieran considerar lo que él acababa de decir.

—Imagínense, nos llevamos al chico, pedimos una gran suma a su padre, lo dividimos entre cuatro y nos vamos de esta maldita ciudad, ¡fácil!

—Ese plan tiene más huecos argumentales que este libro.

—Piénsenlo muchachos. —Los hombres cruzaron miradas, analizando el plan intentando decidir, mientras lo hacían Shay colocaba ambas manos detrás de su espalda, estaba tramando algo.

—¿Y cómo escapamos? —preguntó uno nervioso, pero interesado por la idea.

—Tomamos una camioneta, cargamos algunas armas y nos piramos de aquí, si nos persiguen les disparamos y listo.

—Casi piden a gritos que los maten.

—Cállate infeliz —respondió Valente, resentido por la muerte de sus compañeros.

—Ya déjalo Valente —lo regañó para después continuar con la propuesta—. Entonces, ¿qué piensan?

Por unos segundos los cuatro entrelazaron miradas pensando en el plan y sus beneficios al final todos concordaron y asintieron con la cabeza, fue la señal de la aprobación.

—Hagámoslo —respondieron, inclusive Valente que quería matarlo, pero la ganancia era muy grande como para negarse.

—Está bien, levántenlo y llévenlo hasta nuestra camioneta. —Dos mercenarios se acercaron a Shay para tomarlo del suelo, sin embargo, lo que sea que estaba haciendo con sus manos en su espalda ya estaba terminado, pero mantenía estas en forma de puño fuertemente apretadas para no revelarlo—. Jo, que no se me olvide. —Se agachó para recoger la katana, procedió guardarla en su *saya* para después sujetarla a una de las correas de su chaleco táctico—. Tal vez pueda vender esta mierda en el barrio chino por unos cuantos guiados. —Empezó a marcar el paso. Detrás de él seguían los otros tres, Shay era custodiado por dos mercenarios, los cuales lo tenían fuertemente agarrado de sus brazos impidiendo su escape, todos caminando hacia una de las camionetas para poder salir del edificio, encontrar un sitio en donde resguardarse y pedir el dinero del rescate.

—Chicos —habló Shay rompiendo el silencio—, ¿quieren que les cuente una historia?

—¡No! —respondieron los dos que lo mantenían agarrado.

—Cállate y sigue caminando —agregó Valente.

—Bueno no importa, se las contaré de igual forma —manifestó Shay—. Había una vez un niño que desde pequeño siempre lo tuvo todo, pero nunca pudo tener una cosa, la cosa que el más deseaba en el mundo.

—Cierra la maldita boca *viado!* —Le gritó Valente que cuidaba la retaguardia del grupo.

—El pequeño niño creció y pensó que ya no necesitaba esa cosa que tanto quería…

—Ya cierra la maldita boca. —Le ordenó él que marcaba el paso mientras ajustaba la katana en su chaleco.

— Pero muy en el fondo de su corazoncito, el pequeño niño que ahora era un muchacho seguía deseando ese… <<algo>>.

—Cierra la boca o te meto un tiro. —Valente ya estaba en su punto de quiebre, si lo escuchaba una vez más lo mataría.

—Un día ese joven, se encontró con unas personas que lo empezaron a tratar mal… —Shay dejó de apretar sus puños.

—Ya maldición, ¡te voy a meter un tiro! —Valente alzó su fusil y colocó el cañón justo en la cien del joven dispuesto a matarlo.

—Valente ¿qué carajos estás haciendo? —lo confrontó uno de sus compañeros.

—No puedo con esto, este maldito mató a todos nuestros compañeros —respondió alterado.

—Él pobre muchacho fue torturado por esas personas, fue golpeado e insultado, el pobre chico ¡LLORÓ! —de repente enterró sus afiladas y rasgadas uñas en el cuello del mercenario más cercano—. El pobre chico ¡SUFRIÓ! —mientras ellos resolvían el plan de escape, Shay aprovechó para afilar sus largas uñas y volverlas unas pequeñas pero letales dagas casi tan filosas y peligrosas como la katana, con estas desgarró la yugular de uno de sus captores.

—¡MALDICIÓN!

—Debimos matarlo como te dije. —Valente se retiró y tomó espacio para disparar.

—El chico sé ¡ROMPIÓ! —pasó sus afiladas uñas por el rostro del otro hombre que lo mantenía agarrado, destrozándole la cara.

—¡MIS OJOS! —exclamó antes de caer al suelo con su rostro destrozado.

—Vamos, matémoslo. —Valente y el otro mercenario empezaron a disparar, no obstante, las balas impactaban en los coches, muros y vigas, pero ninguno llegaba a su objetivo real, la velocidad que era capaz de alcanzar era impactante, se movía a través de las ráfagas de proyectiles esquivando cada una de las balas.

—Y algo muy bueno... —Se acercaba velozmente, cada pestañeo era un par de pasos más cerca de ellos—. ¡SALIÓ! —tomó su espada que permanecía acoplada al chaleco del hombre, al tenerla entre sus garras la retiró de su *saya*, coloco ágilmente la katana entre las piernas del mercenario y de un tajo lo rebanó en dos, ambas partes del cuerpo cayeron al suelo una a cada lado del victimario, los líquidos y órganos empezaron a derramarse por el suelo.

—*Assassino*. —Valente era el último—. Mierda. —La lluvia de balas se detuvo su munición se agotó, desesperado el hombre y sin nada más que recurrir arrojó su fusil y alcanzó una navaja que cargaba en su chaleco—. ¡AAAAAAAAH! —soltó un gran grito de batalla, corrió hacia Shay que permanecía inmóvil en medio de los restos de su última víctima—. ¡MUERE! —desesperado alzó el cuchillo y en el momento justo que iba a acertar su navaja en el cuello de su contrincante este último hizo un delicado movimiento desplazándose hacia adelante, el mercenario perdió el equilibrio al fallar el golpe, dio unos largos pasos antes de poder detenerse por completo y evitar la caída, pero esto era lo que Shay quería, en menos de un pestañeo él se colocó justo detrás de su captor, sin darle ningún tiempo de reacción, atravesó su corazón con su espada, aplicó tanta fuerza que el *tsuba* llegaba a penetrar la carne.

—Ahora el muchacho estaba completo... —retiró la Katana del cuerpo que cayó desparramado al suelo, agitó la espada para retirar el exceso de sangre en ella, se quedó un par de segundos inmóvil sin hacer ningún ruido lo cual le permitió escuchar los sollozos del mercenario restante.

—Mi cara... Dios. —Estaba recostado a una viga mientras mantenía la carne desprendida de sus ojos, nariz y labios, Shay se acercó a él casi sin emitir ningún sonido, lo observó con esos rojos y pesados ojos muy parecidos a los de un reptil que desprendían una serie de emociones casi incomprensibles para una persona normal y después de unos segundos dio una precisa estocada justo en la frente del hombre hasta atravesar toda su cabeza.

—Y ahora ellos... —dijo pausadamente—. Nunca, nunca se separarán.

Tiempo después...

—¿Jefe se encuentra bien? —el hombre armado preguntó al ver a Diego caminar de un lado a otro por el cuarto de control.

—No imbécil, no estoy bien —respondió violentamente—, hay un maldito allá afuera matando a todos mis hombres, ¿en serio crees que estoy bien Jack? —dijo mientras lo agarraba por el cuello de su camisa para después arrojarlo a una silla.

—¿Por qué no nos largamos de aquí de una vez? —preguntó otro.

—¿Qué piensas idiota? —Diego se aproximó hasta él, molesto—. Yo no soy ningún cobarde, ¿me entiendes? ¡NO SOY UN COBARDE!

—¿Por qué no revisamos las cámaras? —habló Jack intentando calmar el ambiente.

—No funcionan imbécil —respondió otro, ubicado en una esquina jugando con un cuchillo—, eso fue lo primero que hice al llegar aquí. —caminó hasta el panel de control—. Esta chica o su amigo debieron haberlas infectado probablemente cuando la luz se fue.

—¿Qué... que está pasando? —justo en ese momento Francesca despertaba, Diego le había dado un fuerte golpe que la noqueó para que fuera más fácil transportarla—. ¿Dónde estoy?

—Genial, la perra está despertando —habló el mercenario restante.

—Un momento Javier —Diego se dirigió a Francesca con una idea recién creada—, voy a hablar con ella. —Se colocó justo al frente de la silla de madera en la cual la chica se encontraba ahora atada.

—¿Qué mierda? —exclamó ella al ver donde despertó—. ¿Dónde...? —intentaba liberarse de sus ataduras sin éxito, hasta que su cerebro trajo de nuevo los recuerdos del lío en el que ahora estaba—. Ah, Cierto. —Su rostro cambió de preocupación a molestia.

—Mira niña te propongo un trato —la voz de Diego cambió a un tono más serio y formal—, te dejaré libre, pero tienes que decirle a tu amigo que me devuelva al niño rico. —Diego estiró su mano en señal de amistad—. ¿Qué dices?, ¿tenemos un trato?

—No sé de qué carajos me hablas —respondió Frank que seguía luchando por liberarse—. Ya te dije, vine sola —la rabia se le acumulaba en la cara, el color rojo se apoderaba de la blanca piel de su rostro, llevaba toda la noche diciendo que no había nadie con ella, pero aun así nadie le creía—. Yo sola pude con... —la voz de la chica fue interrumpida.

—Jefe, jefe ¡lo matamos! —el intercomunicador dio la mejor noticia de toda la noche, todos en el cuarto exhalaron—, ¿me oyen? Cambio.

—Sí, si repórtese soldado —respondió Diego con cierto temblor en su cuerpo.

—Le acabamos de dar de baja hace unos minutos. —Los hombres de la habitación celebraron entre risas y aplausos.

—¿En serio? —Diego hizo contacto visual con la retenida, en sus ojos se reflejaba la satisfacción y poder, en ese mismo momento el trato que puso sobre la mesa acababa de expirar.

—Sí señor, le tomamos por sorpresa intentando escapar en un coche con el joven que vinimos a secuestrar. Aprisionamos al muchacho, vamos a revisar el cuerpo y después vamos para allá.

—Excelente. —Las buenas noticias no acababan para Diego, aparte de tener al hijo de puta que le causó tantos problemas, también recuperó a su rehén y ahora no tendría que repartir el botín entre tantas personas—. Bueno niñita, sobra decir, que el trato está… ¿Cómo dicen? Fuera de la mesa. —La sonrisa de Diego era tan enorme que dolía solo con verla—. ¿Verdad muchachos?

—Sí, —el grupo respondió mientras reía—. Vamos a matarla.

—Tranquilos muchachos, tenemos que hacer que sufra más.

—Oye viejo… —habló con cierto temor en su voz—. No sé quién sea el imbécil de allá afuera, pero él no está conmigo.

—¿Crees que te voy a creer? —Diego se reía mientras hablaba—. Si fuera tu haría…

—Jefe parece que hay un error. —La voz volvió a hablar a través del intercomunicador.

—¿Qué pasa? —Diego respondió.

—El que estaba manejando, era uno de los nuestros… era, era ¡Valente!, le cambiaron la ropa —la voz se oía preocupada—, ya estaba muerto antes de que empezáramos a disparar… el que los mató es… no, bájalo antes de que… —de repente se empezaron oír unos disparos acompañados de gritos—. Mátenlo, mátenlo, no, no, ¡AAAAAAH!

—Soldado, soldado responda. —Diego gritaba esperando una respuesta, pero no hubo nada, el miedo volvía a apoderarse de él y de todos en ese cuarto—. ¡Soldado!, ¿soldado? —la desesperación y el horror se lo comían vivo, el sudor bajaba por su frente como cascada, apretaba fuertemente el aparato mientras rogaba por una respuesta, pero solo se escuchaba estática, hasta que…

—Hola, Dieguito —una extraña voz habló.

—Quien… ¿quién eres? —respondió Diego después de unos segundos.

—Oh, Dieguito tu no me conoces, pero lo harás, *JA, JA, JA, JA, JA*.

Diego se armó del poco valor que le quedaba y lo combinó con la rabia que guardaba en su pecho—escucha maldito bastardo, tengo a tu compañera, si no vienes y me entregas al chico voy…

—*Ja, ja, ja, ja, ja. Who?* —respondió Shay del otro lado—. Llegue aquí solo, idiota, no vengas a amenazarme, voy por ti y te voy a meter la katana por el culo, chao.

Al escuchar esas últimas palabras Diego se puso blanco como la leche, soltó el intercomunicador y este cayó al suelo, todo este tiempo aquella chica le estaba diciendo la verdad—no puede ser.

—Jefe, ¿Diego que hacemos? —preguntaron sus últimos hombres, todos pasmados por la situación como su jefe.

—No lo sé. —Diego caminó hasta una pared y se tiró al suelo. Por un par de segundos hubo un silencio horrible.

—Será mejor irnos de aquí —habló Javier—. ¿No creen chicos?

—Sí, vámonos antes de que ese imbécil venga. —El grupo tomó las pocas cosas que tenían en la habitación para poder marcharse.

—Tomemos una de las camionetas y larguémonos de aquí.

—¡Eh! —Francesca llamó la atención de la tropa que estaba a punto de irse—. No esperarán dejarme aquí atada, ¿verdad?

—¡Cállate perra! —Javier le dio una fuerte cachetada—. Voy a acabar contigo ahora —sacó una pistola de su cinturón y la colocó entre las cejas de la chica—, te mataré ya.

—No, no lo harás —Diego se levantó del suelo y le arrebató el arma—, terminen de llevar todo a un coche seguro.

—Esta… está bien. —Javier demoró un poco en responder extrañado del nuevo cambio de su jefe, divagó unos segundos e hizo lo pedido.

—Voy a matar a ese hijo de puta. —Diego tenía una mirada decidida y dispuesta a todo muy diferente a la de hace unos momentos.

—Genial, ya recuperaste tus huevos —dijo Frank en tono burlesco.

—Cállate y escucha, ¿tengo un nuevo trato para ti? Ayúdame a matar a ese bastardo y te daré un veinte por ciento de lo que saquemos por el niño rico, ¿qué dices?

—La katana —respondió casi inmediatamente Francesca.

—¿Qué?

—No quiero tu sucio dinero, solo quiero la katana ¿entiendes?

—Está bien tenemos un trato.

En algún lugar del piso siete...

—*"Cause i don't Have a soul, hell yeah! Hell yeah!"* —Shay entonaba una canción mientras escribía en la pared—, *"and i'm not alone, hell yeah! Hell yeah! I tore the walls when he was inside..."* —sus dedos estaban empapados de sangre, los cadáveres yacían desparramados en el piso, uno de estos tenía un agujero en el estómago en el cual él introducía sus dedos para recargar su <<tinta>>—. Bien mi mensaje para el mundo. —Se alejó un poco para ver lo que acababa de escribir—. Está perfecto —exclamó en voz alta. Dio un giro de bailarina y recogió su katana del suelo—. Bien, esto ya está listo será mejor que acabe con esto para poder largarme. —Ahora se dirigiría al único lugar que no había revisado en ese piso, aquel pequeño e incómodo cuarto de cámaras, para él era totalmente seguro que hay estaría Diego, sin embargo...

—Detente infeliz. —Shay escuchó una voz atrás de él

—¡Ja! sabes ¿cuántas veces me han dicho eso esta noche? —dio media vuelta incrédulo y asqueado de que le hubieran dado órdenes—. *Ja, ja, ja, ja* ¡vaya! —para él fue una total sorpresa—. Así que el parásito mayor ha decidido dar la cara. —A unos cuantos metros se encontraba Diego con sus cuatro mercenarios restantes, tenían sus armas listas para matar.

—Por favor, creen que ustedes cinco van a poder conmigo, hoy he matado como a...

—Seis. —Una voz femenina le habló cerca del oído, al mismo tiempo que sentía el cañón de un arma en su nuca—. Entrégame la katana ahora.

«Es buena, no la sentí llegar», pensó Shay, sorprendido por la maestría de aquella mujer. «Será mejor que le siga el juego... Por ahora». Levantó su brazo izquierdo en el cual cargaba la katana—. Toma cariño —dijo en voz alta con una sonrisa.

—Gracias —ella sin pensarlo dos veces la tomó—, bien, ahora de rodillas.

—Claro. —Obedeció sin reproche, la chica dio vuelta y se colocó al frente de Shay aun con su arma apuntándole, el joven se quedó observándola por un tiempo, olvidándose por un momento de sus planes, concibiendo un sentimiento que él juraba no tener.

—Bien, bien, bien —habló Diego—, ahora ya te atrapé bastardo. —Al fin tenía entre sus garras a la persona que le jodió toda la noche—. ¿Quién eres maldito? —preguntó justo al frente de su rehén, pero Shay no decía nada, estaba hipnotizado al encanto de la chica que acababa de desarmarlo, aquella joven de pelo negro como la noche y una piel casi tan blanca como la luna—. Habla maldito. —Diego lo golpeó fuertemente en la boca haciéndolo volver al juego.

—Hola, Diego. —Shay reveló sus dientes blancos y afilados manchados con algo de sangre—. ¿Cómo te encuentras esta noche?

—¡MALDITO BASTARDO! —lleno de ira se dispuso a golpearlo justo en el rostro con fuertes patadas intentando apaciguar su ira.

—Eso es jefe golpéelo, mátelo. —Sus últimos aliados vivos apoyaban el acto desde la distancia.

Después de una golpiza Diego lo agarró por el cuello de su camisa y violentamente lo alzó—¿quién eres bastardo?

Shay que ahora tenía su cara llena de hematomas comenzó a hablar—«¿de qué habla jefe? Soy yo Richard». —Su voz cambió totalmente a un tono más grave y viejo, imitando a una de sus víctimas, al oírlo Diego reaccionó violentamente soltándolo, Francesca también se sorprendió al ver esta habilidad—. «Oh, lo siento jefe». —La voz volvió a cambiar ahora con un tono más agudo y con acento extranjero—. «Lo siento olvidé que soy Valente».

—Ese bastardo es el diablo. —Los mercenarios asustados alzaron armas y apuntaron de nuevo ahora llenos de miedo.

—«No lo recuerdo tal vez sea… Diego». —Esta vez imitó perfectamente la voz arrogante y fuerte de su captor, todos los presentes observaban estupefactos, el silencio llenó enteramente el piso del parqueadero, él se limitaba a sonreír y mirarlos con esos grandes y rojos ojos.

—Eh… bien —Frank tuvo la valentía de interrumpir el silencio—, ya tienen a su loco, creo que es hora que me largue de aquí —dijo un poco convenida.

—Sí, claro —respondió Diego casi sin ganas sin apartar su vista del muchacho—. Puedes irte.

Francesca entregó el revólver al perdido Diego—la verdad no me gustan mucho, prefiero los cuchillos, *so long fellas*. —Dio media vuelta y empezó a alejarse llena de emoción mientras apretaba la espada contra su pecho con regocijo, después de tan horrible y larga noche finalmente obtuvo lo que vino a buscar, pero por dentro la llama de la ira crecía, juraría venganza con los tipos que la torturaron, tal vez no sería hoy ni mañana pero un día ella los enterraría en sus tumbas, lastimosamente tan concentrada estaba en su fantasía que no prestaba atención a lo que pasaba detrás de ella, en ese mismo segundo Diego apuntaba directo a su corazón con el mismo revólver que Frank anteriormente empuñaba.

—"¡BAM!" —el impacto derribó a la chica, la katana cayó a un par de centímetros alejada de su cuerpo, ahora tenía un gran agujero en el lado izquierdo de su pecho, la bala atravesó Su corazón.

—Vaya. —Fue lo único que dijo Shay.

—Ahora es tu turno. —Diego colocó el revólver contra la frente del muchacho, el cañón estaba caliente por el reciente disparo se podía ver un ligero humo y sentir el ruido de la carne quemándose—. Pero antes, ¿quién eres tú?

Shay soltó una pequeña risita que poco a poco se convirtió en una estruendosa carcajada. Sin miedo a las consecuencias de sus acciones, se volvió a colocar de pie y más serio que nunca dijo—: ¿En verdad no te acuerdas de mí? —Diego observó dentro de esos profundos ojos los cuales lo llevaron en un viaje a través de Shay, viendo como el veía, escuchando como el escuchaba y sintiendo como el sentía—. "¿Qué te pareció eso, niñito Catricofk?", "lo siento ¿era amigo tuyo?" —fueron algunas palabras de las muchas que pudo encontrar ahí adentro y en lo profundo de un mar negro pudo reconocerlo.

—Catricofk —dijo como un susurro, Diego soltó el arma y lentamente retrocedió en un estado catatónico por tal revelación.

—Jefe, jefe —lo llamó Javier, pero, no obtuvo respuesta

—Maldita sea, ¿ahora qué hacemos?

—Yo les diré qué hacer. Morir. —Shay agarró el revólver tirado en el piso y lo lanzó a la cara de uno de los soldados, seguidamente dio un gran salto y se abalanzó sobre los cuatro hombres restantes que no tuvieron tiempo de reaccionar, con sus uñas afiladas como garras empezaba a desgarrar la carne de los hombres. Los gritos eran interminables, ahora su comportamiento era aún más violento, enterraba sus uñas en sus caras y cuellos, desgarraba totalmente la carne, trozos de sus garras se quedaban enterrados, pero él continuaba con la misma energía, una, y otra y otra vez. Ahora tenía cuatro cadáveres tendidos en el suelo, sus cabezas parecían una especie de maza carnosa irreconocible después de tantos cortes ya no se les podía considerar como humanos—. ¿Terminamos? —Shay tomó el cuchillo que colgaba en uno de los chalecos de los mercenarios. se puso de pie estaba totalmente empapado de sangre, lo único más rojo que el líquido carmesí era el color de sus ojos, estos temblaban como si estuvieran en el epicentro de un terremoto, la forma horrible similar a un reptil que sus iris portaban, sus filosos y monstruosos dientes, su porte el cual no era humano, lo hacían parecer un demonio en tierra de hombres, justo igual a aquellas viejas historias que se contaban.

—Me largo de aquí. —Diego se puso de pie y en lo único que pensó fue en salir de ahí. Corría lo más rápido posible intentando escapar, tomó la katana al lado del cuerpo de Francesca y atravesaba a máxima velocidad por el vacío y oscuro estacionamiento intentando encontrar un camino fuera de ese infierno y lejos de ese demonio, divisó la salida de emergencia, lo que le dio energías para seguir, sin embargo, un estruendoso grito salió del interior de su garganta, Diego cayó al suelo dándose un fuerte golpe, pero el dolor no se comparaba al que sentía en su pierna izquierda—. ¿Qué mier…? —tenía un cuchillo atravesándole el sóleo, esto impedía su movimiento.

—Dieguito. —Shay apareció de repente delante de él—. ¿Creías que me había olvidado de ti?

—Toma, toma la espada. —Diego respiraba fuertemente, estaba agitado debido al gasto de energía al correr.

—¿Quieres saber algo Diego? —tomó su katana y en un movimiento rápido saco el cuchillo enterrado en la pierna del líder y se lo clavó en el brazo.

—¡AAAAAAAH! —exclamó de dolor ahora con dos heridas.

—Eres un maldito cobarde —dijo fríamente, volvió a retirar el cuchillo y esta vez lo enterró en el muslo derecho de Diego.

—¡Bas… bastardo! —lo único que podía hacer en esa situación era insultarlo.

—Un cobarde... —retiró la Katana de su *saya*—. Que se cree muy valiente por tener muchas personas a su espalda.

—¿Qué vas a hacerme? —preguntó desesperado.

—Pero cuando acabé con todos esos bastardos que te cubrían… —blandió la espada varias veces en el aire—. Me di cuenta del pedazo de mierda que en verdad eres.

—No, no me mates… ¡NO! —sin temblarle el brazo Shay dio un rápido tajo horizontal decapitando a Diego, la cabeza rodó un par de centímetros lejos del cuerpo.

—Solo otro maldito cobarde. —caminó hasta la cabeza y le dio una fuerte patada, rodó con gran velocidad hasta que cayó debajo de un auto, después de esto limpió la hoja del arma.

Volvió el silencio, meditó por unos segundos pensando todo lo que vivió esa noche y los eventos que lo trajeron hasta aquí—esto se acabó —dijo para sí mismo algo incrédulo—. ¿Y ahora qué hago? —apretó fuertemente la katana —. Tal vez, no solo Diego me trajo hasta aquí… —Shay giró a la izquierda y se acercó hasta el balcón y con la luz natural de la luna pudo observar con más detalle esa extraña arma—. Tal vez tú tuviste algo que ver mi amiga. ¿Qué eres? — la energía que emanaba recorría por aquel afilado trozo de metal era absorbida por sus frías y desnudas manos manchadas de sangre, un leve cosquilleo recorría su espinazo.

—Te lo diré solo una vez… —las sorpresas no se acababan, se repetía la misma escena—. Dame esa maldita espada y lárgate—Frank tenía entre sus manos el mismo revólver con el cual Diego le disparó. Ahora ella estaba apuntando a Shay con el.

—¿Qué demonios? —exclamó al oír aquella voz, quedó atónito al ver nuevamente a la muchacha con vida y, más aún, intacta sin ningún corte o herida, solo un agujero en la camisa ahora manchada de sangre justo al lado de su busto por donde atravesó la bala.

—¿Cómo, estás viva? —preguntó anonadado.

—Yo tengo… tengo habilidades, así como tú —respondió Francesca tratando de no entrar mucho en el tema—. Ahora dame esa espada.

Shay asomó una gran sonrisa, sus ojos que ahora poseían un tono café, volvieron a inyectarse con ese rojo maligno—por mucho que te ame cariño, tendré que negarme ya que…

—"¡BAM!" —Francesca disparó el poderoso revólver, el impacto fue tan fuerte que lo impulsó hacia atrás contra la barandilla de protección del balcón haciendo que cayera al vacío.

—Tenías que hacerlo difícil —dijo mientras negaba con la cabeza, corrió hasta la barandilla, esperanzada de ver el cadáver del psicópata tirado en el suelo—. ¿Qué mierda? —grande fue su impresión al no ver nada en el piso—. Ese maldito es más hábil de lo que pensé —él de alguna manera escapó con la katana en su poder—, maldición juro que le disparé directo en el pecho. —Frank golpeó la barandilla de seguridad con ira, ese extraño e intrigante sujeto había desaparecido con la katana y con él, su oportunidad de impresionar a Barry.

EOBARD GORDON

Transcurrieron varias horas desde que el detective llegó a su oficina con todos los indicios que pudo obtener en la escena del crimen, lo primero que hizo fue leer algunos de los registros de las víctimas, después de eso creó una telaraña con todos los datos que él consideraba importantes.

Eobard tenía nombres, edades, nacionalidades e historiales delictivos de las víctimas gracias a la base de datos de la policía, pero ninguna pista del asesino. El detective observaba a la oscuridad imaginándose cada detalle de lo sucedido.

—Agh —exclamó mientras rascaba sus ojos—. ¿Qué mierda pasó aquí? —caminó unos cuantos pasos hasta llegar a su escritorio, estando ahí agarró uno de los informes—. Echemos un vistazo. —Abrió la carpeta en una determinada hoja—. Según esto más de la mitad de los cuerpos presentaban heridas creadas por un arma blanca de un tamaño considerable mientras que otros tenían heridas causadas por un tipo de hoja más pequeño similar al de una daga o cuchillo largo... Dos armas ¿dos asesinos? —procedió a leer—: "seis de las víctimas presentan grandes heridas en el área del cuello y el rostro, la profundidad de las heridas es de alrededor de cuatro centímetros y medio, parecidas a las producidas por un..." ¿felino de tamaño mediano? —confundido examinaba las fotos anexadas en el informe, en ellas podía observar las heridas de dichos cuerpos antes mencionados algunos con el cuello totalmente destrozado mientras que otros sencillamente no tenían rostro, solo una masa de carne revuelta llena de grumos—. Esto se está saliendo de control. —Eobard paró de leer y dejó el informe sobre su escritorio—. Maldita sea —exclamó—. Bueno si dicen que fueron uñas estas deben dejar ADN ¿o no?... Sin importar que fueran de gato, perro o lo que sea. ¿Quién sería tan anormal y bárbaro para dejar que un animal matara a esas personas? —tomó su teléfono celular del bolsillo de su pantalón—. Necesito llamar al laboratorio forense —buscó en la agenda de su celular el número que necesitaba—, Mike me dará una respuesta. —Puso el celular en su oreja y con desespero escuchaba el molesto tono, Mike era uno de los forenses encargados en el caso, él y Eobard se conocían desde hacía tres años y han sido amigos desde entonces—. Vamos, Mike contesta —dijo desesperado.

—Eobard ¿qué cuentas? —una voz joven respondió a la llamada—. ¿Recibiste las carpetas que te mandé? —esa voz era de Mike.

—Hola, Mike, ¿cómo vas? —respondió amablemente—. Sí, las recibí hace un par de horas.

—Genial, Vanessa nos dijo que nos apresuremos con eso, estuvo hinchando las pelotas desde que nos informaron del caso. Tú sabes bien como es ella.

—Sí ja, ja, siempre es igual con ella, oye te llamaba para una cosa.

—Dime que necesitas.

—En uno de los informes dice que la causa de muerte de algunos cuerpos fueron heridas hechas por un… ¿felino?

—Sí señor, bueno al menos fue lo más parecido que pudimos encontrar, el diámetro y profundidad de las heridas concuerdan con las producidas en un setenta por ciento con un animal de tal tamaño.

—¿Cómo es posible que un felino pudiera estar ahí?

—No lo sé, yo mismo hice las autopsias de varios de los cuerpos y encontré restos de uñas pero, no pude encontrar ninguna concordancia en la base de datos.

—Entonces me estás diciendo que quien sea que haya hecho esto sea humano o felino, no se encuentra en la base de datos de la policía, ¿verdad?

—No, lo que estoy tratando de decir es que sea lo que mató a esos sujetos… no tiene ADN.

—¡Qué! —exclamó el detective—. ¿Cómo es esto posible?

—Pues no lo sé —respondió—. Fue un fantasma o aquí hay algo más oscuro cocinándose debajo de la mesa.

—Esto es una mierda.

—Pero eso no es todo Eobard, hay algo más. —El volumen y la energía de la voz de Mike disminuyeron considerablemente—. No hemos encontrado nada en el parqueadero.

—¿Cómo que nada? —preguntó extrañado.

—No encontramos grabaciones en las cámaras o huellas dactilares, ni una mísera gota de saliva o cualquier otro líquido corporal provenientes de otra persona que no fuera de las victimas, ni siquiera un cabello. Nada —dijo en un tono más serio, extraño de él—. Sea lo que hubiese pasado ahí, será un infierno descubrir quién lo hizo.

Eobard quedó alucinado ante la revelación dada por su amigo, un caso que se volvía cada vez más raro y de una manera totalmente antinatural, con lo único que contaba hasta el momento eran aquellas extrañas imágenes y sensaciones que experimentó en aquel parqueadero—bien, gra… gracias, Mike.

El detective intentó recobrar la compostura, desde que vio aquellos cuerpos mutilados, sufrió unas intensas sensaciones que fueron estrambóticas, ese edificio de parqueaderos se sentía con un ambiente soporífero y colmado de energía totalmente anómala, lo había estado negando, buscando siempre la respuesta más lógica pero, tal vez lo que ocurrió en ese lugar era algo fuera de este mundo, aunque él rogaba para que esto no fuera así ya que hace mucho tiempo juró no volver a tener ninguna relación con esa clase de cosas.

—Está bien amigo, te mantendré informado si descubro algo nuevo, voy a seguir investigando tal vez pueda descubrir algo, recuerda guardarme algo de esa cena elegante a la que vas. —Mike finalizó la llamada, Eobard guardó su teléfono en el bolsillo, caminó hasta la silla de su escritorio y tomó asiento.

—¿Qué es todo esto? —se preguntó, corrió su vieja silla más cerca de la mesa, cruzó sus brazos encima del tablero y colocó su cabeza sobre estos usándolos como una almohadilla—. ¡Auch! —exclamó suavemente—. Mi frente. —Tiró su cabeza con total descuido, su frente impactó con el borde de su reloj—. Que imbécil. —El detective sobó suavemente la herida a la vez que analizaba si el golpe afectó su reloj—. ¡Las nueve y media! —exclamó alarmado—. Ya es tarde, debería irme y descansar un rato. —Las horas pasaron volando, estuvo leyendo, analizando y pensando por más de ocho horas seguidas, la noche llegó y él ni siquiera se percató—. Me iré a casa y dormiré un rato, estar aquí encerrado no me hará ningún bien —tomó su abrigo ubicado en un viejo perchero—, mañana iré de nuevo al parqueadero —se dijo a sí mismo mientras se colocaba su abrigo—. Tal vez encuentre algo por mi propia cuenta. —Agarró sus llaves y su paquete de cigarros que estaban en un cajón de su escritorio y después se marchó de su oficina.

La gran comisaría estaba casi vacía, solo unos cuantos agentes haciéndose cargo de delitos menores, muchas de las oficinas se encontraban cerradas y sin ninguna luz proveniente de ellas, era una construcción relativamente reciente, la más grande de toda la ciudad, equipada con las más modernas herramientas anticrimen, fue hace poco que Eobard se instaló ahí, él era detective privado y consultor sin embargo se hizo conocido debido a que cada caso que llegaba a sus manos lo resolvía. Hace un par de meses, la jefatura le pidió que se instalara ahí indefinidamente, desde que ayudó a resolver los extraños asesinatos ocurridos en el distrito Vlad, durante varias semanas un asesino serial estuvo matando policías que patrullaban a altas horas de la noche, casi todas las mañanas se topaban con un nuevo cuerpo, la policía identificó a Evan Levin como el asesino, un viejo soldado que vivía con su esposa en ese distrito y cuyo hijo fue asesinado en medio de una equivocada disputa policial, creían que ese era la motivación del hombre un gran rencor por aquellos que tomaron la vida de su hijo, inmediatamente se le declaró culpable y creyeron que ya se había acabado aquella horrible matanza, sin embargo, dos días después de su detención, los asesinatos volvieron y ahí fue donde entró Eobard ya tenía cierta notoriedad le llamaban "el mago" el solo reveló que no fue el hombre sino su esposa, la cual después de enterarse de la muerte de su único hijo entró en un espiral de depresión y psicosis, que la llevó a matar a todas las personas que consideraba culpables, de una manera que no quiso explicar mucho el detective logró descubrirla y llevarla tras las rejas, desde entonces trabajaba codo a codo con la policía.

—"¡Ya estoy en casa!" —repitió aquel extraño mensaje que leyó en la pared del edificio—. ¿Cómo es posible? ¿Qué fue lo que pasó ahí? —salió por la gran puerta principal pensando, analizando sobre el caso, ahora caminaba por las frías y solas calles en dirección a la estación de metro más cercana, en su mente trataba de desvelar el misterio—. ¿Por qué no hay pistas o algo que nos de un indicio claro? Todo es tan extraño, es como si fuera… —hasta que él mismo volvió a retomar esa idea que venía negando, sin embargo, para alguien como él era la que más sentido tenía. Eobard se detuvo por un par de segundos sorprendido por lo que trajo su cansada mente—. No, no, no, no, no… Eso no puede ser. —Negó innumerables veces, comenzó a caminar un poco más rápido, tomó la caja de cigarrillos y el encendedor del bolsillo de su saco y empezó a fumar esperando que la nicotina hiciera divagar a su cerebro, tan solo por pensar por unos segundos en esa alocada posibilidad puso ansioso y nervioso al detective, caminó hasta el final de la calle, el sonido de los pocos coches que pasaban y el olor del humo y la nicotina eran sus únicos compañeros, Eobard arribó hasta la entrada de la estación, bajó las escaleras y llegó al piso inferior, el lugar estaba prácticamente vacío a excepción de un indigente debajo de una banca, el detective lo observó por unos segundos—. Pobre debe ser nuevo en la ciudad. —Dio media vuelta—. No le doy más de tres días. —Caminó hasta llegar al borde de la línea y esperó su transporte.

—*Atención pasajeros* —sonó una voz automatizada por el alto parlante—, *el tren de la línea azul está aproximándose a la estación.* —Ese era el de Eobard, aspiró el último trago de humo de su cigarro y tiró la colilla a las vías del tren, los rieles empezaron a temblar, una luz se asomaba desde el túnel y el fuerte ruido de la maquinaria se escuchaba cada vez más, los enormes vagones pasaron a gran velocidad delante de él hasta detenerse—. *Tren de la línea azul ha llegado a la estación.*

Las puertas se abrieron y Eobard entró, el vagón estaba completamente vacío, buscó un asiento que se viera más o menos limpio y se sentó, mientras el subterráneo avanzaba el detective fue cayendo en los brazos de Morfeo, hoy fue un largo día.

—*El tren azul partirá ahora hasta la estación Hillways, tiempo estimado cinco minutos.*

El tren seguía su camino, tenía que pasar alrededor de ocho estaciones hasta llegar a su destino tiempo suficiente como para dormir un poco, la ciudad disponía de un gran y complejo sistema de metro, totalmente gratuito, con más de seiscientas estaciones alrededor de la ciudad y sus provincias, el sistema era sucio y conciertos fallos, pero aun así era la mejor manera de transportarse.

—"Vamos, fúmate este cigarrillo conmigo", "la arrojé por el acantilado, ahora es historia", "me largo de aquí", "Eobard ¡No!".

—¡AAAAAAH! —se despertó rápidamente agitado y sudando—. Mierda —exclamó mientras se tranquilizaba y se regulaba su ritmo cardiaco—. Justamente tenía que pensar en eso en este momento —dijo mientras negaba con la cabeza, unas oscuras memorias que lo asecharon hace mucho tiempo volvieron sin ninguna razón, ¿sería el presagio de un evento futuro? o ¿su mente estaba empezando a alterarse?

IGNACIO CATRICOFK

El sol llegaba hasta su punto máximo en el cielo, el joven Ignacio yacía sentado en un gran sillón mirando a la penumbra, tenía mucho que digerir y analizar. Habían pasado casi seis horas desde que llegó a su apartamento y tuvo la discusión con su padre aparte de la llegada sorpresiva de Dante—"no.... no sé cómo, de repente una... una poderosa energía invadió mi cuerpo cogí... cogí la camioneta y metí los cuerpos de los otros miembros de seguridad... luego... luego vine hasta... aquí" .—Fueron las últimas palabras del tipo antes de caer en coma por la masiva pérdida de sangre, el padre Catricofk llamó a un doctor de su sindicato para que atendiera personalmente a Dante.

—<<Fue un esfuerzo sobre humano que haya hecho lo que hizo con una herida de ese tamaño, cargar los cuerpos y manejar hasta acá, cualquier persona normal hubiera muerto, es como si hubiera tenido "algo" cuidando sus pasos, obligándolo a seguir>> —expresó el doctor. Por parte de Ignacio, el joven solamente presentaba moretones y uno que otro corte leve, el dolor de su hombro como vino se fue—. "Una pelea de muchachos nada más". —Fueron las palabras del doctor, como si Ignacio hubiera sido el protagonista de otra historia.

Su padre ordenó destruir la camioneta en la que Dante arribó, dentro de esta yacían los cuerpos de los demás guardaespaldas que inexplicablemente pudo cargar en la condición en la que estaba, después mandó que limpiaran el vestíbulo y borraran la grabación de Dante entrando al edificio lleno de sangre, lo último que hizo fue llamar a uno de sus <<contactos especiales>> y todo estaba listo nadie volvería hablar del tema. Posterior a eso se marchó a atender sus negocios sin dirigirle más una palabra a su hijo acerca del tema. A Ignacio todo le pareció tan extraño, no recordaba absolutamente nada de lo ocurrido, era como si su memoria nunca hubiese vivido el día anterior, de una extraña forma sabía que fuese lo que fuese que le sucedió tenía relación con lo ocurrido con Dante. Lo único que su memoria recordaba era el despertar en aquel viejo barco, aparte de eso nada más.

—Debo descansar —Ignacio se puso de pie, las ojeras purpuras sobresalían en su piel—, pero debería tomar un baño primero. —Continuaba con su ropa sucia y manchada, la cual debido a la descomposición ya estaba empezando a apestar. Caminó hasta el cuarto de baño a paso lento y cansado, estando ahí abrió la llave de la tina y esperó a que está se llenara de agua, retiró las prendas de vestir de su cuerpo y se quedó totalmente desnudo. El vapor empañaba el espejo. Introdujo primeramente su pierna derecha en el agua caliente, para después meterse por completo, el líquido transparente se iba manchando con la sangre seca que se despegaba de su cuerpo—. Esto se siente tan bien —exclamó al estar sentado, el agua estaba demasiado caliente, así le gustaba, aguantó la respiración y cerró los ojos, se sumergió totalmente para eliminar toda la suciedad de su cuerpo, estaba en total paz y plenitud y entonces los recuerdos atacaron—. "Que no te dé felicidad amigo", "¿sigues sin ver?", "Cielos, esta cosa tiene bastante filo" —visiones llenas de sangre y muerte, que le golpeaban como una gran tormenta y al final oyó una voz sumamente clara—, "mi nombre es... Shay, un gusto en conocerte". —Salió del agua, estaba agitado y asustado—. ¿Qué era eso? —preguntó, observaba como ahora el agua donde se bañaba estaba completamente roja—. Siento... como si eso hubiera sido... yo. —Quedó inmóvil preocupado por su situación, para luego decir como un susurro aquel nombre que acababa de escuchar— Shay.

FRANCESCA WEST

—No te preocupes Frank, un error lo comete cualquiera. —Bart intentó subirle el ánimo—. No es tu culpa que eso haya pasado, al menos confirmamos que la espada ya llegó a la ciudad.

—Sí, pero... —reprochó la muchacha—. Esto era algo muy importante, para el gremio, para la ciudad para ti.

Barry tomó delicadamente el mentón de la chica con su mano y alzó suavemente su rostro para mirarla directamente a los ojos— descuida —dijo con una calmada sonrisa que la tranquilizó—. Además… —se dirigió hasta la puerta de la habitación—. El jueves tenemos un asunto muy importante. ¿Lo olvidaste?

—Oh, cierto <<la cena de gala>> —increpó rápidamente.

—Vamos, acompáñame al techo.

—Sí. —Ella se levantó de su silla, ambos salieron del pequeño cuarto, caminaban por el largo y sucio pasillo hasta llegar a las escaleras.

—¿Te acuerdas como nos conocimos? —preguntó Bart mientras subían.

—Sí, lo recuerdo —respondió algo afligida, era triste para ella recordar la vida que tenía antes de unirse al gremio.

—Yo te ayudé, así como ayudé a los otros, gente especial, gente con habilidades únicas —dijo mientras continuaban por las polvorientas escaleras subiendo a paso tranquilo, la luz de la luna atravesaba las viejas ventanas, iluminando el corredor carente de luz artificial—. Después ustedes decidieron ayudarme a curar esta maldita ciudad, llena de males y tormentos.

—Nos ayudaste Barry —argumentó Francesca—. Nos ayudaste a controlar nuestras habilidades, a tener un propósito con todos nosotros, estamos agradecidos contigo. —Ambos llegaron hasta el último piso y abrieron una gran puerta para acceder a la azotea.

—Creo que tienes razón. —El joven se limitó a sonreír. La fría ventisca les golpeó la cara dándoles la bienvenida, las luces de los diversos rascacielos a la lejanía iluminaban por completo toda la gigantesca ciudad, ya que en el cielo no se podía encontrar ninguna sola estrella, abajo en lo profundo se divisaban las docenas de calles y puentes que iban de un lado para el otro y vehículos cuyo único objetivo era recorrerlas todas, esto en conjunto la hacía parecer como una colonia de hormigas—. Hace tiempo un hombre me rescató a mí de las calles.

—¿En serio? —preguntó exaltada—. ¿Quién era él?

—Fue hace mucho tiempo, no lo recuerdo bien, yo era muy pequeño, mis habilidades apenas se estaban manifestando, corría sin ningún destino y entonces esta persona llegó, no recuerdo su nombre, pero me enseñó a controlar mis dones y sobre los objetos mágicos que están en este mundo.

—Y, ¿qué pasó? —preguntó.

—No lo sé, un día desperté de nuevo en las calles, tirado en el suelo, pero eso no me detuvo, ya era más grande y me pude dar cuenta de cómo moría esta ciudad y ahí recordé una historia que esa persona me contó acerca de un poderoso objeto que era capaz tanto de crear como de destruir, su portador tendría que ser alguien fuerte para poder controlarla y no caer ante su poder.

—Genial —exclamó molesta—, y ahora la tiene un maldito loco.

—No te preocupes Frank —dijo él entre risas—. La espada es la parte final de nuestro plan, lo primero es la cena.

—Está bien —respondió entusiasmada.

—Que no se te olvide, jueves a las cuatro de la tarde. ¿Entiendes?

—Si entiendo.

—Bien, es muy importante. —Barry dio media vuelta y regresó al interior del edificio—. Ahora, ve a tu casa necesitas descansar.

—Está bien —respondió en voz baja, casi para sí misma, la muchacha se quedó observando desde la azotea, el sol iniciaba su habitual recorrido, el color tan característico de la noche desaparecía para darle paso al alba, los ruidos de las fábricas prontamente harían acto de presencia siendo la banda sonora de la ciudad. Tenía muchas cosas que pensar. Lo mejor sería regresar a su casa y tomar un descanso.

EOBARD GORDON

—Vaya día. —Abrió la puerta de su apartamento—. Hogar dulce infierno —exclamó mientras entraba, el piso de madera rechinaba debido a su andar, dejo su saco en un viejo perchero al lado de la puerta, era un bonito lugar grande y espacioso, aunque desordenado; olía a una combinación de cigarrillos y naranjas—. No puedo fumar dentro de los vagones del subterráneo, pero en mi casa sí que puedo hacerlo —dijo mientras sacaba un nuevo cigarro y se lo llevaba a su boca, cerró la puerta mientras buscaba su encendedor en sus bolsillos—. ¿Dónde está esa maldita cosa? —preguntó algo molesto al no encontrarlo por ningún lado.

—Hola, Eobard. —Una voz femenina le habló, ella se levantó del sofá ubicado en una esquina de la sala—. ¿Buscas fuego? —era pelirroja, pero ninguna tonalidad se sentía tan viva como la de ella, su cabello era largo y frondoso cayendo en innumerables capas que parecían una cascada de fuego que llegaba hasta su cintura, su piel blanca hacía un hermoso contraste con sus ojos color verde estos emanaban cierta paz, era alta, los rasgos de su rostro parecían haber sido encomendado por seres cuya percepción de lo perfecto era superior a la de cualquier hombre tanto así que era prácticamente imposible darle una edad. Caminó hasta el detective—. Te puedo dar del mío si quieres. —Alzó su mano derecha y de un chasquido una pequeña llama apareció de ella.

—¿Qué haces aquí? —el usualmente relajado detective gesticuló la rabia en su rostro y apartó a la mujer frente a él bruscamente.

—Así es como me recibes después de tanto tiempo. —Triste y sorprendida, por aquella reacción hizo un giro de muñeca y el fuego se extinguió.

—Tal vez debería dispararte, pero sé que derretirías la bala de todas formas. —Escupió el cigarrillo con desprecio, la molestia que cargaba se convirtió en un odio el cual no dejaba de crecer.

—Yo... —sin saber que decir ante tal recibimiento tomó una postura de sumisión bajando la mirada y se encorvó abrumada por la actitud de Eobard.

Él exhaló fuertemente, un poco arrepentido supo que se había sobrepasado con tan despreciable actitud, a pesar de todo ella no se lo merecía—¿qué quieres Emilia?

—Escucha. —La mujer que seguía algo dolida por tan filosas palabras, se volvió a acercar a él sin la misma confianza de hace unos momentos—. Sé que no debí haber venido, pero es algo muy importante —dijo aquella mujer preocupada—. Es la katana, ha vuelto y está en esta ciudad.

Eobard se estremeció, el miedo y sorpresa entró en su pecho extendiéndose velozmente—pero estaba perdida yo mismo... ¿Cómo ha llegado aquí?

—No lo sé Eobard. —La mujer tambaleó un poco y de repente cayó al suelo.

—¡Emilia! ¿Qué te sucede? —Intentó acercarse para ayudarle, sin embargo, al último momento desistió.

—No... no es nada —dijo mientras se levantaba del suelo—, es solo ya sabes, hace mucho tiempo que no vengo a este plano y se pierden las costumbres. Es solo mientras me adapto, es todo. —La mujer sonrió tímidamente mientras regresaba al sofá—. Me tengo que volver a acostumbrar.

Eobard miraba a la mujer con pesar y la nostalgia atacó, recordaba memorias que parecían de hace ya una vida, sabía totalmente que ella no hubiera venido si no fuera importante y él la recibía con un total desprecio.

—Eobard, sabes que no me gustaría molestarte —dijo ella con preocupación —. Nunca te busqué, respetando tu petición hace quince años, pero… —se levantó y sin importarle nada se dejó caer en el pecho del detective—. Debo recuperar la espada. Necesitamos tu ayuda, necesito tu ayuda, si nosotros no te importamos… —tomó la mano de Eobard y la apretó fuertemente—. hazlo por Ray. —Unas tibias lagrimas bajaban por su rostro hasta caer por su delicado mentón.

Él intentaba mantener la inexpresividad, nunca la había visto llorar Emilia no era así, nunca fue así, esta faceta era totalmente nueva para él, en sus recuerdos que volvían debido al reencuentro siempre la veía como alguien sonriente y amable, prefería mostrarse orgullosa y un poco obstinada antes de revelar su tristeza y miedo, aquella mujer superior a él en todos los aspectos. Que con solo un pensamiento podía incinerar todo a su alrededor, ahora se encontraba llorando en su pecho—esta… está bien, te ayudaré —dijo él con cierta duda en su rostro.

—¿En serio lo harás? —interpeló sorprendida, la alegría y la esperanza se peleaban con los vestigios de tristeza, pero rápidamente ganaban la batalla.

—Sí, lo haré. —Eobard la apartó de su pecho y se alejó tratando de no ceder ante los sentimientos que en lo más profundo de su corazón guardaba hacia ella—. Pero para que sepas. —Caminó hasta una pequeña mesa en donde permanecía una botella de wiski—. No lo hago por ti, ni mucho menos por el anciano. —Abrió el envase y dio un par de tragos grandes, hizo un gesto de desagrado, detestaba el alcohol, pero en ese momento sentía que lo necesitaba—. ¿Entiendes?

—No sabes, lo agradecida que estoy, que estamos todos de que hayas aceptado. —Emilia secaba las lágrimas de su rostro, mientras mostraba una hermosa sonrisa.

—No importa. —El detective se dirigió al sofá donde antes estaba sentada la mujer—. De un modo u otro creo saber dónde pudo haber estado. —Volvió a dar un gran trago a la botella.

—¿A qué te refieres? —preguntó desconcertada por el comentario.

—Encontramos a un gran grupo de hombres muertos, por algún tipo de arma blanca, lo suficientemente larga como una katana, además de no encontrar ninguna pista sobre el causante —respondió mientras se echaba en el sofá—, me dio mala espina desde el principio en diferentes formas que se me hacen muy difícil de explicar, pero nunca quise suponer que lo místico tenía algo que ver, ahora tú confirmas mis sospechas.

—¿Estás seguro de eso? —preguntó dudosa—. Podría ser solo una casualidad ¿no crees?

—JA —exclamó bruscamente—. No creo que ni tu ni yo creamos que las "casualidades" existan.

—Tienes razón —respondió sintiéndose un poco estúpida por lo dicho—. De todos modos... —Emilia se sentó en el sofá a un lado del ahora ebrio Eobard, puso la cabeza de este sobre sus piernas el cual debido a su estado ni siquiera refunfuño—. Estoy feliz por qué has aceptado.

—Siempre, siempre sabes cómo convencerme —subrayó Eobard antes de quedarse dormido.

—Supongo. —Comenzó a peinar las innumerables ondas en el cabello del detective—. Tal vez, tal vez si las cosas hubieran sido diferentes —dijo con pesar—. Solo diferentes.

Quince años atrás...

—Rápido Eobard, o llegaremos tarde a la cena. —La inquieta Emilia corría por el verde sendero.

—Oye tranquila, cuál es la prisa —respondió Eobard intentando recobrar el aliento.

—¿Cuál es la prisa? Hoy es cordero y sabes que me encanta —dijo totalmente emocionada.

—Siempre es lo mis... ¿Qué es eso? —se interrumpió perplejo, algo estaba mal, a varios metros de distancia observaba una gran cortina de humo que provenía de su destino—¡Emilia mira! —exclamó mientras apuntaba en dirección al fenómeno.

—Oh, no. El templo —dijo angustiada por tan mal presagio, era una zona sagrada, en la cual habitaba gente, ambos temían por lo peor—. Tenemos que llegar hasta ahí.

—Hazlo, vete, será más rápido. —Eobard la miró directamente a los ojos, mientras daba un par de pasos hacia atrás, ella afirmó con la cabeza.

—Está bien. —De repente desde el suelo un torbellino de fuego rodeó a Emilia y luego la impulsó con una gran fuerza en dirección al templo, la turbina de fuego surcaba los cielos con gran potencia, dejando una estela roja detrás.

—Maldita sea tengo que llegar. —Empezó a correr con todas sus fuerzas al sitio en el que había estado viviendo los últimos siete años de su vida. Nunca olvidaría como llego ahí; antes era un joven perdido en un mundo que lo rechazaba nadie podía ayudarlo a controlar sus habilidades, hasta que Ray lo encontró, echado en un callejón, sin comer por días, asustado por lo que sufrió, ese hombre lo acogió, lo alimentó y le enseñó a controlar sus habilidades, al igual que a Emilia y a varios otros—. Ya casi llego. —Eobard estaba a unos pocos metros del templo, veía como pequeñas llamas consumían el lugar que ahora se encontraba en su mayor parte destruido, lo que sea que hubiera pasado ya acabó, al llegar abrió las enormes puertas de madera, en el suelo observaba cadáveres de sus antiguos compañeros alrededor de la plaza central. Los sobrevivientes sufrían con horribles heridas por todo su cuerpo que dejarían secuelas para toda la vida—. Maldición —exclamó furioso ante tal destrucción— ¡EMILIA! ¡EMILIA! —gritó con las pocas fuerzas que le quedaban—. ¿Dónde estás?

—Eobard aquí en la capilla —respondió la chica en la lejanía.

—Ya voy. —Se dirigió a la edificación, la capilla era el espacio en donde los nuevos eran enseñados a controlar sus impulsos y emociones además de explicarles de dónde provenían sus dones.

—Entra rápido —le ordenó Emilia—. ¿Estás bien? —preguntó al verlo agitado.

—Estoy bien. —Respiraba fuerte, su frente se acumulaba de sudor, las gotas bajaban por su nariz y caían al viejo piso de ébano—. ¿Qué ha pasado? —preguntó más calmado—. ¿Dónde está Ray?

—Estoy aquí Eobard. —Aparentaba unos treinta años, piel morena, de ojos rasgados; su pelo era totalmente blanco y tenía un pendiente plateado en su oreja derecha.

—Ray ¿Qué ha pasado aquí? ¿Por qué está todo destruido?

—Verás, Eobard tenemos...

—Lo que pasa señor Eobard...—Una extraña figura salió de la nada—. Es que Morrigan ha mandado a sus esbirros a tomar algo que según ella le pertenece. —Era un hombre pequeño, pero bastante corpulento, tenía el cabello blanco y una gran barba del mismo color, sus ojos eran de un color azul oscuro y vestía una larga túnica roja, llevaba un bastón en forma de martillo en su mano izquierda.

—¿Quién es usted? —preguntó al ver al misterioso ser.

—Mi nombre no es importante en estos momentos —respondió en una forma pedante—. Pero se podría decirse que soy el responsable que todo esto se mantenga en pie.

—Pues creo que ha fallado miserablemente —argumentó molesto Eobard, el pequeño hombre se limitó a entrecerrar los ojos.

—Nos disculpas un momento —Ray agarró a su amigo y estudiante desde el cuello de su camisa y lo arrastró hasta atrás de una gran viga—, Emilia ¿podrías, por favor, ir hasta los dormitorios y hacer un conteo de los sobrevivientes?

—Está bien. —La joven asintió con la cabeza y salió de la capilla.

—¿Ray quién es ese sujeto? ¿Qué está pasando aquí? —preguntó desesperado.

—Eobard, no he sido completamente sincero contigo —respondió algo nervioso.

—¿A qué te refieres? ¿Qué está pasando? —las palabras de su amigo lo angustiaron a un más.

—Yo le diré lo que necesita saber. —El misterioso hombre se les acercó.

—Por favor, hágalo —dijo mientras se sacaba bruscamente de encima a Ray.

—Durante los últimos siete años que ha estado aquí, mi hijo Ray-mondio le ha estado ocultando algunas cosas.

—¡Su hijo! —exclamó sorprendido al escuchar tal revelación.

—Eh, si mi hijo —respondió con una pequeña sonrisa a la vez que levitaba por la capilla—. Todos dicen que se parece a su madre, bueno a excepción del cabello. En fin, resulta que yo fui el que construyó este templo en un principio para reclutar a personas con dones excepcionales, pero durante mucho tiempo estuve ausente por... otro tipo de problemas.

—Padre. —Ray lo interrumpió abruptamente—. No creo que él deba saber...

—¡Silencio Ray-mondio! —gritó molesto, sus oscuros ojos irradiaban un total desagrado—. Bueno en donde estaba —declaró intentando retomar la conversación con Eobard—. Resulta que mi hijo de alguna manera llegó hasta aquí y convirtió este sitio en un orfanato de quinta, recogiendo a cualquier niño con tres ojos que se encontrara en el camino.

—Padre esos niños...

—¡CÁLLATE! —al pronunciar esas palabras una oscura energía envolvió el cuerpo del nervioso Ray, esta lo empujó violentamente contra una de las columnas—. No te preocupes por él Eobard, ha sufrido cosas peores.

—¿Por... por qué me dice esto a mí? —expresó el joven confundido y angustiado—. No soy nadie importante, mis habilidades no se comparan a los otros, solo soy... bueno un...

—En eso se equivoca jovencito —lo detuvo—. Su linaje es especial, usted es descendiente de un ser muy poderoso. Un viejo amigo mío también es cierto, usted y la señorita Emilia son realmente unos seres extraordinarios. —En menos de un parpadeo el hombrecillo se teletransportó

hasta estar justo al frente de Eobard levitando—. Por eso le pido a usted que venga conmigo a un lugar donde podamos explotar todo su potencial.

Eobard abrió tanto los ojos y la boca que casi se le desparramaban. Estaba atónito por aquella extraña propuesta, pero ciertamente algo le preocupaba aún más. Juntó la fuerza necesaria para hablar—: ¿Qué pasará con los otros?

—Ellos regresarán al sitio de donde provienen —respondió fríamente.

Eobard se quedó inmóvil pensando que les esperaba a todos esos niños y jóvenes los cuales Ray rescató, algunos eran desterrados de sus pueblos por ser diferentes, mientras otros eran perseguidos como bestias hasta ser cazadas. Él tuvo suerte en comparación con los demás.

—No terminé de contarle la historia joven —habló mientras se rascaba su blanca barba—. A mi hijo se le ocurrió buscar uno de los objetos más peligrosos y poderosos de este mundo, un objeto que fue concedido por mi buen amigo y ancestro suyo. Durante mucho tiempo intenté contener el poder de ese objeto y también cambiar su forma para engañar a las manos peligrosas, pero a mi brillante hijo se le ocurrió usarla para quien sabe que propósito.

—Trataba... trataba de estudiarla —respondió Ray a duras penas—. Es un objeto sumamente poderoso, con su poder podría... —cayó desplomado al suelo por el dolor que sufría su cuerpo.

—Sabes bien que esa espada funciona solamente si su portador es considerado digno, por muy poderoso que tú seas nunca alcanzarás todo su potencial, y ahora por tu insolencia Morrigan ha mandado a sus asquerosos seguidores a tomarla, destruyendo este lugar y a tus malditos huérfanos. —Dio media vuelta—. Arregle sus maletas señor Eobard, partiremos mañana a medio día, después veré como recuperar la espada. —Al decir esto el hombre golpeó el suelo con su extraño bastón y súbitamente desapareció.

—¿Estás bien? —se acercó hasta su amigo e intentó socorrerlo.

—Sí, sí estoy bien —respondió mientras intentaba ponerse de pie.

—Tu padre es un bastardo.

Presente.

—¿Dónde estoy? —Se quedó dormido en el sofá toda la noche—. Ya es de día —dijo al ver la luz del sol entrar por la ventana mientras rascaba sus ojos—. Se supone que saldría temprano y llegaría a la escena del crimen —se puso de pie con un salto—, tengo que bañarme y tomar el tren, le enviaré un mensaje a Raúl diciéndole que iré a la escena a investigar por mi cuenta, por si llego tarde después. —Se desnudó en la mitad de la sala, arrojó su ropa al sofá y corrió directamente hasta el baño, pero a la mitad del pasillo recordó algo—. ¡Emilia! —exclamó en voz alta, estaba tan concentrado en su problema que se olvidó completamente de su inesperada invitada—. ¿Emilia sigues aquí? —no obtuvo ninguna respuesta—, ¿te has ido? —agarró una toalla en el baño y caminó por las habitaciones de su apartamento, sin embargo, no la encontró por ninguna parte, Entró lentamente a su dormitorio y sobre la desordenada cama yacía un viejo maletín acompañado de una nota; Eobard, algo desconcertado, la tomó y comenzó a leerla.

Querido Eobard siento no poder quedarme por más tiempo, cuidé de tu sueño por un par de horas hasta que no pude más con mi cansancio y tuve que marcharme, he dejado sobre tu cama algo que sin duda nos ayudará con esta pavorosa situación. Si me necesitas estaré ahí para ti.

Siempre tuya.
Emilia.

Eobard terminó de leer la nota y la apretó fuertemente entre su mano —veamos que tenemos aquí. —Se sentó en su cama, abrió el maletín y vació su contenido sobre el colchón, un diario viejo, varios frascos extraños, una bolsa negra y un pequeñísimo libro no más grande que la palma de su mano.

—¡Vaya! —clamó asombrado—. Esto se conserva en buen estado. —Tomó aquel diminuto objeto—. Ah, tu maldito bastardo —le dio un pequeño golpe con su dedo índice y el pequeño libro se expandió tanto que le empezaba a pesar en una sola mano—, tú me hiciste sufrir mucho. —Recordaba con cierta amargura y al mismo tiempo con un poco de amor aquel viejo libro el cual tuvo que leer y, más aún, entender para así comprender sus poderes—. Me pregunto por dónde quedé. —Lo abrió y desde su interior cayo una vieja foto—. ¿Qué es esto? —dijo al tomarla—. Una fotografía. —observó la imagen y sintió un pesar—. Ray —dijo con melancolía. En la foto estaba un joven Eobard acompañado de su maestro y amigo—. Tanto tiempo —en sus ojos se asomaban lágrimas que no dejó que fluyeran libremente. Secó sus ojos y colocó la foto dentro del maletín—, esto lo haré por ti —se puso de pie—, es lo mínimo que puedo hacer. —Formó los puños y apretó fuertemente—. Debo encontrar esa espada y destruirla, por la memoria de mi amigo —prometió decidido.

IGNACIO CATRICOFK

Dormía en su gran cama. Cayó en un profundo letargo, después de haber tomado ese largo baño. No se había levantado desde entonces.

—No, no —dijo con una tenue voz aun entre sueños—. La, la katana —se revolcaba de un lado a otro. En su frente se acumulaba el sudor, los recuerdos volvían a su cabeza en forma de un vendaval.

—Tu auto me gusta, me lo quedo, esta ciudad será mía. —Aquellas palabras provenían de memorias desconocidas que rondaban en su cabeza, le parecía tan familiar como si fueran de él, pero al mismo tiempo eran un total misterio—, este será el lugar perfecto, todos ustedes morirán. —Mataba, mutilaba y se reía de los macabros actos que cometía, arrastraba aquellos cuerpos aun extraño cuarto oscuro y de repente pudo observar aquella persona a través de un viejo espejo, tenía el cabello rojo oscuro, unas orejas puntiagudas y unos ojos que reflejaban una gran ira, aquella persona sonrió ante el espejo y se admiraron sus filosos dientes—. Nos vemos en el puerto mi querido Ignacito ¡*JA, JA, JA, JA!*

Se despertó de golpe, con su corazón saliéndosele del pecho—fue una pesadilla —dijo intentando calmarse a sí mismo, se acomodó de nuevo e intentó volver a dormir, no pasaron más de cinco segundos cuando de repente sus labios volvieron a pronunciar tan extraño nombre—: Shay —susurró al momento—. Eso no era un sueño. —LImpió el sudor de su frente con su manga derecha, se levantó de la cama completamente y pasó sus manos por su rostro intentando aclarar sus ideas—. "Nos vemos en el puerto mi querido Ignacito" puerto... ¡muelle! —exclamó al darse cuenta de la relación—. Ahí fue donde desperté y eso dijo la persona de mis sueños. —Meditó por un par de segundos, para después empezar a buscar con su mirada algo en su gran habitación—. Ahí está —expresó mientras caminaba hasta su mesa de noche y tomó su celular—, llamaré, llamaré para que me recoja un auto, espero que... mierda —dijo molesto al darse cuenta de que su teléfono no tenía carga—. Bien, bien no es problema —abrió el cajón de la mesita y tomó el cargador—, lo dejaré cargando mientras me doy una ducha. —Colocó el adaptador en el tomacorriente, el cable a su celular y lo dejó nuevamente sobre la mesa, caminó hasta la puerta de su habitación y giró la manija—. Me bañaré y saldré... —no termino su oración cuando en lo más profundo del pasillo pudo ver aquel enigmático objeto—. La katana — dijo en voz baja el joven, caminó lenta y cuidadosamente hasta llegar a la puerta del baño sin perder el contacto visual con la espada—. ¿De dónde saliste maldita? —entró y cerró la puerta de golpe. Se desvistió, colocó su ropa de dormir encima del lavado, para cepillarse los dientes; agarró su cepillo, colocó lentamente la pasta dental y después empezó a lavarse su boca, el joven Ignacio se veía a través del gran y fino espejo delante de él, tenía demasiadas cosas en su cabeza, pero no podía ni concentrarse en una sola, escupió la pasta, abrió el fregadero y enjuagó su boca.

— "TIN" —un sonido agudo se escuchó de improvisto dentro del baño.

—¿Qué fue eso? —Dio media vuelta y a su espalda solo estaba la gran bañera y en un rincón el inodoro, Ignacio buscó con su mirada el origen del ruido, pero no encontró nada—. Debió... debió haber sido las tuberías —se dijo desconfiado y nervioso. Retomó su posición al frente del lavado y terminó de enjuagarse la boca—. Bien ahora la ducha, pero con algo de música —arguyó mientras se secaba el exceso de agua. Llegó a un pequeño panel ubicado en una de las paredes—. Vamos a ver que tenemos. —Buscaba en las diferentes selecciones—. Tengo que darme prisa, no debería estar perdiendo el tiempo. —Sin demora y al azar el joven seleccionó una canción.

"It's sniffing me, chasing me and screaming around..."

Caminó hacia su moderna ducha, localizada en una esquina del gran baño, abrió la pesada puerta de vidrio y antes de entrar a la regadera dio un último vistazo—sí, las tuberías —dijo una última vez.

"It's transforming me, corrupting me from inside and killing myself for free..."

Abrió la llave y comenzó a bañarse—¿Cómo habré terminado en ese bote? ¿Cómo terminé lleno de sangre? ¿Cómo encontré esa katana?

"It's transforming me, corrupting me from inside and killing myself for free..."

—¿Por qué no recuerdo nada de anoche?

"I do shake with fear but i think i like it now..."

—¿Quién o qué es Shay?

"I feel my spine stir and my brain turning into broth, my humanity fades away and he takes it on a tray..."

Cerró la llave, tomó su toalla para secar su cuerpo y después se envolvió con ella en la cintura—que buena canción —se dijo al pasar nuevamente cerca del panel reproductor—, nunca la había escuchado. —Apagó el aparato y se dirigió a su cuarto para poder cambiarse, estando nuevamente en la habitación; abrió las enormes puertas de su closet el cual era viejo y muy fino—. Mierda, no recordaba tener tanta ropa —exclamó sorprendido al ver la cantidad de prendas de vestir que tenía. El armario lucía aún más grande por dentro, su ropa estaba perfectamente organizada por niveles, sacos y gabardinas colgando de diversos ganchos, en el nivel superior sus camisas, camisetas y suéteres, en el nivel central sus relojes y accesorios, y en los dos últimos sus prendas inferiores y zapatos respectivamente—. Demasiada ropa para una persona —manifestó Ignacio mientras agarraba lo primero que vio—. Esto... —una camisa blanca convencional con líneas diagonales negras que cruzaban la parte frontal, se la colocó para después agacharse y tomar un boxer y un yin negro—. Bien ya podre... —pero algo llamó su atención dentro del armario, en un rincón colgando de un gancho—. ¿Qué es esto? —corrió la ropa alrededor para tomar la pieza colgante—. Es un saco —dijo observándolo con más detalle— y rojo. —El material se sentía suave al tacto como el algodón, el cuello y los botones eran de color negro, contando con dos bolsillos a los costados, era elegante y al mismo tiempo informal, el problema era que él no se acordaba de haberlo comprado nunca—. Se ve bien —no dio más vueltas y se lo probó, se miró en el espejo para ver más a detalle y darle su total aprobación—, creo que está bien, ahora los zapatos. —Se agachó del todo, tomó un par de mocasines negros y unas medias, caminó aprisa y se sentó en la cama para que se le hiciera más fácil colocárselos—. Bien, todo listo —dijo al terminar, dio un pequeño salto para colocarse de pie—. Tomaré mi teléfono y me iré. —Regresó a su pequeña mesa de noche, tomó su celular y de repente el cable se soltó del conector—. ¿Qué cojones? —clamó sorprendido—. No me digas que... oh, ¡no! —presionó desesperado el botón de encendido tantas veces como pudo—. ¡Seré idiota! —no conectó el cargador bien, el tiempo pasó y el celular no cargó en lo más mínimo—. Soy un imbécil, bien tendré que llevar una batería. —no perdió tiempo, volvió a abrir el cajón y tomó una pequeña batería portátil, desconectó el cable del adaptador y lo colocó en la batería e hizo lo mismo con el otro extremo llevándolo hasta su celular, el teléfono vibró confirmando que esta vez sí estaba recibiendo energía—. Bien ahora mi cartera y me largo. —Agarró la billetera que convenientemente estaba en la mesa, la guardó junto a su celular en uno de los bolsillos del saco y salió apresuradamente de su habitación, paso el baño, la segunda habitación principal y la habitación de invitados, a unos centímetros estaba la katana recostada a una antigua mesa, el joven la miró por un par de segundos, dio medio giro a la izquierda y al frente de él se encontraba las puertas de metal del ascensor, presionó el botón para bajar—. Me pregunto si papá estará en el piso de arriba, o ya se habrá ido a hacer quién sabe qué. —Observó por el indicador como lentamente el elevador subía hasta su piso, sin pensarlo volvió a enfocar su mirada a la espada—. ¿Cómo llegaste hasta mí? —podía sentir una extraña fuerza emanando de aquella arma, aunque no sabía si era benigna o maligna.

El sonido del elevador rompió su concentración, dejo de observar el arma, entró a la cabina para después presionar el botón del vestíbulo, pero sin previo aviso salió de ahí escopetado; agarró la katana y con la misma velocidad y energía retornó antes que las puertas se cerraran por completo.

—*Bajando a vestíbulo* —habló la voz automatizada antes de descender.

—Mierda, todo por una maldita espada —dijo mientras se recostaba contra la pared. Se dedicó a examinar los grabados de la *saya* y del *tsuka*—. Es extraño, no reconozco ninguno de los *kanjis* grabados. —Manejaba el idioma japonés y conocía los diferentes alfabetos que la lengua nipona tenía, debido a que tiempo después de que su madre murió, su progenitor lo mandó a Japón para que terminara sus estudios, según él era para protegerlo, más, Ignacio siempre creyó que era porqué su propio padre no quería hacerse cargo de él—. ¿Qué significa esto? —la simbología grabada nunca la había visto, hasta juraba que no era japonés—. Estos símbolos no pertenecen a ninguna lengua oriental, o ningún idioma que haya visto en mi vida —dijo sorprendido, los raros trazos que la adornaban eran todo un misterio.

—*Llegando a vestíbulo.* —La voz automatizada lo sacó de sus pensamientos, el elevador finalmente se detuvo, las puertas se abrieron, el gran vestíbulo del edificio Catricofk estaba en plena hora pico, docenas de personas corriendo de un lado a otro; ejecutivos regresando del almuerzo, secretarias recibiendo y enviando recados y muchas otras personas que hacían parecer el recibidor como un hipódromo.

—Hora pico, ¿eh? —dijo para sí mismo, salió del elevador y se dirigió a la recepción—, les diré si me pueden conseguir un conductor. —Pasaba a través de las personas, estas estaban tan enfocadas en sus asuntos que no se daban cuenta del arma que llevaba consigo o que él era hijo del dueño del edificio.

—Señorita, se lo aseguro, el joven Catricofk me pidió que viniera hoy. —Ignacio observaba a la distancia a un hombre mayor discutiendo con una recepcionista, al muchacho le ganó la curiosidad y se acercó para oír la conversación—. Él me dijo que viniera hoy, me ofreció un trabajo como chofer.

—Lo siento señor, pero el señorito Ignacio, no dejó ninguna información al respecto, así que le pido que se marche —respondió la recepcionista.

—Mire señorita —el anciano tomó una postura más seria, centrándose y mirando a los ojos de la mujer—, me encontré al joven Ignacio en la calle, me pidió que lo trajera hasta este edificio y me dijo que me ofrecería un trabajo como chofer, ahora necesito que lo llame ya que...

—¿Qué está sucediendo? —él interrumpió la conversación, el anciano al reconocer la voz se dio vuelta rápidamente.

—¡Oh! —exclamó con cierta alegría—. Me alegro de verlo jovencito, ¿no se acuerda de mí? Soy el señor Wilson, el que lo recogió en el viejo muelle.

—Lo siento, señorito Ignacio —interrumpió esta vez la mujer—. Se le ha dado por decir sandeces, será mejor que llame a...

—¡NO! —alzó su voz con fuerza—. No se preocupe, yo lo conozco.

—Está bien, como guste joven —respondió la recepcionista antes de volver a su trabajo.

—Disculpe las molestias ¿señor...?

—Wilson —dijo el anciano con vivacidad—. Yo lo traje hace dos días desde el muelle, usted me dijo que viniera hoy a solicitar el trabajo.

«¿Dos días?» repitió en su mente mientras sus expresiones faciales revelaban su asombro. «He dormido más de cuarenta horas». sorprendido se atragantaba con sus propias emociones para no revelarlas—. Eh... ¡oh! Ya lo recuerdo —exclamó integrándose nuevamente a la conversación mientras rememoraba los acontecimientos de esa madrugada—, lo siento, pero no recuerdo muy bien lo que hice ese día.

—No se preocupe, me dijo que me iba a ofrecer un empleo, espero que eso no se le haya olvidado.

—No, no, la verdad es que de eso sí me acuerdo, de hecho, me ha caído como anillo al dedo.

—¿Y eso por qué sería joven? —preguntó el anciano con curiosidad.

—Es que necesito que me lleve al sitio donde me encontró, creo que olvidé algo allí.

—Está bien, como desee.

—Iremos en su coche, será menos llamativo, y no tenemos tiempo para conseguirle un uniforme ni otro vehículo. —Ambos empezaron a caminar hasta las puertas del edificio.

—Está bien, venga, he dejado el coche en la zona de parqueo de la esquina. —Ambos salieron del edificio y llegaron a la calle, caminaron hasta donde estaba estacionado el auto, era un *Chevy Chevelle Malibú* del setenta, color negro y en perfecto estado—. Es este joven, déjeme abrirle la puerta. —Ignacio se acomodó en la parte izquierda trasera del vehículo y puso la katana de pie en el lado derecho, por dentro padecía de unos cuantos daños en la tapicería, pero en general permanecía en óptimas condiciones—. Entonces joven ¿al viejo muelle? —dijo mirando por el retrovisor.

—Eh, si por favor.

—No es por meterme en sus asuntos, pero es un lugar peligroso, tuvo suerte de que me lo encontrara esa noche.

—No se preocupe —replicó—. No creo que me pase nada.

El anciano asintió con la cabeza, encendió el coche y tomó rumbo hacia su destino.

El viaje se hizo en silencio, Ignacio observaba por la ventana el panorama que lo vio crecer y que algún día lo más probable él sería quien lo dirigiese o al menos era lo que su padre le decía desde que era un pequeño, de repente el vehículo dio un giro un poco brusco a la izquierda haciendo que los objetos dentro se movieran, uno de estos golpeó la mano del muchacho, volteó para mirar de que se trataba, era la katana ya había olvidado que la traía con él, parecía que cuanto más tiempo pasaba con ella más se olvidaba que la tenía, como si poco a poco se volviese una extensión de él. La tomó con su mano derecha, la puso en forma vertical y empezó a girarla en su propio eje mientras la observaba casi hipnotizado, después de unos minutos haciendo el mismo movimiento se le ocurrió hacer algo que desde aquella vez que estuvo atrapado en ese cuarto no había vuelto a hacer, retirarla de su *saya*, fuertemente apretó el *tsuka* y con su mano izquierda retiró la funda, un ligero tufo a sangre emanó, Wilson logró sentirlo sin embargo pasó de el completamente y activó el ambientador para que consumiera el hedor.

Ignacio examinaba la hoja; estaba ligeramente manchada con sangre ya coagulada, por lo cual dedujo que fue utilizada recientemente, después puso atención a los grabados de la hoja, tenía escritos en una lengua que él ni siquiera sabía que existía, pero, pudo reconocer el latín escrito al final de la hoja—*Diabolus autem revelare* —susurró, en un momento la luz de un sol que brillaba en todo su esplendor, reflejó su claridad en la hoja de la katana, el espectro de luz se dirigió directo a los ojos del muchacho dejándolo aturdido por unos segundos, mientras que su vista se volvía a adaptar, Ignacio pudo divisar en la hoja una extraña figura que al instante desapareció—. ¿Qué era eso? —interpeló alarmado.

—¿Qué era que joven? —el señor Wilson contestó con una pregunta.

—No, creí ver un animal aun lado del camino, pero creo que lo imaginé. —Ignacio al ver el error que acababa de cometer decidió retractarse con una mentira, el anciano respondió afirmando con la cabeza desde el espejo retrovisor, no obstante, el joven permanecía con la inquietud, que fue lo que vio en ese milisegundo en la hoja del arma, alcanzó a distinguir unas orejas puntiagudas y un cabello rojizo.

Setenta minutos después...

El viaje fue un poco más corto esta vez. El anciano tomó la nueva autopista la cual atravesaba gran parte de la ciudad y se dividía en varias carreteras, una llevaba directamente a la parte vieja en donde estaba localizado el muelle, Ignacio se pasó el resto del camino callado y observando el camino, pero muy distante, perdido en sí mismo.

—Listo joven, llegamos —dijo el anciano mientras poco a poco detenía el coche en la entrada del viejo muelle.

—Gracias Wilson —agarró la katana y abrió la puerta trasera para bajarse—, espéreme aquí, intentaré no tardar.

—Joven, tenga cuidado, este no es un buen sitio que digamos —aconsejó el viejo.

—Está bien —contestó mientras cerraba la puerta estando ya afuera del vehículo—. Pero creo que no necesitaré ninguna protección —dijo entre dientes, se adentró al sucio muelle, caminó por los añejos tablones de madera, pasando por los viejos y desahuciados locales ya vacíos hasta llegar a la parte central del lugar, miró a su alrededor buscando una señal y preguntó—: ¿Y ahora qué? —se dirigió hasta una sucia banca y tomó asiento, colocó la espada al lado de él acostada en el banco—. ¿Qué es lo que se supone que vine a hacer aquí? —dijo en tono de broma casi entre risas—, podría volver al barco en donde desperté... pero ahora no se donde esta. —trataba de encontrar aquel pequeño yate en donde despertó pero misteriosamente había desaparecido. Pasaron unos segundos el joven observaba sin ningún recelo a su alrededor buscando una señal—. "*Port Liberty*" —leyó el nombre de un viejo local—. Ah, creo que esto no... —de repente miró hacia abajo, a los tablones de madera que sus pies pisaban, un extraño manchón rojo se extendía desde sus pies hasta el interior del local, inexplicablemente sus memorias resplandecieron de nuevo, el gran cúmulo de imágenes descendía en forma de un tornado implacable cuyo objetivo era destruir su psiquis, estas iluminaban como grandes faroles incandescentes, cayó al suelo por el terrible dolor en su cabeza y tal como ese tormento vino en un segundo se fue. Ignacio respiraba con dificultad, se le revolvió el estómago y la saliva bajaba por sus labios cayendo al suelo—. ¡Ah! maldita sea —poco a poco volvió a reincorporarse—, estoy harto de estas jaquecas —exclamó furioso mientras se ponía de pie, sin embargo, gracias a ese ataque pudo recordar algo—"nos vemos en el puerto" ... *port* es ¡puerto! —encontrando lo que parecía ser la relación final de tan misterioso mensaje el joven agarró la espada en la banca y se adentró al viejo establecimiento, la luz de la tarde despejaba la oscuridad dentro del restaurante con eso pudo seguir el rastro de sangre que continuaba hasta lo más profundo del desolado local, atravesó un largo pasillo que se convirtió en un deteriorado salón lleno de sillas viejas, mesas rotas, manteles desgarrados todo esto regado en el piso junto a un montón de cosas más.

—Este restaurante... —dijo para él solo mientras observaba el salón ya sin vida—. Yo ya he estado aquí —exclamó como si se tratara de una revelación—, sí, hace mucho tiempo —su mente buscaba el recuerdo exacto, las memorias cuando era un niño, cuando el restaurante estaba en sus mejores años—. Yo era muy pequeño. —Caminaba a través de la sala, mientras revivía sus memorias—. Yo estaba sentado aquí —tocó una vieja silla y hablaba emocionado—, estaba con papá y... —su mirada decayó, de repente perdió toda la emoción que había acumulado, soltó la silla y se apartó un poco—. También... también mamá —dijo con melancolía, aun en su tristeza el muchacho logró distinguir algo con el rabillo del ojo una sombra que se movió tan rápido como la luz—. ¿Qué fue eso? —volteó en la dirección que vio al extraño ser. Cerca del final del salón junto a otro corredor que muy al fondo conectaba con una habitación, esta emanaba una fuerte luz, inició el recorrido para llegar hasta ahí, iba desconfiado y algo temeroso, con cada paso la iluminación se hacía más fuerte—. No sé, pero algo me dice que debo de llegar hasta allá —bajó su mirada y contempló otro rastro de sangre, como el que llevaba al restaurante, ahora lo confirmó—, tengo que llegar al fondo de este corredor —clamó en voz alta, el paso era lento pero decidido, la luz se acercaba cada vez más y el joven empezaba a oler un pútrido y nauseabundo hedor—. ¡Qué peste! —el aroma a porquería provenía del cuarto iluminado, el olor era una mezcla de descomposición, caño y sangre todo al mismo tiempo, era insoportable, pero Ignacio no se iba a retractar estando tan cerca, su fuerza de voluntad y curiosidad eran más fuertes que la peste, ya casi llegaba su destino, a sus ojos se les dificultaba adaptarse a la fuerte luz que provenía del misterioso cuarto, sin más remedio los cubrió con su mano libre y alzó el brazo derecho en el cual cargaba la espada para no golpearse con nada, sentía como una sustancia extraña se adhería a la suela de sus zapatos haciendo un particular y desagradable sonido, en un momento determinado su pie chocó con algo y ya seguro de estar en el lugar lentamente descubrió sus ojos y los abrió; lo que encontró lo dejó aterrorizado, el cuarto estaba lleno de cadáveres amontonados, cuerpos sin extremidades, pálidos y en proceso de descomposición, varios de ellos con sus vísceras y entrañas al aire. El suelo parecía una pequeña y pegajosa laguna de sangre junto con otros distintos líquidos y fluidos todos revueltos en una bilis repugnante, estos fueron los causantes del extraño sonido mientras caminaba— ¡MALDICIÓN! —gritó asustado, sus ojos saltaban mientras contemplaba la aberración en la que se había metido—. No, no, ¡NO! —su cuerpo temblaba y sudaba frío era la respuesta del miedo. Lentamente alzó su cabeza y observó las paredes, estas tenían varias palabras escritas— "ASESINOS" "VIOLADORES" "ADICTOS" "PARÁSITOS" —leyó en voz alta, todo esto alrededor de él, escritas con sangre y justo en el techo— "NO HAY JUSTICIA" "SOLO MUERTE" —Ignacio estaba confundido y muy asustado. ¿Qué era todo esto? ¿Por qué sentía una conexión con este lugar? ¿Fue él responsable? ¿Qué significaban todas esas palabras escritas? Tantas preguntas y ninguna respuesta—. Dios mío. ¿Qué tienes tú que ver con esto? —se preguntó molesto mientras observaba a la katana. Se quedó inmóvil por un par de segundos intentando calmarse, en un momento se enfocó en el espejo de cuerpo entero a su derecha y la pequeña mesa en un rincón, el shock fue tan grande que no se había dado cuenta de eso ni del papel o la comida podrida sobre esta última, se acercó lentamente, apartó los restos de papas fritas y de hamburguesa, tomó la nota y Procedió a leer el contenido— "**DR. DICKINS Y FUCKING HIDE**" —lo escrito era todo un misterio para él, aunque, sabía que algo lo conectaba con eso, la dobló en seis pedazos y se dispuso a guardarla en un bolsillo de su saco—. Agh —exclamó de dolor, al introducir sus dedos sintió un ligero quemón—. ¡El teléfono! —expresó alarmado, colocó la katana sobre la mesa, guardó el papel en un bolsillo de su pantalón y sacó el celular, se olvidó por completo de ello, la batería se cargó totalmente y el exceso de energía debió haberla sobrecalentado, sin demora lo encendió y desconectó la batería externa, no pasó ningún segundo después de que el teléfono estuviera funcionando cuando de golpe llegaron docenas de notificaciones—. ¿Que mierda? —profirió creyendo que su teléfono iba a explotar—. ¿Quién está...? —sus palabras fueron interrumpidas por una sorpresiva llamada—.

"Victoria" —leyó el nombre del contacto y sin ánimo respondió—. Eh, hola, Vicky ¿Cómo es...?

—Ignacio. ¿Dónde mierda te has metido? –preguntó molesta—. Te he estado llamando toda la puta mañana y tú tienes el celular apagado.

—Sí, lo siento mi celular se descargó y yo...

—¿Sabes qué día es hoy? —esperaba una respuesta y él estaba en blanco.

—Es...

—Hoy es la cena de gala tarado, se supone que estarías aquí desde las tres, ya son las cinco y media y la cena empieza a las seis, todo el mundo va a llegar y tu...

—¡Bien! —respondió bruscamente—. Ya voy para allá, no tienes por qué gritarme como una loca. —Colgó el teléfono molesto—. Maldita sea, hoy es la cena de gala, no puedo creer que haya dormido por más de dos días. —guardó el celular y tomó la katana para empezar a caminar fuera de la habitación.

—¡*JA, JA, JA, JA!* —escuchó una gran risotada detrás de él, Ignacio dio media vuelta y solo se encontró con su reflejo en el espejo, se miró por un par de segundos para percatarse de algo—. Es... ese es el mismo espejo de mi sueño —dijo sorprendido, se quedó observándolo por un par de segundos más, desconfiado dio media vuelta y se marchó.

EOBARD GORDON

—De nuevo aquí. —Observó la fachada del edificio en el que estuvo el día anterior—. Veamos que puedo sacar. —Aspiró un último trago de humo de su cigarro antes de lanzarlo al suelo, Eobard caminó y abrió la pesada puerta de vidrio totalmente polarizada, el vestíbulo estaba prácticamente igual, solo que esta vez los ascensores estaban cubiertos por cintas de precaución, inventaron que en los pisos superiores hubo un accidente y nadie podría entrar hasta nuevo aviso, sería horrible para la reputación de la ciudad que se supiera que semejante matanza pasó en uno de los distritos más lujosos, si la gente se llegara a enterar sabría Dios que pasaría—. Ya no importa si uso el ascensor. —Se apresuró hasta el único que servía, atravesó con sumo cuidado las cintas para no dañarlas y presionó el botón, las puertas se abrieron y el detective entró, la cabina estaba prácticamente limpia, se notaba que la empresa de limpieza traumática había hecho un buen trabajo. El departamento policial quería apresurar este caso lo más rápido posible aun así las pistas que tenían eran menos que nada—. ¿Qué piso era? ¡El nueve! —presionó el botón y la cabina inició su ascenso, las puertas se volvieron a abrir en el piso indicado, el detective salió del elevador—. Y aquí estamos. —Eobard observó el panorama, ya no estaban los cuerpos, los cartones de evidencia, los grandes focos, ni la cantidad de personas caminando de un lugar a otro, solo algunas manchas de sangre que no se pudieron limpiar—. Calmado como a mí me gusta —sacó un cigarro de su gabardina, para volver a fumar—, bueno, veamos qué sucedió aquí realmente. —continuaba moviéndose mientras consumía humo y nicotina —. Muchas víctimas, dos tipos de arma blanca, ¿dos asesinos? —detuvo su caminata y examinó el suelo, unas cuantas gotas de sangre seca justo a sus pies, se puso en cuclillas—. Estas han demorado en desvanecerse. —Examinó detalladamente el patrón de la mancha y de las gotas secas esparcidas alrededor—. Más de dos docenas de cuerpos en el piso siete y solo cuatro aquí —el detective se levantó y observó detalladamente alrededor de él—, restos de uñas filosas sin ADN, ¿un felino? —se dispuso a especular—. "¡Ya estoy en casa!" ¿Que significará? ¿Habrá sobrevivientes? ¿Quiénes fueron los victimarios? ¿Qué hacían un grupo de hombres armados en un sitio como este? Mis únicas dos opciones serían un secuestro o un atentado, aunque me inclino más por la primera. —Buscó en dónde continuar, pero debido a la cantidad de preguntas sin respuesta que surcaban su mente empezó a ponerse nervioso—. Maldición. ¿Cómo es posible que no haya respuesta lógica? ¿Cómo es posible que los responsables no hayan dejado ADN en la escena del crimen? ¿Cómo es posible que no haya testigos, o grabaciones de video?

—Porque es magia Eobard —Emilia apareció en vuelta en un torbellino de fuego, vestida como una mujer de negocios, llevaba un pantalón negro y un saco del mismo color, ya su cabello no caía como cascada de fuego, sino que lo mantenía hacia arriba con un gancho para pelo.

—¿Cómo me encontraste? —interpeló atónito al ver a la mujer aparecer de la nada.

—Soy omnipresente Eobard, ¿lo olvidaste?

—¿En serio? —preguntó desconcertado y confundido—. No recuerdo...

—Estoy bromeando —dijo sonriendo mientras se acercaba un poco más al detective—. Te encontré de la misma forma que lo hice ayer Eobard. Tú y yo estamos... conectados.

—Vaya, eso es... raro —clamó algo extrañado.

La mujer caminaba observando los restos de lo que antes era la escena del crimen—entonces... ¿necesitas ayuda?

—Eh, sí claro. —Eobard dio un par de pasos hacia adelante—. Este es el lugar que te dije, es una escena del crimen de lo más rara. —Se retiró el cigarro de la boca y lo arrojó lo suficientemente fuerte para que saliera por el balcón—. Ningún testigo, ninguna grabación, ningún rastro de ADN, con los pocos datos que tenemos no sabemos ni la mitad de lo que pasó, sé que es obra de algún tipo de magia yo... yo he sentido... sentido cosas aquí, pero no estoy seguro —habló un poco nervioso—, pero, me gustaría estarlo, ¿puedes sentir algún tipo de magia?

—¿Yo? —dijo algo extrañada—. Puedo hacerlo, pero se supone que tú eres...

—Hace mucho tiempo de eso —confesó secamente mientras miraba al suelo—, yo... yo no sé si ahora pueda.

—Está bien no te preocupes, yo lo haré —respondió, intentaba ocultar la tristeza que aquellas palabras causaron en ella, alzó su mano derecha y de la nada un fuego verde apareció, era penetrante pero manso de él empezaron a salir chispas que en un santiamén se esparcieron por todo el piso, Emilia bajó su brazo y cerró los ojos, el fuego verde ahora danzaba alrededor de ellos rodeado por las miles de chispas y luego un leve sonido se escuchó antes de que el fuego por fin desapareciera.

—¿Qué fue eso? —preguntó impactado por el acto que acababa de presenciar.

—Hay magia aquí —respondió preocupada— y es poderosa, deshabilitó mi fuego.

—Bien al menos ya estamos seguros de que hay magia aquí, esa es la buena noticia, la mala es que no podemos explicarle esto a la gente normal sin que nos tomen como locos y nos encierren, esto es genial.

—¿Qué tiene de genial? —preguntó Emilia confundida.

—Es sarcasmo, los humanos lo usamos cuando... ¡ay, eso no es importante! —respondió inquieto, Eobard estaba muy alterado, todo esto lo superaba. Caminó hasta una viga de concreto y se dejó caer hasta llegar al suelo—. Tengo que saber, tengo que saber que fue lo que pasó aquí, si fue la espada o no. No hay pistas o algo que me ayude a desenmarañar este caso. —Colocó la cabeza entre las piernas en señal de desesperación—. me siento impotente, sin poder hacer nada.

—No actúes así. —Se arrimó a él para intentar consolarlo—. Tú eres mejor en esto que yo, ¿por qué no lo intentas?

—No, hace mucho tiempo que no lo hago, no creo que pueda hacerlo. —Eobard se sentía angustiado e incómodo, había jurado no volver a usar sus dones, fue una promesa, una promesa llena de odio que hizo en el pasado.

—Tus dones están dentro de ti —dijo mientras suavemente lo ayudaba a colocarse de pie—, no importa cuánto tiempo haya pasado tu siempre podrás hacerlo. —Miró a los ojos color verde de Emilia y en ellos encontró apoyo, fuerza y muchas cosas más, en ese momento recordó cómo escapó de su antigua vida hace quince años para nunca volver, pero prometió encontrar la katana y destruirla, era una promesa que cumpliría, aunque su vida estuviera en riesgo.

—Yo... yo. —Sentía que no podía articular palabra alguna, de sus ojos empezaron a desbordarse unas cuantas lágrimas.

—Lo siento. —Emilia se apartó de él, avergonzada por su comportamiento dio media vuelta—. No debí hacerlo, no debí habértelo pedido, tú te fuiste, tu no quisiste usar tu magia yo debí respetarte.

Eobard caminó hasta alcanzarla, puso sus manos en los hombros de la mujer—lo haré Emilia. —Ella dio vuelta, ambos volvieron a entre lazar miradas, los ojos verdosos llenos de esperanza y alegría transmitían un cierto reconfortar para Eobard, pero él trataba de ignorar ese sentimiento.—Gracias —se limitó a decir.

—Pero tendrás que ayudarme.

—Claro —Emilia se alejó un poco—. ¿Trajiste el libro?

—No, lo dejé en casa sobre mí cama —respondió con algo de vergüenza.

—Está bien dame un momento. —Dio un par de pasos hacia atrás y de la nada una potente llamarada se la tragó.

—¿Emilia? —preguntó extrañado al momento que la ola de fuego se desvaneció, ella se había esfumado—. ¿Adónde se fue? —miró a los alrededores, pasaron un par de minutos, pero al final no pudo encontrarla por ninguna parte.

—Bueno veamos —aquella llamarada volvió a aparecer y desde su interior emergió Emilia con el libro—, que tenemos aquí. —Pasaba las hojas de manera famélica buscando algo que los ayudara en esa situación.

—¿Adónde fuiste?

—Oh, regresé a tu casa por el libro.

—No sabía que te podías teletransportar así ¿Cuándo lo aprendiste?

—En estos quince años he aprendido muchas cosas. —Sonrió y le guiñó el ojo.

—¿Has encontrado algo útil? —Eobard se retiró el saco que vestía y lo arrojó al suelo.

—Dame un momento. —Emilia seguía con su búsqueda—. ¿En serio no te acuerdas de nada?

—Bueno yo... —Eobard cavaba en su memoria intentando recordar algo de ese libro—. La verdad es que no, cuando me fui no quise saber nada respecto a ese otro mundo, supongo que mi mente bloqueó todo al respecto, me dediqué a vivir una vida normal, por Ray. —Hubo unos segundos de silencio.

—Ray, Ray era una gran persona —habló Emilia con cierta nostalgia.

—Sí, sí que lo era —replicó Eobard mientras asentía con la cabeza.

Mucho tiempo atrás...

—Eobard, Eobard despierta. —Escuchaba una tenue voz que intentaba sacarlo de sus sueños—¡DESPIERTA TONTO! —en un segundo el muchacho sintió un ardor en el lado derecho de su rostro era tan intenso que lo arrebató de su letargo.

—¿Qué agh, mi rostro? —se quejó somnoliento.

—Al fin despertaste. —Reconoció aquella voz al instante.

—Ray, ¿qué haces aquí? —Preguntó mientras se sentaba.

—Necesito que me ayudes con algo —le respondió su amigo totalmente serio—, vamos a recuperar la espada.

—¿Qué? —dio un pequeño salto—, ¿cómo vamos a...?

—Silencio —Ray lo interrumpió—. He podido encontrar a los esbirros de Morrigan, están a unos cuantos kilómetros después de las dunas blancas.

—No sé quién es Morrigan, pero no creo que yo sea capaz de ayudarte, mira lo que le hizo al templo solo por una bendita katana —argumentó un poco nervioso.

—Eobard tienes que ayudarme —Ray se movió un poco más cerca de su estudiante y amigo—, si no la recupero mi padre regresará a todos esos jóvenes a la calle sin nada, morirán. Con la katana podré sacarlos de aquí. —Sus ojos expresaban preocupación y angustia lo único que tenía era un plan y esperaba que su amigo lo ayudara.

No dijo ni una sola palabra, Eobard estaba pensativo, reflexionando ante la situación, observó la preocupacion en el rostro de Ray y sin estar del todo convencido decidió ayudarlo—¿qué tenemos que hacer?

—Bien presta atención, esto es lo que haremos, saldremos por la parte sur con cuidado para no despertar a nadie, tomaremos dos caballos de los establos, y cabalgaremos hasta las montañas, después...

—Eobard, Eobard, ¡Eobard! —gritó Emilia mientras lo jalaba suavemente de su camisa.

—¿Qué sucede? —preguntó mientras volvía a esta realidad.

—Te he estado llamando —respondió ella—, te has pasado como cinco minutos mirando a la nada. ¿Qué pensabas?

—Eh... nada, nada —exclamó mientras se rascaba la nariz—. ¿Has encontrado algo que nos ayude?

—Sí, de hecho—Emilia volvió a adentrarse en el libro—, esto podría ayudarnos.

—¿Déjame ver? —Eobard se acercó hasta ella para echar un vistazo.

—Es un viejo hechizo druida, según esto sirve para... revivir experiencias acumuladas a través del tiempo —intentó leer en voz alta las palabras plasmadas en el libro—: *Ik... qiloz... et-colantrozus*

—No señorita —la corrigió Eobard— lo pronuncias mal, es de hecho: *iks kilious ets- coulantrosus*, esa es la pronunciación correcta.

—Oh, ¿entonces si recuerdas algo?

—Supongo que es algo en mí. ¿O no? Se supone que mis ancestros eran poderosos magos.

—Toma y léelo —Emilia golpeó el vientre de Eobard con el grueso libro—, espero que no vuelvas a salir sin el.

—"Uf" —exclamó al sentir el impacto—. Deja y le echo un vistazo.

—Se supone que nos ayudará a ver lo que pasó aquí.

—No exactamente, el hechizo canalizará las diversas energías ocurridas en este sitio y.... ah no sé cómo explicarlo —Eobard se rascaba la cabeza mientras buscaba la palabra adecuada—, se... ¡proyectarán! Como imágenes hacia mí y después yo las podré transmitir hacia este plano para que otras personas puedan verla, como si yo fuera una antena.

—Está bien, veamos que puedes hacer. —Se apartó un poco para darle algo de espacio y esperó el espectáculo.

—Bien, el hechizo se debe hacer al frente del lugar donde se quiera hacer las proyecciones. —El detective alzó la mano derecha mientras sostenía el libro con la izquierda—. Ahora solo tengo que... —estaba nervioso, su corazón latía a gran velocidad y la piel de su rostro adquiría una tonalidad roja—. *Iks kilious ets-counlantrosus* —repitió las palabras de manera correcta, exactamente como su maestro y amigo le había enseñado a pronunciar tan estrambótico dialecto hace muchos años, pero, nada pasó—. Fallido primer intento —movió el cuello en varias direcciones—, de nuevo —Repitió las palabras—. *Iks kilious ets-counlantrosus.* —Sin embargo, el resultado fue el mismo, comenzaba a exasperarse debido a tales resultados—. Bien, una vez más, *iks kilious ets -counlantrosus* —y una vez más nada— agh maldición. —Arrojó el libro con enojo—. Esto es una pérdida de tiempo. —Agarró su cabeza en señal de desesperación, sentía impotencia. Esa pequeña llama de esperanza que se encendió hace apenas unos momentos, que le hizo creer que de verdad podría lograrlo, ahora solo ayudaba a hacer más amarga a la derrota.

—Eobard ¡no! —Emilia caminó hasta él para reconfortarlo—. No te preocupes. tomó su mano para consolarlo—. Tal vez, tal vez es que no estás acostumbrado, eso es todo.

—Una pérdida de tiempo. —Eobard hizo un fuerte movimiento para liberarse de ella y empezó a alejarse hasta llegar a una columna—. ¿Cómo creí que esto iba a funcionar?, no he hecho esto en quince años —recostó su frente contra la viga—, yo ya perdí mi regalo.

La mujer desde su posición solo podía observarlo con lástima y ahogo, pero con comprensión esto extrañamente despertó su curiosidad—Eobard, ¿puedo hacerte una pregunta?

—Dime —respondió a secas, sin siquiera hacer contacto visual.

—¿Por qué no volviste a usar tus habilidades?

Exhaló fuertemente para intentar calmar su odio y dijo—: No lo sé, estaba molesto con Ray, contigo, con el maldito anciano ese y sobre todo conmigo mismo. —Dio un fuerte golpe lleno de odio al concreto, el detective navegaba por las últimas y amargas memorias que tanto lo lastimaron—. Creo que me repudia el hecho de tener que usarlas sabiendo todo lo que pasó hace tiempo.

—¿Te sigues culpando de eso? —se acercó a él, colocó sus delicadas manos sobre la cintura del detective y rápidamente lo giró para que estuvieran frente a frente.

—Vaya —dijo impresionado—. Olvidé lo sorprendentemente fuerte que eres.

—Se te olvidó que soy una mujer que desciende de seres hechos enteramente de fuego cuyo propósito es incinerar cualquier cosa a su alrededor, creo que eso es difícil de olvidar.

—Si lo pones de esa manera, creo que si es difícil de olvidar. —Sonrió un poco liberando su frustración.

—Eobard, si has cambiado de idea o ya no me quieres ayudar eres libre de irte, si quieres.

—No, no Emi, es solo que... —Eobard se percató de algo, casi al mismo tiempo que Emilia la cual tenía una gran sonrisa en su rostro que reflejaba su felicidad.

—Me... me llamaste... Emi, no me has llamado así desde, desde... —no pudo terminar sus palabras, Eobard la envolvió entre sus brazos, colocando su cabeza en su pecho.

—Lo siento Emi, yo lo siento —sus palabras salían con pesar y melancolía—, siento haberte dejado sola, siento haberte dicho tantas cosas, siento haberme marchado, yo lo siento. —Su voz se entrecortaba y se hacía cada vez más débil unas pequeñas lágrimas bajaban por sus mejillas.

—No.... no te preocupes —le respondió ella, también con tristeza—. No te culpo por nada. —Eobard tocó el delicado rostro de

Emilia, lloraba, las lágrimas bajaban por su cara y se evaporaban antes de llegar a su fino mentón.

—No, no llores por favor —le suplicó tiernamente—. No merezco verte en este estado.

—Esta... está bien. —Emilia sonrió intentando disimular su pena—. ¿Quieres... quieres intentarlo de nuevo? —preguntó mientras se limpiaba los ojos.

Eobard sonrió sin abrir los labios y cálidamente dijo—: Está bien. —Se apartó de ella y nuevamente tomó posición—. Aquí voy, *iks kilious...*

—Espera, déjame ayudarte —agarró la mano izquierda de su compañero.

—¿Qué planeas hacer? —preguntó él un poco intrigado.

—Soy prácticamente una batería —respondió algo jocosa—, tal vez pueda potenciar tu hechizo —retrocedió un poco y colocó su mano derecha en la espalda del hombre—. Hagámoslo juntos.

Eobard se sorprendió por lo que Emilia acababa de sugerir, aunque no protestó y siguió con el plan—está bien aquí vamos. —Nuevamente repitió las palabras —*iks kilious ets-coulantrosus* —el resultado seguía sin cambiar.

—De nuevo.

—Está bien. —El detective se reincorporó y más decidido volvió a repetir las palabras—. *Iks kilious ets-coulantrosus.* —El resultado fue el mismo.

—Otra... otra vez.

—*Iks kilious ets-coulantrosus*. —Nada, absolutamente nada.

—Una... una vez más.

— *Iks kilious ets-coulantrosus*.

La resignación atacó esta vez a Emilia, se separó de su compañero y dio media vuelta rendida, pero Eobard no sedería, no esta vez, dio dos pasos hacía adelante, apretó todo su cuerpo lo más fuerte que pudo, cerró los ojos y sintiéndose completamente convencido dijo—: *Iks kilious ets-coulantrosus*. —Los segundos pasaron, él tenía el corazón acelerado casi queriéndosele salir del pecho, lentamente abrió los ojos para darse cuenta que todo seguía igual—. No... puede... ser. —Cayó arrodillado al suelo angustiado, su cuerpo temblaba, el don que poseía ya no estaba en él y nunca volvería, recordaba con melancolía aquel increíble regalo que en un pasado recorría por su cuerpo y ahora ya no estaba. De sus ojos se empezaron a asomar unas lágrimas que reflejaban su pesar, Emilia no se atrevía a voltear intentaba contener su llanto, pero le era imposible—. Lo... lo he perdido. —Golpeaba el suelo lleno de resignación, contraía los músculos de su cara lo que dificultaba el paso de las gotas de su llanto, poco a poco se calmaba y empezaba a aceptar su destino cuando de improvisto y sin ningún aviso una pequeña luz blanca apareció de la nada y comenzó a volar cerca de él—. ¿Qué... qué es esto? —se preguntó al alzar la cabeza y observar a la pequeña lucecilla flotar al frente de él.

—Eh, ¿Qué sucede? —Emilia volvió a dar la vuelta para ver lo ocurrido y quedó sorprendida por la repentina aparición.

La pequeña bola llamaba la atención de Eobard de manera hipnótica, mágica. Sin saber que hacer solo se le ocurrió tomarla entre sus manos—¿qué eres? —llevó la pequeña perla hasta uno de sus ojos para poder verla detalladamente, esta empezó a brillar más y más hasta tragarselo todo en su incandescente luz.

—¡Eobard! —gritó preocupada al ver tal acto. Aunque en menos de un pestañeo todo volvió a la normalidad.

—¿Qué fue eso? —el detective preguntó, cuando la luz finalmente se dispersó.

—¿Estás bien?

—Sí, estoy bien —respondió—, pero creo que... —sus brazos empezaron a brillar, con un tono rojo carmesí extraño—. ¿Qué es esto? —dijo totalmente sorprendido.

—No puede ser. —Anonadada por la situación, la mujer corrió hasta él—. Es... es.

Lentamente Eobard alzó ambas manos y con algo de miedo una vez más dijo—: *Iks kilious ets-coulantrosus.* —Súbitamente un humo tan negro como la noche emergió de los suelos en distintas partes del parqueadero.

—¡Lo hiciste! —Emilia lo felicitó emocionada—¡tú lo hiciste!

—Si, claro, creo. —Eobard seguía sorprendido, volvió a observar sus extremidades superiores y comprobó que el brillo ya había desaparecido.

—¿Qué es este humo? —preguntó ella con curiosidad—, ¿por qué no revisas el libro?

El detective obedeció, caminó y recogió el pesado libro para empezar a buscar la información que necesitaba—creo que puede ser energía residual de los eventos pasados.

—¿Tú crees? —La respuesta dada no la convenció.

—Sí, de hecho... —Eobard pasaba de página en página buscando el hechizo que acababa de realizar—. Es exactamente eso —agregó al encontrarlo y leer un poco de su descripción.

—¿Ahora qué?

—Exactamente... —cerró el libro, le dio un pequeño golpe en la portada para que se encogiera y lo guardó en el bolsillo de su pantalón—. Dice que debo absorber las esencias para revivir lo sucedido. —Volvió a levantar su mano derecha, cerró los ojos y de repente el humo dispersado por todo el piso se dirigió hacia él.

—¿Estás bien? — preguntó preocupada al ver como sus brazos aspiraban el extraño vapor proveniente del suelo del parqueadero.

—sí, sí —dijo al final, estando un poco agitado por lo sucedido—, fue... fue un poco inten... ¡AAAAAH! —Eobard cayó al suelo, sosteniendo su cabeza, un intenso dolor lo atacó de manera imprevista, una cantidad casi incontable de imágenes pasaban a toda velocidad por su mente.

—¡EOBARD! —Emilia intentó socorrerlo—, ¿qué te sucede?

—Es... estoy bien —estaba tirado en el suelo, agitado por lo que acababa de suceder, su cabeza le dolía pero rapidamente él dolor se iba de él—. Fue... fue una jaqueca —aclaró mientras se ponía de pie—, pero... pude ver lo que sucedió aquí.

—¿En serio? Dime que sucedió, ¿dónde se encuentra la katana?

—Mejor aún, te lo mostraré —Eobard hizo un extraño movimiento con una de sus manos e inmediatamente a unos cuantos metros de distancia, cuatro hombres emergieron del piso rodeados de una extraña luz que levemente emanaba de sus cuerpos.

—¿Quiénes son esas personas? —preguntó intrigada ante la aparición de los nuevos seres.

—No son personas —la corrigió—. Son representaciones.

—¿Representaciones? —la respuesta agrandó aún más la duda.

—Todas estas personas están muertas —agregó él—. eran los hombres, que murieron a manos de la katana, aquí fue donde inició todo.

La joven mujer se dirigía hacia el grupo de representaciones, mientras se acercaba se dio cuenta de que estos cuatro seres rodeaban a un quinto que se encontraba en el suelo, a diferencia de los otros en este no se podía distinguir ningún rasgo humano, era totalmente negro envuelto por el humo que Eobard anteriormente absorbió.

—Eobard. ¿Quién es el sujeto negro?

—¿Qué? —Volteó para ver a Emilia, la cual observaba a la peculiar figura envuelta en negrura—. Pues, esa es la persona que actualmente tiene la katana, por los recuerdos que adquirí sé que "eso" fue quien asesinó a los demás, pero, no puedo deducir quien es, en mi mente se ve justamente así.

—Es extraño. —Invocó nuevamente el fuego verde en su palma derecha y la acercó hacia el misterioso ser de negro—. ¡AAAH! —dio un pequeño grito, al tocarlo su fuego fue repelido de una manera agresiva.

—¿Estás bien? —dijo preocupado al ver tal reacción.

—Sí, sí solo es que... —Emilia sobaba delicadamente su mano—. Esa cosa repelió mis poderes, ciertamente hay magia poderosa aquí —retrocedió para estar cerca de Eobard—, es como si de alguna manera intentara protegerse.

—O a su portador —agregó el detective algo consternado, hubo unos cuantos segundos de silencio en los cuales ambos intentaron absorber la situación que cada vez se complicaba un poco más—. Bueno ahora te mostraré lo que sucedió —Eobard hizo un par de ejercicios con su cuello al igual que con los hombros. Alzó su brazo y volvió a repetir el conjuro—: *Iks kilious ets-coulantrosus.*

Las manifestaciones empezaron a revivir el recuerdo exactamente como el detective lo había visto en su mente, aunque, las voces y sonidos no se reprodujeron debido que la poderosa magia que circulaba en el área intentaba a toda costa contrarrestar a la de Eobard. Todo inició desde la retención de la misteriosa sombra, hasta la muerte de sus cuatro captores, los dos miraban pasmados los mortales movimientos de aquel monstruoso ser.

—Vaya —dijo ella sorprendida al terminar de ver la puesta en escena.

—Sí, eso fue lo que pasó en este piso, dos pisos abajo hay mucho más —agregó Eobard—. Vamos al ascensor. —Ambos empezaron a alejarse de la escena.

—¿Por qué él, eso...?

—Ignoto —Eobard la corrigió—, llámalo ignoto, es el término correcto.

—Está bien. ¿Por qué el ignoto no los mató enseguida? ¿Por qué esperar hasta que lo golpearan y estar en esas condiciones? ¿Cómo pasó de ser la presa a la bestia?

—Esas son las preguntas, pero, tal parece que se tomaron su tiempo, quisieron estar lo suficientemente armados para poder contener la situación y por el equipo que llevaban esto debió ser un trabajo profesional, el ignoto debió ser una persona importante, debió ser... ¡fue un secuestro! —exclamó sobresaltado al darse cuenta que una de sus teorías concordaba—. Sí, ellos no venían por la espada, no parecía que supieran lo importante que era, en los recuerdos en ningún momento se les vio interesados en matar al ignoto, solo... solo en golpearlo y retenerlo. —Estaba sorprendido, de alguna manera todo empezaba a encajar, aunque lentamente y de una manera retorcida para él.

—Creo que tienes razón —dijo Emilia. Llegaron al elevador y el detective presionó el botón para llamarlo —Pero... lo que necesito saber es ¿Cómo llegó la espada hasta aquí? ¿Por qué este lugar precisamente?

—No lo sé, recuerdo la última vez que la vi. Fue en aquel barranco que está por las dunas, pensé que se perdió para siempre.

—Tiene mucho poder —agregó Emilia—. La estuvimos rastreando, pero nunca creímos que terminaría en un sitio como este. —Contaba su historia a pesar de que Eobard no le prestaba atención, en su cabeza llegaba una idea que descendía como un águila en picado—. ¿Eobard me estás escuchando? —preguntó ella al ver el extraño comportamiento que su compañero tenía, las puertas del elevador se abrieron y ambos entraron.

—Fue un secuestro, por lo tanto, esta debía ser una persona con el suficiente dinero para pagar. —Sonrió mientras hablaba—. Alguien famoso, rico, con poder.

—¿Tienes alguien en mente? —interpeló un tanto molesta al oírlo vociferar.

—Solo hay tres familias lo suficientemente ricas como para pagar algo de este nivel en la ciudad. —Se recostó en una de las paredes del elevador—. Los Al Bahir quienes controlan el sector industrial, los Levine quienes son los actuales representantes de la ciudad y, por último, pero no menos importante los Catricofk los cuales manejan el sector de bienes en la ciudad.

—¡Caffick! —exclamó molesta—. No será fácil hacerle una visita a cada una de las familias.

—Ja, por una vez el viento sopla a nuestras espaldas —dijo sonriendo.

—¿A qué te refieres? —preguntó al escuchar tan raras palabras.

—Espera donde... —Eobard registraba su cuerpo buscando algo—. ¡Mierda! casi se me olvida —salió aprisa del elevador.

—¿A dónde vas ahora?

—Olvidé algo importante. —Corrió hasta su saco tirado en el suelo. Lo tomó entre sus brazos, para después regresar al ascensor—. No necesitamos ir de casa en casa. —Intentaba recuperar el aliento, de un bolsillo de su abrigo sacó un viejo papel arrugado.

—¿Qué es esto? —Emilia curiosa desenvolvía el trozo de papel.

—Mañana habrá una cena especial en la alcaldía, y estoy invitado, ahí estarán las familias más pudientes de la ciudad.

—¿Y por qué te invitaron? He visto tu apartamento y no es nada... pudiente.

Eobard le arrebató el papel de las manos y le regaló una mirada de desagrado—hace unos meses, ayudé a resolver un caso muy importante, creo que por eso invitaron algunos policías, detectives y demás personal de la ley que trabajaron en ese caso y a mí de paso.

—Eso es perfecto —dijo Emilia alegremente—. Posiblemente tengamos al sujeto en esa cena y tal vez lleve la katana.

—"Tengamos" —él cortó abruptamente.

—Oh, lo siento. No debí. —Se encogió apenada por su error.

—Oye que era broma —se arrimó a ella y la tomó por el brazo—, sería un gran honor que fueras a esa cena conmigo Emi.

—Estaría encantada de acompañarte —Emilia sonrió

—Okey, está decidido, pero aún tenemos trabajo que hacer —finalmente, Eobard presionó el botón del piso siete las puertas se cerraron y el elevador empezó su descenso.

—¡Agh! —el detective exclamó, pudo sentir una fuerte pulsada en su cabeza, acompañada de algunos *flashbacks*.

—Eobard, Eobard, ¿estás bien? —lo tomó fuertemente del brazo para evitar que cayera.

—Si... sí estoy bien —volvía a retomar su postura—, solo es que... en mi mente llegan imágenes... puedo ver... la sangre, puedo sentir esos gritos —dijo angustiado—, y algo me dice que en el piso siete las cosas fueron mucho peor. —Las imágenes que se revolcaban dentro de la cabeza de Eobard lo atacaban de una manera vertiginosa, estos recuerdos le ayudaban a entender lo sucedido, sin embargo, también pareciera que quisieran acabar con su existencia.

Las puertas del elevador se abrieron, lo primero que vieron fue el enigmatico humo el cual de una manera muy extraña les daba la bienvenida. Las manchas de sangre se podían ver dispersadas a través de todo el piso, el olor de combustible se combinaba con el hedor a sarna que la sangre desprendía.

—Voy... voy a terminar ya con esto. —Se separó de Emilia y caminó unos cuantos metros hasta estar lo suficientemente cerca de las emisiones de humo, levantó su mano temeroso e inició la absorción, intentaba soportar el dolor, respiraba con dificultad mientras que por sus venas recorría el misterioso gas—. Creo... creo que ya está. —El humo se disipó en su totalidad, ahora yacía en su interior. Buscaba algún cambio o una manifestación nueva a pesar de que todo seguía igual.

—¿Alguna novedad? —Emilia se acercó a él preocupada.

—No, nada nuevo —respondió confundido, observaba su cuerpo en busca de algún cambio, pero nada ocurrió—. Es como si... ¡AAAAAAH! —un alarido infernal salió de su boca, Eobard cayó desplomado al suelo y se revolcaba como si sufriera de un horrible ataque epiléptico.

—¡Eobard! —Emilia gritó su nombre desesperada al ver como se retorcía en el suelo.

—"¡Disparen!, ¡matarlo!, es muy rápido noooo" — recuerdos aún más explícitos y claros, ahora percibía ciertas voces que gritaban en sus tímpanos, podía ver y oler la sangre, los órganos y entrañas en el suelo, todas las memorias restantes ingresaban en su mente—, "vamos cerditos corran que el lobo ya llego a casa" —ahora más que nunca pudo ver de cerca a la extraña criatura negra, la cual mataba a diestra y siniestra a todo aquel que se cruzara en su camino—. *JA, JA, JA, JA,* no deberías andar de chismoso detective. —Sus rasgos seguían indetectables, pero pudo contemplar unos monstruosos ojos rojos y unos dientes afilados como navajas, ese ser le hablaba directamente y solo sintió horror—. "Oh, dieguito ¿creías que me había olvidado de ti?", "¿qué demonios?" "¿Cómo... como estás viva?" "BAM" —y con ese cañonazo los recuerdos pararon al igual que el sufrimiento de Eobard.

—Ah, ah, ah —ahora estaba inmóvil, exhalando, tratando de recuperarse ya sin ningún dolor, solamente cansado.

—¿Estás bien? —volvió a preguntar angustiada.

—Sí... ahora... ahora estoy bien. —Pasó su antebrazo por su frente para secar el sudor—. Esta vez fue... fue más fuerte, no solo lo vi —lentamente se levantaba—, lo viví, pude sentir lo que esas personas sintieron, el dolor, la agonía, el miedo, lo peor, lo peor es que de una manera... —tenía un gran peso en su garganta el cual lo ahogaba—. Sentí que me hablaba a mí —dijo aterrado.

—La katana sabe lo que estamos haciendo, trata de protegerse, de que no sepamos su ubicación o la de su portador.

—Esos ojos rojos... —él continuó hablando—. Esos ojos expresan terror y un odio extremo, unos dientes más afilados que la misma espada. —Empezó a caminar hasta llegar al balcón— y esa risa que no parecía humana.

—¿A dónde vas? —preguntó al verlo caminar sin rumbo aparente.

—Aquí terminó todo —argumentó el detective mientras daba media vuelta para encararla—, pero aún hay una sorpresa más. —Eobard alzó su mano, volvió a hacer el extraño giro de muñecas. Las representaciones volvieron a aparecer en todo el piso, pero las más importantes brotaron en medio de ellos, dos representaciones y todas dos del mismo color negro y sin ningún rasgo aparente.

—No.... no puede ser. —Emilia confundida analizaba a las extrañas figuras. Las dos sombras se encontraban separadas por una distancia considerable, una de ellas estaba cerca al balcón, llevaba la katana fuertemente agarrada, mientras la otra tenía entre sus manos un revólver de alto calibre.

—Acabemos ya con esto. —Con la pronunciación del extraño conjuro se reprodujo la segunda parte del espectáculo. La matanza comenzó, el portador de la katana mataba a los hombres armados, mas, la participación de una nueva sombra era lo que más les intrigaba, pudieron ver como esta salía de la habitación de cámaras, como desarmaba al portador de la katana, como recibía un disparo y finalmente como se colocaba de pie y con aquel revólver que tenía mandaba a volar a la otra sombra—. Como pudiste ver, no.... No creo que sean compañeros —dijo con cierto tono burlón pese a su débil estado.

—¿Por qué tampoco podemos verla?, ¿tendrá magia? —Emilia tenía nuevas preguntas qué compartir.

—Bueno recibió un disparo y siguió como si nada, ciertamente no es normal. — Eobard curioso caminó hacia la nueva y misteriosa sombra—. Es extraño, pero... algo en ella me parece familiar, sus movimientos, su forma de caminar, siento como si la hubiera conocido anteriormente.

—Estaba buscando la espada. ¿Cómo sabía de su existencia? —Emilia se acercó a él.

—No lo sé, esperemos que en la cena podamos resolver algunas incógnitas.

FRANCESCA WEST

La mañana era húmeda y fría. Charcos de agua residual se podían apreciar en la acera y la calle, los jardines permanecían mojados. Los pocos autos que circulaban salpicaban agua por todo el lugar. Hoy era un día tranquilo a las afueras de la ciudad

A paso lento, encorvada, con sus manos en los bolsillos y con su habitual capucha caminaba Francesca, casi sin rumbo y casi sin pensamientos o solo uno mejor dicho y este era —dormir —dijo alzando la cabeza después de mucho tiempo de solo mirar sus botas—, necesito dormir. —Frank tenía una voz suave y delicada muy poco común en ella, sus ojeras sobresalían ante su piel blanca y pálida. Habían sido un par de días muy duros; la escuela, el gremio, planeando la recuperación de la espada cosa en la que falló. El único consuelo que tenía era el perdón de Bart, pero estaba segura de que no iba a fallar de nuevo, por eso debía descansar y estar lista.

Detuvo su marchar y dio un giro a la izquierda, justo al frente de una vieja casa estilo colonial de dos pisos; la casa contaba con un gran y hermoso jardín lleno de diferentes tipos de plantas y hortalizas perfectamente cuidadas.

La joven seguía su camino hasta llegar a la puerta de la entrada—ah, *Merda* —exclamó mientras revisaba ambos bolsillos de su yin—, olvidé mis llaves — buscaba en los bolsillos de su abrigo para cerciorarse—, maldita sea. —Golpeó la vieja puerta de madera—. ¡Hola! Soy yo. —Frank esperó un par de minutos por una respuesta, aunque, no la hubo—. ¡*NONNA*! Soy yo —golpeó esta vez con más fuerza exactamente tres veces y de nuevo nadie fue en su rescate. Frank ya molesta. Frunció el ceño y arremetió contra la puerta lo más fuerte que pudo—. ¡*NONNA*!

—Ya voy, un momento —una voz mayor y cariñosa le respondió—, ya voy querida.

Francesca ya tranquila se recostó a una de las pérgolas de la terraza, esperando que la puerta se abriera para poder ir a su cama y finalmente dormir. Pero en ese instante, se dio cuenta de algo—maldita sea. —Observó su camisa y la gran mancha de sangre que llevaba en el pecho resultado de aquel impacto de bala que recibió en la madrugada. Se dio prisa en cerrar su chaqueta antes de que la puerta se abriera.

—*Ciao, querida, come stai?* —una mujer de mediana edad le dio la bienvenida.

—*Ciao, nonna, sto bene.* —Francesca logró su cometido justo a tiempo, le dio un beso en la mejilla a la señora y rápidamente entró a la casa.

—Vaya querida ¿Cuál es la prisa? —la señora quedó sorprendida ante la reacción de su nieta.

—Lo siento *nonna*, me duele la cabeza, no tengo nada que hacer así que me iré a acostar un rato. —Tocaba su frente para hacer más creíble su mentira.

—Está bien —respondió dulcemente—, ya iba a hacer el almuerzo. estará listo en un par de horas, estoy haciendo tu plato favorito.

—Oh, gracias, si me siento mejor bajaré. —Se dirigió y subió las escaleras, para llegar a su cuarto en el segundo piso. Caminó por el estrecho pasillo hasta la última habitación a la derecha, puso su mano en la fría perilla plateada, que contrastaba con el color negro de la puerta y la giró para abrirla—. Ah, hogar dulce infierno. —Frank se adentró a su cuarto, las paredes estaban pintadas de un tenue verde, la habitación se sentía fría y oscura a diferencia del resto de la casa que siempre irradiaba un calor de hogar, la cama permanecía perfectamente hecha justo como la dejó antes de marcharse, todo estaba finamente ordenado.

Francesca retiró su capucha y dejó al aire su cabello negro como carbón, a continuación, abrió el cierre de su chaqueta y se la quitó— mucho mejor. —La dobló delicadamente y la colocó sobre una silla en un rincón de la habitación, empujó la puerta con suficiente fuerza para cerrarla, se sentó en su cama y procedió a retirarse sus botas para después desabrocharse el yin que estaba usando—. Libertad. —Lo retiró totalmente de sus piernas, se levantó y llevó sus zapatos y sus pantalones hasta la silla, antes de regresar a su cama. Pasó enfrente del espejo de cuerpo entero que tenía, examinaba detalladamente su rostro, el cansancio que mostraba, Frank procedió a retirarse su blusa originalmente gris pero que ahora estaba recubierta por un estampado rojo, la hizo una bola y la lanzó debajo de la cama, para quedarse así en ropa interior, volvió al espejo, para empezar a tocar su pecho intentando localizar el impacto de bala, pero no lo logró, se dispuso a revisar todo su cuerpo en busca de una cicatriz, golpe o moretón aunque, no había nada—. ¿Por qué no me sorprende? —se preguntó con un tono sarcástico, pasó su mano por su antebrazo izquierdo y ahí se encontraban seis ronchas moradas que llevaban con ella más de un año, no sanaban nunca lo harían, esas seis ronchas siempre le recordarán su vida pasada—. Estas nunca se quitarán —dijo con pesar, dio un último vistazo a todo su cuerpo, pero esta vez con un objetivo más narcisista—. Ah, que bueno que no tengo ninguna perforación o tatuaje —expresó con algo de alegría—, si no parecería una *suicide girl.* —Regresó a su cama, alzó la gruesa sábana y se introdujo dentro de ella para que después de un tiempo se quedara dormida.

En lo más profundo de su sueño...

—Vamos, dame una. Haría lo que fuera por una dosis más, la necesito, dámela. —Las malas memorias de una vida pasada volvían a atacar.

—¿Lo que sea muchacha? —La voz de la maldad, gula y avaricia resonaban igual de fuerte en su cabeza, nunca merma—. Está bien si tú lo dices. —Las drogas, el alcohol, el sexo, las fuertes emociones de una vida en las calles.

—Oh, sí, se siente tan bien. —El líquido corrosivo, mortal y adictivo corría por sus venas, contaminando su cuerpo y matándola internamente, pero para ella lo único importante era el estado de éxtasis tan intenso como morir y regresar a la vida.

—¿Cómo se siente niña?, ¿cómo se siente? JA, JA, JA, JA. —Una voz que la introducía a más y más al mundo de la adicción.

Hace tiempo cuando no tenía familia, vida, absolutamente nada. Ella fue consumida, llegó hasta el fondo y cuando ya no tenía nada más que perder, echada en el suelo de un callejón de mala muerte, sucia, casi sin ropa, su nariz llena de sangre seca, disfrutando de los pocos segundos de éxtasis que le quedaban antes de volver a la mórbida realidad.

Sus ojos se llenaban de lágrimas a medida que volvía en sí, esas lágrimas se convertían en un fuerte llanto, las gotas recorrían los extremos de su rostro hasta juntarse con su sucio y desgarrado cabello, sus únicos acompañantes vivos en ese inmundo lugar eran las ratas que se movían en busca de comida y refugio.

—¿Por qué?, ¿por qué? —repetía desesperada, sentía un horrible dolor en su parte más femenina, alzó la cabeza lentamente y con dificultad observó un líquido rojo emanar desde su entrepierna—. Mi... mierda. —La voz de Francesca se sentía cortada, su garganta se cerraba, la anestesia de la droga se acabó, sentía dolores inimaginables por todo su cuerpo, punzadas, cortes, moretones, pero nada comparado con su pecho, no podía respirar, desesperada empezó a rasgar su blusa en un intento de descubrir que aplastaba su caja torácica—. ¡DIOS MÍO! —su pecho estaba totalmente destruido, sus costillas eran cúmulos de montañas que sobre salían por la parte superior de su tórax, la carne y los huesos estaban totalmente destruidos, su pulmón derecho, sus dos riñones y su hígado habían desaparecido—. No, no, no, no, no —negaba iracundamente mientras continuaba el mar de lágrimas—, no, no, no, no —pasó sus manos sobre su cabeza y llena de ira jalaba su cabello—, quiero morir, ¡MÁTENME!, ¡MÁTENMEEEEEEE!, por favor —cerró sus ojos esperando que sus plegarias se hicieran realidad, pero nada pasó o al menos nada de lo que ella esperaba.

—Francesca, Francesca, despierta, abre los ojos —una extraña voz la llamaba—, vamos, abre los ojos.

—¿Qué?, ¿qué está pasando? —lentamente obedeció y vio una figura en sombras sobre ella—. ¿Quién eres?

—Vine aquí para ayudarte —se agachó y le ofreció su mano—, si me dejas.

—"Toc, toc, toc" —alguien tocaba a su puerta, el ruido la sacó de su sueño.

—Disculpa que te despertara, pero la comida ya está lista, y sé que te gusta comer caliente.

Se sentó en su cama y dijo—: Eh, gracias *nonna*.

—De nada querida. —La mujer dio media vuelta y se alejó.

—Odio cuando me despierta —exclamó mientras rascaba su cabeza, salió de la cama y estando de pie estiró su cuerpo lo más que pudo—. Me cambiaré —se acercó hasta el pequeño armario ubicado al lado del espejo, abrió uno de los cajones, el segundo para ser más específicos, tomó el primer suéter que vio, después fue al cajón de sus pantalones el cual era el número tres, intento abrirlo, pero este estaba atorado—. *Che succede?* —preguntó extrañada, aplicó más fuerza, pero este no respondía—. ¿Qué mierda? —agarró la manija del cajón con ambas manos y con fuerza la jaló— ¡ábrete ya! —tal vez demasiada, el cajón salió disparado hasta golpear una pared y desparramarse en el suelo— ¡Maldición! —gritó furiosa al ver el desastre que ella misma ocasionó.

—¿Estás bien querida? —escuchó una voz proveniente desde el primer piso, su *nonna* también percibió el ruido—, ¿te has caído?, ¿necesitas ayuda?

—No, no, estoy bien —respondió apresurada—. Solo es que... Mierda. —Francesca observó el cajón tirado en el suelo y se dio cuenta porque estaba atorado—. Esto no podía ser mejor. —Su funda de cuchillos que estaba escondida detrás del cajón, se atascó con el mecanismo de cierre, de tal manera que impedía que este último pudiese abrirse, al tirar con tanta fuerza la funda se desgarró haciendo que el cajón pudiese salir.

—¿Segura? Mejor voy a ayudarte. —La mujer empezó a subir las escaleras.

—Tengo que solucionar esto. —Frank llena por la adrenalina que recorría sus venas agarraba los diferentes cuchillos esparcidos alrededor del cajón, eran Diez, cada uno con un tamaño diferente, todos tenían un filo único y una función distinta, tanto para lanzar como para lucha cuerpo a cuerpo—. ¡Vamos! —Francesca los puso en su respectivo orden dentro de la funda lo más rápido que pudo, los tomó y se movió hasta el agujero detrás del cajón en donde los volvió a colocar.

—¿Querida estás bien? —la puerta se abrió de golpe—. ¿Qué te sucedió?

—*Nonna*, se... se cayó el cajón —respondió nerviosa.

—Pero, ¿estás bien?

—Sí, sí, sí estoy bien. —La chica apartó el cabello de su frente, la cual estaba llena de sudor debido al reciente esfuerzo.

—Oh, bueno. —Se tranquilizó—. La comida esta lista, baja a comer antes de que se enfríe ¿está bien?

Frank asintió con la cabeza varias veces, la señora se marchó de la habitación para preparar la mesa, cuando escuchó el rechinar de las escaleras, la joven se acostó en su cama y exhaló fuertemente, acababa de esquivar una gran bala, sabía que, si su *nonna* veía esos cuchillos, empezaría hacer preguntas, pensaría que su amada nieta había vuelto a los malos pasos—nada más fuera de lugar —dijo en voz alta, esperó un par de minutos para que su pulso cardiaco volviera a la normalidad antes de poder bajar.

Minutos después...

El inconfundible sonido de las llaves entrando en la cerradura, un movimiento a la izquierda y luego otro, la puerta se abrió.

—Hola, ya llegué. —Una voz alegre pero cansada retumbó por todo el primer piso.

—¡Hola querido! ¿Cómo te fue en el viaje? —la señora preguntó desde la cocina al nuevo integrante.

—Muy bien María, el auto respondió perfectamente, no tuve ningún problema. —El hombre de unos sesenta años ingresó a la casa después de cerrar la puerta, era contemporáneo con la *nonna* de Francesca, dejó su saco y sombrero en un perchero cerca de la entrada.

—Estoy sirviendo el almuerzo, ven y siéntate.

—Ya voy. —Atravesó la sala, luego cruzó a la derecha para así llegar a la mesa cerca de la cocina.

—Siéntate, ahora te sirvo.

—Hola. —Frank apareció, saludó fríamente y tomó asiento.

—Oh, ya estás aquí —clamó María con sorpresa.

—Hola Francesca. —El señor respondió felizmente su saludo.

—¿Qué fue de tu viaje Wilson? —preguntó la joven.

—Estuvo perfectamente, de hecho, de camino, he encontrado finalmente un trabajo.

—*Dio mío!* —exclamó la señora, casi derramando la gran olla que iba a colocar en la mesa, esta desprendía un calor inmenso—. ¿Dónde?, ¿cómo?

—Bueno, esta madrugada, cuando estaba regresando de las provincias, me encontré con un joven de extraña ropa y con una espada, debió estar en una fiesta de disfraces y debió haberse emborrachado demasiado porque me lo encontré en el viejo muelle. Bueno, en fin, el muchacho resultó ser Ignacio Catricofk, que me pidió que lo llevara a su casa, por esa razón me demoré en llegar, después al dejarlo me ofreció trabajo de chofer.

—Qué maravilla. —María puso un plato con diversas especias en el lugar de Wilson, para después darle un beso en la frente—. Oíste eso querida, ¿querida?

Ella no prestaba atención, se quedó observando hacia un punto muerto, como si nada más que ella estuviese ahí, en su mente recordaba su encuentro con aquel ser de ojos rojos, orejas en punta y de una muy extraña risa.

—¡FRANCESCA! —la señora alzó la voz para sacarla de su transe.

—Eh, lo siento. —Frank dio un pequeño salto y se reincorporó.

—¿Estás bien? —la mujer se le acercó—, lo siento por gritarte, pero pensé que tenías algo.

—No, no, estoy bien. Creo que me elevé por un momento, lo siento.

—Está bien, Frank —agregó Wilson—, eso pasa a veces, bueno es hora de celebrar, este será un nuevo comienzo. —El anciano llevaba poco tiempo de haberse conocido con Francesca, siempre intentaba ser agradable con la joven, a pesar de que ella siempre era distante.

—Bueno. —María terminó de acomodar el último plato de la mesa—. Ya podemos empezar a comer. —Alzó su vaso con jugo y orgullosamente añadió—: Por Wilson y su nuevo empleo.

El anciano soltó una pequeña risotada y a continuación alzó su vaso, para dar un brindis, Francesca observaba el evento estaba un poco atípica ante la situación, pero decidió participar en ella.

—Salud —dijo mientras alzaba su vaso para culminar con el brindis.

La cena transcurrió con normalidad, Frank no participó en las conversaciones, mientras comía repasaba el plan del día jueves, era su oportunidad de redimir su error y quedar bien con el grupo, no iba a fallar, en eso estaba segura.

EOBARD GORDON

—¿Quiénes son esos? —observaba nervioso a través de los binoculares.

—Esos son *Nuckelavee* —respondió Ray—, son demonios hechos de carne constantemente sangrante, ten cuidado con su aliento o te pudrirán la piel. —Aquellos monstruosos seres cuyo cuerpo era la combinación de un caballo y el torso de un ser humanoide caminaban errantes alrededor de unas antiguas ruinas sin ningún objetivo en específico, poseían también filosos dientes además de un gran y horripilante ojo en el centro de su cabeza.

—Siento una fuerte energía proviniendo de allá abajo, ¿crees que sea la katana?

—Sí, sí, estoy seguro —asintió Ray mientras continuaba viendo por sus binoculares—. También puedo sentir una energía, en algún lugar de esas ruinas. —Ambos estaban a una cierta distancia, sobre una gran duna, la luz de la noche los ocultaba mientras asechaban a los demonios.

—Está bien. ¿Qué hacemos ahora?

—Déjame ver, ¿cuántos de ellos puedes ver?

El joven Eobard contaba a los horribles seres localizados en las antiguas ruinas que pertenecieron a una arcaica civilización muchísimos años atrás y que ahora solo quedaban esos viejos escombros para recordar lo que en un pasado pudo significar algo.

—Veo un total de diez, dos en la torre de la izquierda, tres en la que está más al fondo y los otros cinco en la parte central.

—Sí, también los veo, tal vez hayan más escondidos, a Morrigan no le gusta dejar cabos sueltos.

—¿Podrías decirme quien es Morrigan? —dejó de mirar por los lentes y enfocó su atención en su amigo.

—Ella es... bueno en pocas palabras es una perra.

—Que buena descripción. —Eobard se burló un rato para después volver a ver a través de sus binoculares—. Entonces. ¿Cuál es el plan?

—No estarán aquí por mucho tiempo —dijo nervioso—. Sea cual sea su plan, su próximo objetivo será darle la espada a Morrigan, debemos atacar ahora. —Se levantó y guardó sus binoculares dentro de su chaqueta—. Atacaremos por dos frentes, tu vez y detén a los que están en las torres yo haré un ataque frontal.

—Está bien —respondió mientras se colocaba de pie—. Hagámoslo.

—Eobard, Eobard. —Emilia intentaba llamar su atención, pero él parecía inerte, la mujer tomó una vieja revista ubicada en la parte trasera de la silla del copiloto, justo al frente de ella y aplicando la menor fuerza posible lo golpeó en el mentón.

—¡Au! —exclamó—. ¿Por qué me pegas? —interpeló mientras acariciaba su rostro.

—Te he estado llamando, tu no me escuchabas —Emilia poseía una cara de satisfacción al haberlo golpeado—. ¿En qué estabas pensando?, has estado así todo el camino.

El detective tomó unos segundos para pensar en su respuesta—solo en el plan —dijo finalmente.

—Espero que todo salga bien. —Agarró la revista y esta vez la observó detalladamente—. ¿Estos son los Catricofk? —preguntó señalando a las dos personas en la portada de la revista.

Eobard se arrimó a ella y miró el pedazo de papel—¿qué te hace pensar eso Emilia?, el hecho de que justamente se parezcan a las personas que te describí o que debajo de ellos dos aparezca la leyenda "Catricofk, el triunfo de una familia emigrante" escrito en letra mayúscula.

El conductor del taxi soltó una pequeña risa al oír el comentario—lo siento es por el frio —se excusó. El pobre hombre podía sentir una mirada de fuego justo en su nuca, que después de unos segundos se dirigió a Eobard.

—Eh... ¿te he dicho alguna vez lo hermosa que te vez cuando estás molesta? —el detective intentaba corregir su error con algo de labia.

—Tienes suerte que tengamos una misión importante aquí. —Colocó la revista en su lugar de origen—. ¿Falta mucho?

—No, la verdad no, ya casi llegamos.

Hubo un silencio algo incómodo en los que solo se escuchaba el ruido del motor y el de la calefacción, Emilia contemplaba esas pequeñas gotas que salpicaban el vidrio de la ventana, las luces de neón, la gente caminando y un pordiosero durmiendo en la acera en cada esquina. Por último, la joven y radiante mujer de pelo rojo como el fuego que llevaba un vestido azul claro bastante elegante, se le cruzó una incógnita, la cual no se había atrevido a preguntar.

—¿Eobard por qué elegiste venir a esta ciudad?

—¿Qué? —preguntó, estaba perdido en sus pensamientos no pudo escucharla la primera vez.

—Digo... —alzó un poco su voz—. ¿Por qué elegiste ser detective? ¿Por qué elegiste venir a esta ciudad tan desagradable? ¿Por qué escogiste esta vida?

Eobard la miró detenidamente a los ojos, podía sentir como a ella se la carcomía la curiosidad y también el fastidio, él se quedó en silencio por un tiempo y cuando tuvo la suficiente valentía respondió—: Porque así lo quise.

Emilia no supo cómo reaccionar a tan cortante respuesta, tan solo se lo quedó mirando por cierto tiempo, desilusionada por lo que él le acababa de decir, no era lo que esperaba, apretó fuertemente sus puños y viró su cabeza nuevamente a la ventana—eso no me lo diría Eobard, no mi Eobard. —Pensaba que no era cierto, no quería que fuera cierto.

Por otra parte, él podía sentir la desilusión de su compañera, pero no podía decirle la verdad, no podía decirle el porqué decidió ser lo que es ni mucho menos el porqué se mudó a esa ciudad.

—Lo siento Emilia, pero no se como reaccionarias si te dijera la verdad y eso me aterra.

—Hemos llegado —dijo el taxista, al tiempo que detenía por completo el auto—. Son cuarentaisiete guiados.

IGNACIO CATRICOFK

—Hemos llegado joven Ignacio. —Wilson detuvo su vehículo por completo justo al frente de las grandes escaleras que antecedían a la fachada de la alcaldía, esperó unos segundos, pero no obtuvo respuesta ni mucho menos escuchó el rechinar de la puerta abriéndose—. ¿Joven sucede algo? —interpeló mientras observaba por el retrovisor.

Ignacio permanecía con la cabeza agachada casi metida entre sus piernas, sin expresar ningún sonido, inerte.

—¿Está bien? —preguntó de nuevo el anciano siendo esta vez más directo.

—Sí, sí estoy bien —alzó la cabeza y respondió con dificultad, intentaba enmascarar su sufrimiento. Su piel tenía un color amarillento y su frente estaba llena de sudor—. Es... es solo una jaqueca, me bajaré. —Ignacio tomó la katana y abrió la puerta del carro para poder salir—. Puede retirarse por hoy. —Le habló al chofer ya estando afuera—. Mañana puedes pasar por el edificio, para que te pongan en la nómina y puedas recibir un salario fijo.

—Está bien, que se divierta. —Wilson se despidió mientras Ignacio cerraba la puerta, el carro empezaba a acelerar y el muchacho dio media vuelta para dar ante la gran escalera de la alcaldía.

Puso un pie en el primer escalón de la enorme escalera que era la antesala de la alcaldía, a su alrededor no se encontraba ningún alma, ya era tarde todos los invitados ya habían llegado—solo, es... es lo mejor —se dijo, intentó poner su otro pie en el escalón para empezar a subir, pero en ese mismo instante su vista se ennegreció dejándolo ciego por un momento—. Maldita sea. —se quejó en voz baja, apretó fuertemente su frente con su mano libre—. Será una noche larga. —Subía a paso lento y cuidadoso, su cabeza parecía un volcán a punto de hacer erupción. Las venas de su cien palpitaban y su temperatura se elevaba.

La alcaldía era un edificio magno, situado sobre un profundo acantilado, en el pasado aguantó dos asaltos hechos por grupos revolucionarios que, aunque hubieran alcanzado su objetivo de tomar el poder por la fuerza, las cosas hubieran seguido igual que ahora. Después de la segunda toma orquestada por un grupo de insurgentes liderado por Augusto Shingo, en el asalto que murieron más de treinta personas en un lapso de tres días, el edificio quedó en su mayor parte destruido, por lo que se decidió por su total reconstrucción dándole un toque moderno, pero sin que perdiera su esencia.

Al llegar a la cima el joven pudo ver guardias posicionados al frente de la fachada del edificio, haciendo guardia y previniendo de cualquier peligro—Alto —ordenó uno de ellos al verlo con intenciones de ingresar—, identifíquese por favor, nombre y apellido.

—Sha... digo, Ignacio —no mejoraba, podía sentir su cabeza dando vueltas lo que hacía que constantemente tuviera náuseas, tenía tanta sensibilidad que las luces puestas en la entrada le causaban un dolor en sus ojos.

—Su apellido por favor —habló el hombre mientras buscaba en la lista que tenía en sus manos.

—Catricofk —le respondió mientras oprimía su frente.

—¡Oh! claro, señor. —Ahora actuaba de una manera más amigable—. Puede entrar. —Abrió la gran puerta de madera y le dio paso al joven—. Llega un poco tarde, pero no hay problema.

—Okey gracias. —Atravesó la entrada, pero justo al estar del otro lado en su mente apareció una incógnita de lo más curiosa—. Oiga, ¿está bien si ingreso con esta espada?, ¿no sería peli...? —antes de terminar su pregunta el guardia cerró la puerta sin importarle lo que él tuviera que decirle—. Hijo de la... —Ignacio dio media vuelta molesto, pero al menos ya estaba dentro y prontamente sentado en una silla bebiendo algo frio para calmar su dolor. Estaba en el recibidor de la alcaldía que conectaba a varias oficinas, y en el medio unas grandes escaleras que llevaban al segundo piso en donde se realizaba la cena en el salón de eventos.

—Eh, tu niño —Ignacio escuchó una voz femenina—, te estoy hablando a ti, el del chaleco rojo. —Giró su cabeza intentando buscar el origen de aquella voz—. Ja, ja, ja, aquí a la izquierda. —Miró en la dirección dicha—. ¿Necesitas que te guarde algo? —una joven ubicada a un par de metros, era la encargada del guardarropa, dentro de una especie de cuarto en el cual la única entrada o salida aparente era un gran agujero en forma de rectángulo que servía como ventanilla—, llegas tarde, la mayoría de los ricachones están aquí desde hace como cuarenta minutos, en fin ¿necesitas que te guarde algo?

—No, no tengo nada —respondió con algo de lentitud.

—¿En serio? —preguntó ella algo escéptica—. Vamos, no le tengas miedo a la chica del rectángulo, tal vez tu cartera, celular o tal vez ese bastón...

Se escucharon unos rápidos pasos provenientes de algún lado del segundo piso—¿Ignacio? —una nueva voz femenina bajaba rápidamente la escalera—. Al fin llegas —la joven rubia estaba muy molesta—, se suponía que llegarías aquí a las tres y ya son ¡las siete y veinte!

—¡Ah! hola Vicky—saludó tranquilamente—, lo siento, tenía... tenía cosas que hacer y además el tráfico no ayuda, ¿sabes?

—Ignacio, tú me ibas a ayudar a preparar esta mierda —presionaba ferozmente su dedo contra el pecho del joven—, y te a apareces a esta hora, sin ninguna es...

—¡Basta, basta! —la interrumpió, estaba enojado y exasperado—, ¡suficiente! tú no sabes lo que he vivido en estos últimos días para que ahora vengas a gritarme y reclamarme como una niña la cual se molestó porque no le compraron su poni nuevo, ¿me entiendes Victoria? —ella se quedó inmóvil contemplándolo perpleja por unos segundos que se sintieron eternos.

—Como sea. —Dio media vuelta y se dirigió de nuevo a las escaleras—. Te espero adentro —agregó con un tono desagradable—, espero que al menos sepas cuál es tu mesa.

La observó por unos segundos indignado y en silencio mientras ella se alejaba, para después recordar que no estaba solo en el vestibulo—lo... lo siento por la obra de teatro —dijo en voz alta, con tanta vergüenza que no se atrevió a darle la cara—. Ella... ella era Vicky mi novia, no pasamos por un buen momento a... ¡¿Qué?! —al recobrar un poco de su dignidad alzó su cabeza, pero grande fue su sorpresa al no encontrar a la chica de la ventanilla—. ¿Cómo mierda? —Ignacio se acercó rápidamente a la repisa, se recostó sobre ella y miró dentro del pequeño cuarto lleno de abrigos, bolsos y demás objetos, pero ella ya no estaba ahí—. ¿Dónde demonios se...? ¡Agh! no de nuevo. —La búsqueda se detuvo debido a que en ese mismo instante sintió que su jaqueca retomaba con más fuerza, la discusión y la cólera le hicieron olvidar el dolor—. Será mejor que siga mi camino. —Se dirigió a las escaleras, pero mientras caminaba algo rondaba en su cabeza; No era la primera vez que veía aquella joven.

EOBARD GORDON

—¿La ves en algún lado? —Emilia preguntó en voz baja un poco alterada al no encontrar la katana.

—No, no la veo. Aquí hay mucha gente —respondió Eobard mientras con esfuerzo buscaba entre la cantidad de personas que caminaban por el salón.

—¿No puedes ya sabes... usar algo para sentir la espada?

—"Sentir la espada" —repitió Eobard al mismo tiempo que volteaba en dirección a ella con una expresión de desagrado.

—No lo sé, haz algo mágico.

—No, no siento... espera. —Se puso en alerta, algo llamó su atención en una de las mesas principales.

—¿Qué sucede? —preguntó Emilia sobresaltada.

—Eh... je, je, nada falsa alarma, era... era un paraguas nada más.

—Que decepción —exclamó algo molesta—. Tantos ricos y ningún...

—Eobard hijo, es un gusto verte aquí. —Una voz familiar tocó el hombro derecho del detective.

—¿Qué?, oh, buenas noches teniente Da Silva. —Eobard se puso de pie y estrechó la mano del hombre bajo y regordete, de unos sesenta y tantos años, bastante calvo, pero a él no parecía importarle ya que siempre tenía una sonrisa para todo el mundo en su arrugada cara.

—¿Cómo te encuentras esta noche Eobard? —Da Silva miró hacia un lado y notó a Emilia sentada en la misma mesa, al ver la increíble belleza de la mujer, el teniente abrió sus estrechos ojos— y ¿quién es esta hermosa dama Eobard?

—Oh, si ¿Dónde están mis modales? —el detective ayudó a su compañera a colocarse de pie—. Ella es Emilia... —se quedó en blanco, recordó que de donde ella proviene los apellidos no existen.

—Emilia McTeide, un placer. —Estiró su mano para estrecharla con el teniente.

—Dugo Da Silva, un placer. Guau esta muchacha aprieta duro —admitió sorprendido—, se nota que es de un carácter fuerte.

—Sí, y no sabe cuánto —susurró mientras daba un trago a la bebida que tenía sobre la mesa.

—Jo, gracias —respondió ella mientras sonreía—. ¿Hace mucho tiempo que usted y Eobard se conocen?

—Sí, ciertamente —admitió—. Eobard trabajó como consultor privado para ciertos casos durante un tiempo bajo mi supervisión, es una gran persona, un listillo —rio un poco al recordar viejos tiempos—, de alguna manera siempre le salen las cosas bien, tiene mucha suerte, casi parece magia, de hecho, de ahí proviene su apodo, le llamábamos el mago, ja, ja, ja, ja.

—Sí, parece que tuviera un toque especial —agregó Emilia mientras miraba a Eobard, las palabras del teniente se quedarían en su cabeza por un largo tiempo.

—Bueno me encantó conocerla señorita, pero Eobard… —el hombre encaró al detective, su boca pasó de una sonrisa amigable a una torcedura que significaba preocupación—. ¿Podría hablar contigo un momento en el balcón?

—Claro, como no. —tomó un último trago de su bebida y comenzó a caminar con su amigo—. Ahora vuelvo Emi.

—Si claro, te esperaré. —Emilia observaba como los dos se alejaban un par de metros hasta el gran ventanal que se usaba para llegar al balcón, ella entrecerró los ojos—<<un toque especial>> —repitió con algo de malicia e incredulidad. Volvió a su asiento algo molesta y le dio un trago a su bebida, ni un minuto pasó cuando se percató que una nueva persona entró al salón, sus pupilas se dilataron y la temperatura de su cuerpo empezó a ascender—. ¡Por Brigid! Esta aquí.

FRANCESCA WEST

—Te lo juro él la tenía, la acabo de ver —Francesca le insistía a Barry para que le creyera—, era un chico pijo, fue el último en llegar, no me di cuenta al principio... pensé... pensé que era un bastón o algo, pero cuando se movió pude cerciorarme.

—Frank, ¿estás segura? —Barry se levantó de la barandilla de protección en la que estaba sentado para acercarse a Francesca—, ¿estás segura que era la katana?

La muchacha contempló los ojos grisáceos de Barry mientras el fuerte viento golpeaba la azotea en la que también estaban algunos de los otros integrantes del gremio—si. Ahora que lo pienso... —se apartó un poco—. Se parece al tipo del...

—¿Seguro que no te fumaste algo antes de imaginarte la katana? —interrumpió una voz chillona, desde la trampilla de acceso a la alcaldía, una silueta femenina bajó con algo de dificultad—. Bart, sabes que no puedes confiar en una drogadicta, quien sabe lo que se habrá metido —vociferó estando ahora cerca de Francesca.

—Tú te callas, *cagna rognosa* —gritó Frank molesta—, yo sé lo que vi.

—Chicas. ¡Basta por favor! —Barry se puso en el medio de las dos—. Rita ¿está todo listo? —se dirigió a la mujer recién llegada.

—Sí, mi equipo y yo revisamos el interior del salón ya están todos ahí, no hay mucha seguridad, nada de qué preocuparse.

—Edd —Barry pronunció el nombre e inmediatamente uno de los enmascarados se le acercó, él era alto, con grandes brazos y piernas que parecían el tronco de un roble. Se podía sentir el suelo temblar un poco al ritmo de sus pasos—, dime que encontraste.

—Hay seguridad, especialmente en el ático, hay guardias monitoreando con cámaras toda la alcaldía, pero yo puedo encargarme de ellos.

—Bien —respondió Barry—, avanzaremos según lo planeado, aunque, si encontramos la katana, se convertirá en un objetivo esencial... —al terminar de hablar se dirigió a Francesca y Rita— y será responsabilidad de ustedes dos chicas de recuperarla.

—¡Qué! —profirió Francesca sorprendida.

—No me juntes con la drogadicta, será una carga —criticó Rita con desagrado.

—Basta, ya les dije —exclamó Barry molesto—, si está la espada aquí será su responsabilidad traérmela. —Dio media vuelta y se colocó su máscara—. todos en posición, la fase final ha empezado.

IGNACIO CATRICOFK

—¿Dónde mierdas están? —entró al enorme salón de eventos que en realidad era una antigua y gigante sala de teatro, se dispuso a buscar mesa por mesa un rostro familiar, el recinto estaba lleno de personas influyentes, acaudaladas y miembros condecorados de las fuerzas públicas, el color amarillo de su piel se apreciaba desde metros, tambaleaba y sudaba constantemente ni siquiera el aire acondicionado regulaba su temperatura, la jaqueca ahora era una fuerte migraña que le impedía ver por su ojo derecho, todo empeoró desde que vio aquella muchacha en el piso de abajo la cual desapareció en un instante—. Ahí... ahí están. —Pudo distinguir dos rostros familiares en una larga mesa, al otro extremo del salón, uno de ellos era su padre y a varias sillas de distancia estaba Victoria. Pese al dolor que lo afligía caminó hacia ellos.

—Oh, Ignacio ¿Cómo has estado jovencito? —un hombre lo vio pasar, caminó hasta él para poder saludarlo.

—¡Mal! —respondió de mala manera, sin siquiera hacer contacto visual con aquella persona solo siguió caminando, hasta llegar a aquella larga mesa en la que estaban sentadas más de doce personas; las familias más influyentes de la ciudad, el joven pasó por detrás de las sillas, incluso detrás de su padre sin decirle ninguna palabra, llegó junto a Victoria que tenía un asiento libre justo al lado de ella, delicadamente movió la silla y se sentó colocando la espada entre sus piernas.

—¿Y bien? —preguntó Victoria enojada al tenerlo sentado justo al lado.

Ignacio sabiendo que la pregunta era para él decidió ignorarla completamente, tomó la copa llena de agua que tenía enfrente y dio un par de tragos.

—Oh, ahora me vas a ignorar —dijo sorprendida—. Bien. —Se reincorporó en su asiento y volteó para el frente, se sentía fastidiada, molesta y sobre todo cansada, estuvo todo el día en ese salón organizando todos los detalles para esa fiesta la cual la tuvo alterada por varios días, pero ahora estaba triste, su relación con Ignacio no era más que por relaciones familiares, lo sabía, sin embargo, ella lo quería, de verdad sentía algo por él.

—Mi cabeza —exclamó —el dolor no para. —Agarró su celular del bolsillo de su saco—. vamos a ver si me puedo distraer con esta mierda.

—Oye Ignacio mira yo... —la joven colocó su mano encima de la de su novio —siento... —exhaló fuertemente. Le costaba disculparse siempre era así—. Siento... siento haberte tratado como lo hice... —él seguía en su teléfono, sin prestar mucha atención a lo que estaba pasando, por una extraña razón la señal no era muy buena en el salón lo que limitó sus opciones. Revisó las llamadas y ahora accedía a la galería para ver algunos memes que tenía guardados—. No debí haberte gritado, pero sabes lo importante que esto era para mí y...

—¿Qué es esto? —Ignacio se sorprendió al descubrir un nuevo archivo; una carpeta que él no recordaba haber creado, dudoso por tan extraño descubrimiento, presionó la pantalla para abrirlo—¿cuándo creé...? —preguntó al darse cuenta que contaba con docenas de imágenes y videos los cuales él nunca tomó—¿qué carajos? —se desplazó hacia abajo hasta el primer archivo, era un video de no más de veinte segundos—, ¿yo grabé esto? —se dijo en voz baja mientras le daba al botón de reproducir, en el video no se podía observar ningún rostro conocido, iniciaba con alguien abriendo la puerta de un auto del lado del conductor, mientras colocaba su mano sobre la manija pudo observar que esta estaba llena de sangre y que poseía unas afiladas uñas, el sujeto desconocido caminaba por en medio de la calle y de repente el metraje terminó—. ¿Qué fue eso? —confundido pasó a los siguientes archivos estos eran varias fotos; la calle, las farolas y botes de basura; pasaba y pasaba, pero el panorama no cambiaba, no obstante, pudo darse cuenta que la persona que tomaba las fotos avanzaba mientras lo hacía debido a la distancia de los objetos, después de varias fotos más, se topó con un nuevo video, algo alterado lo reprodujo, seguía el mismo patrón la persona caminaba por la acera, de repente giró a la derecha, en ese momento Ignacio supo el lugar donde se grabó el video—. Ese... ese es el muelle, la persona que está grabando... soy yo —dijo totalmente preocupado—. ¿Pero cómo? No sé cómo llegue a ese maldito sitio, no me acuerdo de nada, solo sé que desperté en ese bote. —El metraje finalizó, lo siguiente fueron más fotos, desde el interior del muelle; pasaba de imagen a imagen veía gente en varias de ellas, sentadas, de pie. Eran criminales, matones, una que otra putana y también adictos, las personas al darse cuenta que estaban siendo fotografiadas mostraban cara de molestia, se tapaban el rostro o apartaban el teléfono, finalmente, encontró otro video y aunque cada vez más angustiado no dudó en reproducirlo.

—¡Oye tu imbécil! —proclamó una voz dentro del celular.

—Eh, ¿yo? —preguntó el que parecía ser Ignacio mientras daba vuelta para encarar a la persona.

—No, el otro imbécil —respondió, era bajo, de piel prieta y con un bigote medio poblado totalmente ridículo, detrás de él se encontraba un grupo de seis personas también con porte de criminal—. ¿Estás grabándonos?

—No, solo me gusta tener mi celular agarrado de esta manera como un idiota.

—Maldito, ¿te crees muy gracioso? —el hombre se acercó y sacó un gran cuchillo desde la parte trasera de su pantalón—. No sabes en lo que te estás metiendo infeliz.

—Sí, mátalo, enséñale al orejón. —Otras voces pedían ver el acto de sangre.

—Sí, de hecho, sí —respondió, mientras daba un giro de trescientos sesenta grados para grabar todo el panorama—, y será aún más chistoso cuando los mate a todos y me mee en sus cadáveres. —Las voces que aclamaban callaron, en ese momento de tensión solo se escuchaba el débil oleaje del mar chocando contra la madera, pero, después de un par de segundos...

—¡JA, JA, JA, JA, JA! —unas inmundas carcajadas sofocaron el lugar.

—Sí, síganse riendo, yo seré el que ría de último. —Mientras decía esas palabras, un sonido similar al del metal raspando metal se escuchó, para que después apareciera la katana desenvainada en la mano que tenía libre.

—¡Maldición! —exclamó fuertemente—. ¿Qué mierda he hecho? —al ver esos archivos un temor crecía, pasó su mano sobre su cabeza y jaló su cabello intentando controlar su angustia.

—Oye ¿me estás escuchando? —Victoria meneó el hombro de su novio para llamar su atención—. ¿Tienes la menor idea de lo que te estaba diciendo? —preguntó retomando su enojo.

—Mira Vicky —Ignacio se levantó de su asiento—, la verdad siento mucho todo esto, pero tengo que irme.

—¡¿Qué?! —clamó Victoria—. No puedes hacerme esto, no hoy —agregó mientras también se colocaba de pie.

—Lo siento mucho, pero... ¿Qué fue eso? —con el rabillo del ojo captó una figura saliendo del salón por la puerta que antes él utilizó para ingresar, el extraño ser que no alcanzó a visibilizar del todo atrajo su atención completamente.

—¿Qué es qué? —viró su cabeza, sin embargo, no divisó nada—. Ignacio si te vas de aquí puedes irte olvidando de...

Sin dejarla terminar, la apartó y se abrió camino hacia la puerta, para seguir a la extraña figura que vio abandonar el recinto.

—¿Qué? ¿Te vas? ¿Qué sucede contigo? —Victoria contemplaba como se marchaba a paso rápido, molesta y sin saber que hacer, se dirigió casi a la otra punta de la mesa hasta llegar al asiento del padre de su recién esfumado novio —. Señor Catricofk —dijo a las espaldas del hombre.

—Discúlpeme un momento, por favor —le habló a su acompañante con el que estaba teniendo una conversación—, hola Victoria. ¿Cómo estas querida?, ¿necesitas algo?

—No, yo no, pero Ignacio. —Apuntó con su dedo hacia la puerta, justo en el momento en el que él salía del salón.

—¿Ese es Ignacio? ¿Cuándo llegó?, ¿y por qué se marcha? —preguntó extrañado el padre.

—Ha actuado extraño desde que llegó, se suponía que él iba a ayudarme con toda la preparación de esto, pero apenas llegó hace como diez minutos y...

—Y ahora se marcha —terminó la oración—. Hablaré con él. —Se levantó de su asiento, tocó el hombro de su acompañante y le dijo unas palabras al oído, para después dirigirse a la joven nuevamente—. Iré enseguida, de todos modos, tenía que comentarle algo de suma importancia. —Corrió su silla y se dirigió hacia la salida para seguir el rastro de su hijo.

FRANCESCA WELLS

Dos segundos, dos segundos era lo que le tomaría a Francesca matar a los dos guardias ubicados debajo de ella, acechaba desde el saliente, un par de metros bajo el balcón del segundo piso, Había un total de seis sin embargo ella solo se encargaría de dos, sus compañeros de los cuatro restantes.

—Bien llegó el momento. —Miró a la izquierda y después a la derecha, inclinó su cabeza de arriba hacia abajo dándole la señal a sus dos compañeros, dos para cada uno de ellos, se reacomodó su capucha y ajustó su extraña máscara, sacó su gran cuchillo del bolsillo de su buzo, para que después los tres saltaran al unísono, Frank visualizó a sus objetivos, dos segundos era más que suficiente, cayó justo en el medio de ambos, su aterrizaje fue más dulce y delicado que el de una bailarina de ballet, antes de que aquellos dos se percataran de su presencia, apretó fuertemente su arma y con un movimiento finamente perfeccionado introdujo su cuchillo en la garganta del guardia a su izquierda ya tenía el cincuenta por ciento en el bolsillo, ahora antes de que el otro reaccionase, retiró el cuchillo del interior del guardia y lo arrojó directamente al ojo de su objetivo restante matándolo al segundo, los dos cayeron casi al mismo tiempo, fue la primera en lograrlo, sus compañeros demoraron casi el doble, Francesca era buena, mejor que el promedio. Sacó el cuchillo de la cavidad orbitaria y a continuación dio un pequeño silbido para reunir a sus compañeros—. Ya saben qué hacer, arrojen los cadáveres por el acantilado, si todo salió bien ya los demás debieron haber eliminado a los otros. —Se alejó un poco y de su cinturón tomó una vieja radio de comunicación—. Aquí Francesca en la entrada norte, todos los guardias están muertos, me dirijo al salón principal, no ha habido ningún imprevisto. ¿Cómo está la situación?

—Hola drogadicta. —Una voz chillona y molesta imposible de olvidar respondió del otro lado—. El segundo piso está despejado, Edd ya debe estar asegurando el ático y me imagino que Bart debe estar haciendo lo suyo en la cocina, ven acá te estoy esperando, pero por favor no te vayas a meter algo antes de venir. ¡Chau!

Al terminar de escucharla, Frank cerró los ojos, sacudió su cuerpo y sacó todo el aire de sus pulmones para después continuar con su camino, entró por la puerta del recinto, pensando solo en una cosa; ella sabía que lo que vio era real, estaba segura de eso, era la misma espada que le encomendaron recuperar hace un par de días, Barry no le dio mucha importancia a su fracaso, pero sabía que era importante para la orden, no podía volver a fallar, no podía volver a decepcionar a Barry, no de nuevo. Le debía la vida a aquel hombre, él fue quien la rescató de su pútrida y contaminante existencia para darle un nuevo propósito, últimamente rememoraba el día que lo conoció, el día en que su vida tomó finalmente sentido.

Hace un año y algo más...

—¿Dónde... dónde estoy? —Francesca se despertó casi de golpe—. ¿Qué es este lugar? —asustada miró a su alrededor, yacía en un gran colchón, justo en la mitad de una habitación sin ventanas, el lugar estaba limpio, aunque un poco deteriorado—. ¿Cómo llegué aquí? —se preguntó mientras rascaba su cabeza.

—No te preocupes, estás a salvo. —Una voz proveniente de un rincón oscuro del cuarto emergió.

—¿Quién está ahí? —dijo nerviosa—, da la cara imbécil.

—No era mi intención asustarte —él reveló su apariencia, surgiendo de una esquina y colocándose al frente de la chica—, mi nombre es Bartholomeo, pero mis amigos me llaman Bart.

—Bueno "Barry", me importa una mierda quien seas —se ponía de pie—, yo me largo de aquí. —Empezó a caminar hasta la puerta.

—¿Vas a volver al pozo de muerte donde te saqué?, ¿a volver a drogarte, a que te extirpen nuevamente los órganos para poder pagarla?, ¿y repetir ese proceso por el resto de tu vida?

Estando a punto de abrir la puerta se detuvo, apretó fuertemente los puños y llena de ira se acercó hasta Bart—tú no me conoces imbécil, tú no sabes lo que he vivido, lo que han hecho conmigo, ¿no sé quién eres infeliz? Pero te voy a decir una cosa. —Lo arrinconó contra la pared, colocó su mano justo al frente de la cara de Bart, apuntándole con el dedo índice y con unos ojos llenos de furia añadió—: Es mi vida y con ella hago lo que se me dé la gana.

—Oh, pero si te conozco Francesca —tomó la mano de la joven y delicadamente la bajó—, si te conozco, sé quién eres, sé lo que te hicieron. —La apartó de él para recuperar terreno—. Sé que te escapaste de tu casa cuando tenías doce, sé por qué lo hiciste y sé lo que llevas haciendo desde entonces, tienes un don —explicó Bart tranquilo y confiado.

—No sé cómo sabes eso, pero eso no me va a convencer de quedarme o cualquier otra mierda. —Francesca ahora más convencida, regresó nuevamente hasta la puerta, agarró el picaporte y lo giró. Estando a punto de marcharse de aquel cuarto, escuchó algo que llamó su atención.

—Puedo ayudarte... Puedo ayudarte a encontrar a los que te hicieron todo eso. — argumentó Bart en un último intento para convencerla—. Ayudarte a encontrar a Victorino Maqquie.

Cerró la puerta con rabia, y lentamente volvió hasta donde su supuesto captor—¿cómo sabes ese nombre? —preguntó escéptica, seguía desconfiando de él, pero ese nombre significaba algo para ella, era el nombre de la persona que jodió toda su existencia—. ¿Quién eres?

—Soy como tu Francesca —explicó tranquilamente, sacó una navaja del bolsillo de su pantalón y alzó su camisa—, en más formas de las que te puedas imaginar —Bart se dispuso a cortar su vientre.

—¿Qué estás...? —interpeló sorprendida, pero aún más al ver que la herida se curaba al instante.

—Te lo dije Francesca, soy como tú y quiero ayudarte. —La miró directamente a los ojos y preguntó—: ¿Aceptas?

EOBARD GORDON

—Espere, espere un momento —Eobard no creía en las palabras del teniente—, me está diciendo que...

—Tal como lo oyes Eobard, todo el lugar se incendió, no quería arruinarte la noche, pero como sé que estabas tan metido en el caso era mi deber informarte. —Da silva sentido con la situación continuaba hablando—. Las pocas evidencias y rastros que teníamos del multihomicidio, todo se quemó.

—Maldición. —Lleno de ira dio un fuerte golpe a la barandilla de metal del balcón—. ¿Cómo... cómo fue el incendio? ¿Cómo se originó? —preguntó tratándose de controlar.

—Los investigadores ya tomaron cartas en el asunto, se cree que fue debido a una chispa en el cuarto de operaciones, esos equipos ya estaban viejos y defectuosos, aunque no se descartan otras opciones.

—Maldita sea. —La ira de Eobard se incrementaba con cada segundo, más aún sabiendo que de alguna forma la katana ocasionó la desgracia.

—Hay algo más hijo. —El rostro del teniente cambió—. Tu amigo Mike. —Las palabras se le quedaban atoradas en la garganta.

—¿Sí? —dijo el detective nervioso—, ¿qué pasó con él?

—Él falleció en el incendio.

—¡¿Qué?! —dio un par de pasos hacia atrás y por poco resbala debido a la impresión—, ¿có... cómo?

—Él estaba en el turno nocturno —explicó el hombre con pesar—, según fuentes dijo que estaba investigando algo sobre las muestras de ADN y bueno era el único en el área de investigación a esa hora.

—Esto... esto no puede ser. —Apretaba su cabeza con ambas manos mientras hacía un esfuerzo para contener las lágrimas.

—Lo siento hijo —colocó su mano sobre el hombro de Eobard para intentar aliviar su pena.

—Voy a resolver este caso —la tristeza se transformaba en cólera—, llevaré al responsable para que pague, con lo que Mike alcanzó a enviarme podría...

—Eobard eso ya no será posible —interrumpió mientras negaba con la cabeza.

—¿Qué?, ¿por qué no? —preguntó angustiado por lo que acababa de oír.

—Vanessa habló conmigo, esta mañana recibió un comunicado proveniente de la oficina del alcalde, se pidió que cerraran el caso definitivamente.

—¡¿Qué?! —hoy no era su noche, todas las malas noticias recibidas de parte del teniente lo dejaron casi en estado de shock, no creía lo que acababa de escuchar.

—La explicación que dieron es que no se puede permitir que se revele un crimen tan atroz en una zona tan exclusiva de la ciudad, según ellos sería malo para el turismo, los inversionistas y muchas otras cosas.

—A la mierda con los turistas e inversionistas—increpó totalmente enfadado—. ¿Cómo van a dejar un crimen de semejante magnitud al olvido? No pueden ser tan inhumanos. —El detective se ponía rojo como la sangre, apretó fuertemente los puños tratando de controlarse.

—Dijeron que si hubiera sido un atentado o un secuestro ya se hubiera sabido por cual cabeza iban y que si fuera un asesino serial ya hubiéramos sabido de un nuevo crimen, sea como sea...

—Son unos desgraciados —se quejó Eobard—, no les importa la justicia, solo el dinero.

—Tienes razón chico, mucha razón —le contestó—, sabrá Dios cual será la verdadera razón de ocultar todo esto.

—¡Eobard! —una voz femenina detuvo la conversación, era Emilia que repentinamente entró a la pequeña terracita del balcón—. Lo siento por interrumpir, pero nuestro invitado especial ha llegado.

El detective intentó disimular su furia, se limitó asentir con la cabeza—ya voy —dijo tragándose su repulsión—. Discúlpeme teniente, pero me tengo que marchar.

—Está bien hijo, yo me quedaré aquí un rato. —El hombre le dio unas palmaditas en la espalda al detective y añadió—: La justicia llega tarde, pero llega.

Afirmó con la cabeza para después seguir a Emilia de nuevo hasta adentro del salón, mantenía una cara inexpresiva, pero se podía oler el desprecio que emanaba.

—¿Estás bien? —preguntó ella preocupada por su comportamiento—. No tienes buen aspecto.

—Sí, estoy bien —respondió mientras se restregaba los ojos—. Creo... creo que estoy agarrando un virus, y bien ¿dónde está? —el detective evadió el tema.

—Estaba aquí, salió hace un par de minutos, es el hijo Catricofk, él es el portador de la espada —contestó un poco nerviosa—, estaba a punto de seguirle, pero después el padre se levantó y tambien se marchó, esperé unos minutos para ver si volvían, fue cuando decidí ir a buscarte.

—Ahora se volvió más personal, ¡voy a acabar con esto! —aseguró furioso. Ambos se dirigieron apresuradamente hasta la salida, esquivando a los meseros y a una que otra pareja bailando—. Tengo que atrapar a ese infeliz, y destruir esa maldita espada.

—Espera Eobard —increpó Emilia sorprendida por lo que acababa de decir—. ¿A qué te refieres con destru...?

—Lo siento —unos fríos dedos se posicionaron sobre la mano del detective justo antes que pudiera girar la palanca de la puerta—, pero en este momento nadie va a poder abandonar la sala.

—¿Por qué no? —la pregunta del detective fue silenciada por los sonidos de los ventanales rompiéndose al unísono—. ¿Qué fue eso? —sorprendido por tal situación, veía nulo como los trozos de cristales afilados como cuchillos se enterraban en las mesas, y entre la lluvia de vidrio seis enmascarados veloces como la luz aparecían para posicionarse en el medio de la sala.

Después de que el último trozo de cristal cayera al suelo hubo un silencio inquietante, las figuras negras no hablaban, ni se movían, inertes en su sitio como si esperaran algún tipo de señal mientras que todos se quedaron atónitos ante la presencia de los recién llegados.

—¿Qué es este brío? —el alcalde fue el primero en alzar la voz—. ¿Quién se creen que son? —se paró de su asiento y lleno de rabia en lugar de raciocinio se dirigió a los misteriosos enmascarados—. ¡Respóndanme! —exigió el alcalde, puso su mano al frente de la cara de uno de los enigmáticos seres, el más grande y fornido de ellos—. Digan... agh —un terrible dolor pasó por su brazo.

—¡PAPÁ! —gritó victoria desde su silla, el enmascarado le había agarrado el brazo con una de sus gigantes manos y de un rápido movimiento se lo rompió.

—¡AAAAAAH! —el alcalde cayó al suelo, el enmascarado responsable de su lesión estiró un poco la pierna y lo pateó justo en el vientre, el poder de la patada era increíblemente desproporcional al movimiento realizado, con un ligero golpe mandó al alcalde a un par de metros de distancia.

—¡DIOS SANTO! —Eobard quedó totalmente horrorizado al ver el increíble despliegue de fuerza.

—Ahora por favor, tomen asiento —pidió gentilmente el camarero que les había negado el paso, no se necesitaba mucha imaginación para saber lo que les pasaría si desobedecían.

Eobard analizó la situación por unos instantes, agarró a Emilia por la mano y al oído le susurró—: Obedece. —Sabía lo que ella era capaz de hacer—. Vamos, tomemos asiento. —La mujer cuya temperatura corporal estaba ascendiendo, refunfuñó por un segundo, pero terminó aceptando la petición de su compañero, ambos dieron vuelta y lentamente regresaban a su asiento.

—¿Qué haces? —preguntó molesta—. ¿Por qué no...? —el detective la miró detenidamente con los ojos lo más abiertamente posible, sin pronunciar ninguna palabra, la respuesta de la mujer fue decir—: Esta bien —mientras llegaban a su mesa.

—Lo siento por esa entrada, mis compañeros son un poco entusiastas. —El camarero caminó tranquilamente hasta el herido alcalde que yacía en el suelo sollozando por el dolor—. ¿Cómo se encuentra alcalde? —se agachó esperando una respuesta, no obstante, lo único que recibió fue un escupitajo embarrándose justo en el medio de la cicatriz que tenía en el rostro, una mezcla de sangre y saliva bajaba desde su nariz hasta su mentón—. Eso ha sido grosero. —Trataba de mantener la inexpresividad en su rostro, aunque le resultaba difícil debido al enojo y asco que sentía, se puso de pie, apuntó su mano derecha hacia el hombre adolorido y de repente un poderoso rayo azul bajo desde su palma hasta llegar al vientre del alcalde.

—¡AAAAAAAAAAAH! —un alarido fue su respuesta, el rayo de electricidad traspasaba todo su cuerpo, mientras que la gente observaba aterrorizada ante el espantoso acto.

—Espero que con eso aprenda alcalde. —Se alejó para retornar hasta sus compañeros.

—¡PAPI! —Victoria se paró de su silla, sin importarle nada, corrió por detrás de las mesas y cruzó el salón para llegar a su padre—. Papi, ¿estás bien? —el hombre temblaba y balbuceaba, el olor a carne quemada se extendía por todo el salón.

—¿Eobard que es esto? —preguntó Emilia un poco histérica, intentando controlar el volumen de su voz—. Ese joven tiene dones y el que le rompió la mano al alcalde mínimo debe ser descendiente de Parzifal, quien sabe que tendrán los otros.

—Por eso te detuve —contestó—, sabía que irías a atacar, sin pensar en las consecuencias, mejor quedémonos un momento y valoremos la situación.

—¿Quiénes son estos mangurrianes?

—Supongo que estamos a punto de averiguarlo.

—Bien, ahora sin más interrupciones. —Se dirigió a su <<cautivado>> publico—. Buenas noches a todos —dijo alegre y galante—. Por favor sé que dentro del salón hay policías y demás personal de la ley, pero por favor no cometamos ninguna imprudencia, de verdad no quiero que terminen como nuestro alcalde. —Dio un par de pasos hacia adelante—. Bueno ahora si me presento. —Tomó una postura firme y añadió—: Mi nombre es Bartholomeo, yo y mis amigos somos... LOS HIJOS DE LA CIUDAD, y estamos aquí para ofrecerles un trato.

IGNACIO CATRICOFK

Remojaba su rostro con el agua fría una y otra y otra vez, pero esto no disminuía el dolor, cerró la llave y se miró en el espejo del baño mientras jadeaba. El líquido caía de su flequillo y de su mentón empapado, sus ojeras estaban aún más marcadas. No pasaba ni un segundo cuando el sudor volvía a su rostro y se combinaba con el agua—¿qué me está pasando? —se preguntó agotado tanto física como mentalmente—. Siento como...

—Como si no fueras tú Ignacito. —Una voz de origen desconocido completó su oración.

—¿Quién dijo eso? —él volteó velozmente esperando encontrar a alguien más en el baño—. ¿Quién está ahí? ¡Responda! —caminó hasta las cinco cabinas privadas al fondo del baño, puso su mano sobre la fría puerta de metal y con un miedo creciendo como un caudal de río roto dentro de su pecho la empujó, pero esta se encontraba vacía, pasó a la segunda y el resultado fue el mismo, la tercera, vacía, en la cuarta tampoco había nadie, ya solo le faltaba la última y como era de esperarse— vacío. —Dio unos pasos hacia atrás, rascaba sus ojos debido al gran cansancio que sentía en ese momento —. Debió... debió ser mi imaginación.

—Oh, pero, Ignacio. —El joven escuchó la misma voz esta vez hablándole desde la nuca, con un salto giró—. Yo estoy aquí, o, ¿es que no me ves? —una figura extremadamente parecida a él que irradiaba una poderosa y oscura energía le hablaba a través del espejo—, soy tan real como tú.

La reacción de Ignacio al ver a la figura hablarle fue inmediatamente voltear para comprobar que ese sujeto no estuviera a su espalda. Pero su horror aumentó al darse cuenta que estaba completamente solo—¿me estoy volviendo loco?

—Oh, querido, no seas así —respondió el ser del espejo—. Lo dices como si fuera algo malo.

—No eres real, tú no eres real —con un profundo estado de negación se acercó hasta la pared, se recostó en ella y se deslizó hasta llegar al piso—, no eres real, no eres, real —repetía una y otra vez.

—Te digo que soy real. —Ignacio observó al frente de él unos mocasines y medias exactamente iguales a los que él llevaba. El sujeto agarró al muchacho por el cuello de su saco para levantarlo—. Mírame amigo, soy tan real como tú, ¿sabes por qué? —estaba pasmado, al ver esa figura de ojos rojos proveniente de un sueño o mejor dicho, de una pesadilla. Le tocaba, podía sentir el rozar de sus fríos dedos por su cuello, sus horribles ojos color carmesí y sus afilados dientes inhumanos—. Porque yo soy tú. —Lo soltó, Ignacio no pudo controlar sus pies haciendo que resbalara y cayera al piso, trataba de procesar semejante información, aunque muy en el fondo sabía que era verdad, de alguna manera todo cuadraba, las incesantes visiones que, aunque sabía que no era él quien las hacía, estas eran demasiado familiares, cuando despertó en ese barco, se sentía diferente no como si le faltara algo, más bien como si tuviera una nueva carga dentro de él.

—Fuiste tú, ¿verdad? —dijo con voz temblorosa—. Esos videos en el muelle, fuiste tú.

—*Woosh* —el sujeto misterioso exclamó con desagrado, caminó hasta el lavabo y abrió el grifo para enjuagar sus manos—, no, mi muy preciado amigo, nosotros fuimos hasta ese lugar, nosotros matamos a esos petardos, bueno... —cerró la llave del grifo y reveló una mortal sonrisa—. Nosotros y esa belleza de la esquina. —Apuntaba a la katana, la cual Ignacio situó en un rincón del baño al entrar—. Ah, me acuerdo como matamos a esos imbéciles en el parqueadero, fue ¡ASHTONICO! —exclamó irradiando felicidad—. Oh, por cierto, mi nombre es Shay —dijo mientras hacía una reverencia—, así el imbécil que está narrando se aprenderá mi nombre.

—He matado, estoy loco, voy a ir a prisión. —Ignacio introducía su cabeza dentro de sus piernas y se agarraba fuertemente el cabello en señal de desesperación.

—Nah, no creo —Shay caminó hasta el acobardado y tembloroso muchacho—, ya tuvieras la ley encima, además creo que nuestra amiguita en común nos ayudó. —Hizo un juego de miradas apuntando hacia la katana. Ignacio al verlo lo entendió perfectamente, sabía de lo que estaba hablando, desde que la encontró no ha podido separarse de ella y no sabía el por qué, era algo místico, sobrenatural lo racional no tenía explicación para la extraña relación simbiótica que habían creado.

—Tiene cierto encanto, ¿verdad? —habló Shay con una sonrisa, caminó hasta la espada para agarrarla—. Es poderosa y misteriosa ja, ja.

Ignacio se volvió a levantar, lentamente se acercaba a Shay, para mirarlo con más detalle, como intentando reafirmar si era real o si todavía seguía en una clase de pesadilla.

—¿Te gustó lo que hicimos en el muelle? —interpeló con cierto orgullo y morbo en su rostro—. Creo que deberíamos crear nuestra base allí. —Shay mientras hablaba movía la espada de un lado a otro, jugando con ella—. Oh, disculpa por las jaquecas, pero necesitaba comunicarme contigo y tú, por decirlo de una manera me bloqueabas.

—¿Qué quieres de mí? —consternado por la situación y con su psiquis deteriorada por todo lo que había vivido, solo pudo preguntar.

—Esta ciudad es una mierda Ignacito, podrida hasta la médula, tal vez no veas que tan mal esta —Shay empezó a caminar por el baño—, pero esta ciudad está muriendo, la mafia, la corrupción y muchas otras mierdas, la están matando, muchos dirigentes han intentado salvarla, pero es la misma escoria la que no quiere ayudar, son ellos los que meten el pie. —Tenía una postura mucho más seria y mientras se expresaba su rostro mostraba desprecio y molestia—. Ya viste las imágenes y videos, el muelle estaba lleno de rateros, drogadictos y putanas, hace quince años era un lugar pulcro, te acuerdas cuando eras niño y solías ir con tu mami a ese *fancy* restaurante.

—¿Cómo sabes...? —preguntó extrañado, al escuchar que él sabía lo importante que fue ese lugar para él.

—Bah, no te sorprendas querido, he tenido tiempo, mucho tiempo para inspeccionar esa cabeza tuya, que bonitos recuerdos, ¿recuerdas Japón? Y esa linda *Nikkei* que conociste —Shay mordía su labio mientras imaginaba aquella joven que significó algo para Ignacio hace ya cierto tiempo—, que mujer tan espectacular, retomando el tema... —dejó sus morbosos pensamientos a un lado y colocó la espada nuevamente en el rincón para acercarse a Ignacio—. Aquí va mi propuesta —lo tomó por los hombros—, déjame tomar el control de tu cuerpo, al cien por ciento, claro está te lo devolveré de vez en cuando, si lo haces juntos podemos terminar con toda la escoria de la ciudad, la acabaremos de raíz.

—¿Pero qué mierda estás diciendo? —después de escuchar semejante propuesta Ignacio respondió con un empujón—. No sé cómo mierda apareciste, tomaste control de mi cuerpo y has matado con él. —Una gran ira que vino acompañada con una corriente de valentía lo envolvió, arrinconaba a su homónimo contra la pared del baño, firmemente chocaba su dedo índice contra el pecho de Shay—. Ahora vienes a pedirme formalmente que "te de él control" lárgate de esta mierda, sal de mi maldita cabeza, no quiero volver a verte en mi puta existencia —increpó decidido, con sus ojos inyectados en sangre y su piel volviéndose cada segundo más roja. Por otra parte, Shay lo observaba inmóvil, reveló una sonrisa burlona, sus afilados dientes hacían presencia, apretó fuertemente la muñeca de Ignacio y empezó a apartarla.

—Yo no Salí de ningún sitio, esa noche en el parqueadero, ¿recuerdas?, no claro que no. Estabas muy ocupado cagándote los pantalones y teniendo un ictus cerebral por la muerte de tu niñero —Shay apretaba con tanta fuerza que lo dejó en un estado de sumisión—, tuve que... venir y salvarte, porque si no te iban a voltear el culo. —Empujó violentamente a Ignacio haciendo que cayera al suelo nuevamente—. Yo hice que sobrevivieras, matando a todos esos mal culiados.

De improvisto la puerta del baño se abrió—¿Ignacio? —una voz se integró a la escena—. ¿Qué haces ahí tirado? —preguntó su padre molesto al verlo en el suelo.

—Yo... —sorprendido, no sabía cómo responder, lo único que se le ocurrió fue volver a voltear para ver donde estaba Shay, pero para su sorpresa él desapareció.

—¿No sabes cuanta gente orina fuera del traste?, vamos, levántate. —Agarró a su hijo por la manga de su saco y lo alzó bruscamente—. Lávate las manos, salgamos de este baño.

Obedeció sin reparo—¿qué... que haces aquí papá?—preguntó después de que se le hubiera pasado el shock.

—Victoria me dijo que estabas actuando extraño—expresó el padre—, que apenas llegaste y ya te estabas marchando. ¿Qué te pasa Ignacio?, si es por lo del <<accidente>> no tienes que preocuparte ya me encargué de eso.

—He estado ocupado últimamente. —Secaba sus manos en su pantalón—. Sabes que la relación mía y de Victoria, nunca... nunca ha sido la mejor.

—Recuerdo que me dijiste que la estabas empezando a querer —argumentó el padre extrañado—. ¿No era así?

—No lo sé, no lo sé —fue su respuesta, dándole poca importancia a la conversación—, ella es una chica muy guapa y todo, pero sabes que estoy saliendo con ella por ti, porque tú me obligaste —explicó con cierto aire de reclamo.

—Tú sabes, porque te lo pedí —replicó—, era... es importante para mí que salgas con ella, para...

—Para poder acercarte al alcalde, y tener tu salvoconducto —terminó Ignacio con una sonrisa irónica, ya se sabía esas palabras de memoria.

—Sabes lo importante que son mis negocios, tanto para mí como para ti, es tu futuro.

—Sabes papá. —Se acercó y totalmente serio añadió—: Tus trabajos me tienen sin cuidado. Nunca quise salir con Victoria, nunca quise estudiar finanzas, nunca quise ser como tú, tú me obligaste a hacer todo esto, al igual que obligaste a mamá a... —recibió un rápido golpe en su quijada, dio un par de pasos hacía atras y apretó con su mano el lugar para calmar el dolor.

—No menciones a tu madre —reprendió a su hijo bastante enojado—, tal vez te he tratado duro, tal vez te he obligado a seguir un camino en vez de dejarte elegir uno, pero todo, todo lo que he hecho ha sido por ti, para dejarte un futuro próspero.

—Sí, bueno —Ignacio retomó su postura y limpió la sangre de su labio—, tal vez yo no quiero tener un futuro próspero. —Sus ojos volvieron a tener ese raro color rojo, al igual que hace dos días cuando arrivó al piso de su progenitor manchado de sangre.

Su padre se le quedó viendo por unos segundos para finalmente decir—: Límpiate rápido, te espero en el salón. —Dio media vuelta y aprisa se marchó del baño.

—Como sea. —Volvió a abrir el grifo y con el agua fría se dispuso a limpiarse la sangre de su labio.

— "CLAP, CLAP, CLAP" —se escucharon unos aplausos, la primera reacción del joven fue alzar la cabeza para buscar de dónde provenía el sonido y en el espejo estaba el ser con el que ahora compartía cuerpo—. Vaya, vaya, Ignacito por fin se enfrentó a papito, muy bien. —Vociferó con cierto aire de burla, Shay se acercó lo más que pudo al espejo y en menos de un pestañeo apareció atrás de Ignacio, lo tomó por sus hombros y lo empelló contra el espejo—. Sí, mira tus ojos, ese hermoso color carmesí —el iris presentaba un leve tono rojo muy parecidos a los de Shay—, *just like me ja, ja, ja, ja.* —Ignacio hizo un rápido movimiento para liberarse de las garras de su opresor, recogió la katana y se marchó, el rechinar de la puerta fue el último sonido que se oyó en aquel baño, caminaba encorvado, con una mirada perdida que traspasaba el suelo, por su mente preocupada, aunque ya carente de dolor pasaba todo lo que había acontecido desde el día que encontró la espada que ahora portaba, giró a la derecha para acceder a un nuevo pasillo cuando de imprevisto escuchó.

—¡AAAAAAAAAH! —un grito ronco pero familiar proveniente del próximo corredor.

—¡Papá! —Ignacio conocía esa voz, comenzó a correr a toda velocidad para localizarlo. Pasó varias puertas, al terminársele el largo pasillo cruzó a la izquierda y ahí al fondo de un nuevo corredor encontró a su padre contra la pared y a alguien más.

—¡Agh! —su progenitor se quejaba debido al dolor—. Suéltame hija de puta.

—No, no cuente con eso señor —respondió la enmascarada—, por favor, quédese quieto. —Lo tenía aprisionado, apretaba ferozmente su torso y su brazo derecho con lo que parecía ser una gran pinza de color gris que cumplía la función de su mano.

—¡PAPÁ! —el joven atemorizado gritó al ver tal acto, inmediatamente se dirigió hacia su padre para rescatarlo—. Suéltalo maldita sea. —Usaría el único objeto que tenía en ese momento, no era un experto en su manejo no como Shay, pero si sabía cómo usarla— ¡SUÉLTALO! —sacó la katana de su funda, la agarró con ambas manos alzándola sobre sus hombros y se dispuso a atacar.

—¡NO! —gritó la chica, más atemorizada que Ignacio y su padre juntos—. Detente, no podré controlar... —un sonido grave y muy similar al crujir de los huesos se sintió proveniente de la enmascarada, de la nada una robusta cola apareció de su espalda, era igual a la de un escorpión; de color marrón y cubierta por un extraño cebo transparente, con la velocidad del rayo detuvo el ataque, el joven salió volando en dirección opuesta, golpeó la pared y por enésima vez esta noche cayó al suelo.

—¡IGNACIO! —gritó el padre con el poco aire que restaba en sus pulmones.

—Le dije que no se moviera, no... no puedo controlarme a veces. —Ella cada vez más nerviosa intentaba excusarse, su cuerpo actuaba por mero reflejo ante cualquier señal de peligro.

—Yo si voy a atacarte. —Aprovechando que su apresadora estaba distraída, el padre Catricofk introdujo su mano izquierda la cual estaba libre del feroz agarre en el bolsillo secreto de su saco y tomó un revólver que logró introducir de manera ilegal dentro del edificio.

—"Clic" —quitó el seguro y subió rápidamente el arma hasta la cabeza de su captora.

—¿Qué fue eso? —para la mala suerte del señor Catricofk, ella también escuchó ese ruido.

—"¡BAM!" —el cañonazo le hizo perder la audición mientras que a Ignacio le hizo reaccionar, y pudo ver la escena perfectamente. Su máscara y la mitad de su rostro estaban destrozados, la sangre emanaba a grandes cantidades, su ojo y pómulo izquierdo estaban hechos un revoltillo de carne e increíblemente ella seguía de pie.

—Pa... pá —Ignacio con esfuerzo pronunció esa palabra, su padre no fue rápido, no tan rápido como el cuerpo de ella.

—Mi rostro. —Tocó su cara que debido al impacto estaba hecha un destrozo, los pedazos de carne y sangre caliente caían y se camuflaban con el color rojo del alfombrado, aunque con todo esto ella o mejor dicho su cuerpo había salido victorioso de la confrontación, de su tórax sobresalía una gran pata parecida a la de una cucaracha, esta penetró el corazón del padre Catricofk—. No, lo siento yo... agh. —De repente otra extremidad brotó del otro lado y expulsó el cuerpo moribundo del padre, que cayó cerca de su hijo totalmente anonadado.

—No, no, no, papá —Ignacio pese a que seguía adolorido por el golpe comenzó a arrastrarse hasta su padre, la adrenalina y el repentino shock le dieron la suficiente fuerza para moverse—, papá, papá, no por favor, no. —Le suplicaba con lágrimas en su rostro, puso la cabeza de su moribundo progenitor entre sus piernas temblorosas.

—Hi... jo —exclamó el hombre con dificultad—, sé... siempre... el mejor —con sus últimas fuerzas introdujo sus dedos en el bolsillo de su pantalón y sacó una llave antigua de cobre para dársela a su hijo—, no por mí sino por... ti. —Al finalizar estas palabras sus pupilas dejaron de contraerse, su mano cayó al suelo, y dejó de respirar, el líquido rojo seguía manando de su herida manchando todo a su alrededor.

—No, no, no, no, no. —Ignacio negaba en lágrimas, las gotas bajaban como cascada por su rostro y caían sobre la frente de su padre ya sin vida—. Papá, papá por favor, despierta, no te mueras.

—Oh, no. —El cuerpo de la chica volvía a la normalidad, de aquellas extremidades solo quedaban los agujeros que habían hecho en su ropa—. ¿Está muerto? —preguntó con lágrimas en su ojo restante, no tanto por su herida si no por haber quitado una vida.

—Ignacio, Ignacio —Shay apareció nuevamente, sin reparo y mostrando una actitud insensible ante la situación—, recuerda como fue papi contigo. ¿Por qué lloras?

El joven alzó la cabeza, en él recorrían las lágrimas, melancolía y ahora odio—cállate, cállate infeliz —contestó molesto—. Era mi padre, fuera como fuera, me crió desde que tenía cinco años desde que mi madre se fue, me dio comida, educación y salud. —Levantó delicadamente la cabeza de su fallecido padre y la colocó en el suelo para después dar un fuerte golpe contra la alfombra roja— y yo... no fui un buen hijo, este monstruo lo mató. —Miró a la asesina de su padre y cayó en el detalle de que ella estaba totalmente inmóvil, como una estatua—. ¿Qué... que le pasa? ¿Por qué no se mueve? —preguntó extrañado.

—Sí se mueve —respondió Shay tranquilamente—, solo que no lo percibimos. —El joven de orejas y nariz puntiaguda caminó hasta la enmascarada, colocó su mano frente a su sangrante rostro y empezó a moverla de arriba abajo—. Ven acércate y mira.

Ignacio sin energía pero extrañado ante el evento decidió obedecer, asintió con la cabeza, pasó cuidadosamente por encima del cadáver de su padre, rascaba sus ojos que estaban cansados por el llanto.

—Mira su ojo, el que no está, destrozado. —Estando lo suficientemente cerca pudo ver como el ojo restante de la muchacha se movía, aunque muy lentamente— vez, te lo dije, algo similar pasó en el baño solo que no te diste cuenta, la hija de puta es bien fuerte para aguantar un tiro a quemarropa en la cara. —Se recostó en una pared del largo pasillo—. Bueno Ignacio. ¿Qué vas a hacer ahora?

—¿A que te refieres? —interpeló, cada faccion de su rostro reflejaba duda.

—Es obvio ¿no?, tu padre está muerto, tienes a la chica insecto, que no controla su mierda, aparte esto te parecerá gracioso ja, ja. —Soltó una pequeña risa fingida—. El día ese en el parqueadero, me enfrenté a una chica que llevaba la misma chaqueta y capucha, aunque no tenía una máscara tan horrible como esa, bueno tampoco era una clase de langosta parlante, pero si tenía una habilidad única, no se necesita pensar mucho para deducir que probablemente hay más de uno si llegaran a atacar un sitio como este, y aquí es donde viene mi pregunta. —empezó a caminar nuevamente—. ¿Qué harás Ignacio? Huir como una niñita con el riesgo de acabar como papi o tomarás venganza. —Shay abrió sus ojos lo más que pudo, el intenso y contaminante color rojo de sus iris emanaba una fuerte sed de sangre—. Primero te jodieron a ti, ahora vienen y joden a tu padre. Te joden nuevamente. —Puso una mortal sonrisa en su rostro, sus enormes y afilados dientes hacían un leve rechinar mientras que la saliva escapaba por un extremo de su boca.

Ignacio reflexionaba sobre lo que acababa de escuchar, sus pupilas se dilataron. Podía sentir el palpitar de su yugular. Cada vez que pensaba en la muerte de su padre, el fuego de la rabia, cólera, y la saña se encendía cada vez más, también pensaba en los eventos pasados, no recordaba nada pero si Shay estaba diciendo la verdad y esos extraños sujetos enmascarados tuvieron algo que ver con lo sucedido en el parqueadero haría todo lo que estuviera en sus manos para hacerlos pagar, finalmente a su cabeza llegó un pensamiento, la única respuesta que consideraba correcta, secó las lágrimas de sus ojos, apretó fuertemente los puños y dijo —: Tomaré la venganza. — Su respuesta final, al escucharlo Shay sonrió.

—Bien Ignacito —se posicionó al frente del joven—, vamos, dame la mano —dijo seriamente algo muy impropio de él, a la vez que alzaba su mano derecha esperando que Ignacio hiciera lo mismo.

—Está bien. —Algo dentro de él lo impulsaba a confiar, asintió con la cabeza y ambos Juntaron sus manos, una luz roja y brillante empezaba a salir del apretón, haciéndose cada vez más intensa—. ¿Qué demo...? — en menos de un segundo la luz se volvió tan poderosa que se los tragó.

—Te juro que no te arrepentirás Ignacito —añadió Shay en algún lugar dentro de la luz—, no te arrepentirás, *JA, JA, JA, JA, JA.*

—Lo... lo siento. —Ella se acercó, ofreciendo su ayuda al afligido chico, que sollozaba en el suelo, con el cadáver de su padre descansando en sus piernas, lentamente estiró su mano para intentar ayudarlo—. Déjame ayu... ¡Ah! —él la tomó por el brazo con un rápido movimiento antes que pudiera tocarlo.

El sollozo del joven fue interrumpido por una pequeña risita, que poco a poco se transformó en una violenta carcajada, alzó la cara y con esos ojos rojos miró fijamente a la muchacha, ya no era Ignacio, ahora era Shay—cariño, no debiste hacer eso. —Con una fuerza salvaje apretó la muñeca de la joven, sus articulaciones tronaron, se puso de pie y añadió—: Se supone que era yo él que iba a matarlo.

Tiempo después...

—Se les acaba el tiempo, solo les quedan dos minutos. —Bart caminaba por el gran salón, mientras se escuchaban el murmullo de las personas que meditaban sobre la <<propuesta>> del joven, este les concedió veinte minutos para que tomaran una decisión.

Pero en una de esas mesas una pareja cuchicheaba y no precisamente sobre la dichosa oferta.

—Eobard, toma —Emilia le pasó algo por debajo de la mesa.

—¿Qué es esto? —tomó el pequeño objeto que cabía perfectamente en su mano, este le resultó muy familiar.

—Es tu libro —respondió ella.

—¿Qué? ¿Cómo has...?

—Te dije que nunca lo dejaras, agradéceme luego. —Emilia se enfocó en aquel joven con la gran cicatriz en su rostro y no le pudo quitar los ojos de encima—. Eobard, el joven vestido de camarero, ¿no te resulta familiar?

Eobard analizó de pies a cabeza al joven de la cicatriz, sin embargo no parecía haberlo visto antes—no lo sé, no tengo buena memoria para los rostros, tal vez si lo tuviera más cerca nuevamente.

—Como les dije —retomó su charla—, la situación actual de la ciudad es crítica su única opción es marcharse y nunca volver. —Tenía sus manos en la espalda y llevaba una postura rígida—. Si aceptan irse todos ustedes, ricos, aristócratas, empresarios, gente privilegiada saldrán sin un rasguño y sino... —se detuvo un segundo y apuntó hacia el alcalde—. No tendrán la misma suerte que el señor alcalde. —Regresó nuevamente al centro del salón, justo al frente de su grupo de enmascarados—. Se les acabó el tiempo. —examinó fría y despiadadamente a cada una de las mesas—. Díganme su respuesta ahora mis...

—«¡ALTO! ¡ALTO!» una voz femenina interrumpió—, «la he encontrado».

—¿Qué? —preguntó el joven sorprendido después de escuchar esas palabras—. ¿De dónde viene esa voz?

—Bart —uno de sus compañeros llamó su atención—, suena como Philippa.

—¿Quién? —preguntó él extrañado—. ¿Quién es esa?

—Es esa chica tonta, que no puede controlar del todo bien sus poderes —aclaró Rita—. La que se puede transformar en una cucaracha gigante.

—¡Chica! —Bart alzó su voz, fruncía el ceño en señal de molestia—. Sea lo que tengas, ahora no es el...

—«Tengo la katana» —proclamó Philippa, aquellas palabras le robaron el aliento al joven, sus pupilas temblaron y su corazón seguía un ritmo más rápido que el de un timbal, aunque esto no solo le pasaba a él.

—¡*Caffick*! —Emilia por poco explota al oír aquellas tres palabras juntas, intentaba controlar sus emociones apretando los pliegues del mantel de su mesa—. Debió de haber matado al chico, tenemos que recuperarla. —Eobard permanecía en silencio, observando la situación, casi inerte o al menos era lo que Emilia podía asimilar.

«Maldición», El detective bramó en su mente, intentaba permanecer calmado ante el escenario, no obstante, giró la cabeza para observar a su compañera, ella apretaba el mantel del cual un leve humo comenzaba a emanar debido a la desesperación que ella sentía en ese momento. «No sé cuánto tiempo se podrá controlar, sé cómo actuar ante una situación de rehenes, pero... no puedo decir lo mismo de ella».

—Philippa. ¿Tienes... tienes la katana? —quiso ratificar lo que escuchó—, ¿dónde estás?

—«Estoy... estoy sobre la tramoya, encima del escenario» explicó. Barry volteó e intentó localizarla, sin embargo, su vista fue acribillada por las fuertes luces que iluminaban el salón—. «Voy a arrojar la espada».

—Sí, sí, eso será lo mejor —respondió Barry mientras rascaba sus ojos, el recinto estaba en completo silencio, el ambiente de alguna manera se sentía atosigante, del cielo cayó algo que al chocar contra el suelo hizo un leve ruido, todo el mundo tenía sus ojos puestos sobre aquel misterioso objeto.

—Te dije que estaba aquí *cagna*. —Francesca habló en voz baja, se podía sentir la satisfacción en cada palabra que pronunciaba hacia Rita la cual estaba justo a su izquierda.

—Calla guarra drogona —increpó Rita enojada.

—Ja, ese es nuevo —respondió Frank con tono burlón—. Philippa tuvo que ser muy hábil para... —cayó en la cuenta casi al instante, el recuerdo de la batalla que tuvo hace un par de días y la extraña habilidad que tenía aquel enigmático sujeto—. No puede ser. —Con todas sus fuerzas intentó hacer algo para advertirle a su líder, pero ya era muy tarde.

—LA... —Eobard anonadado se puso de pie.

—KATANA... —exclamó Emilia que estaba a punto de atacar.

—ES... —Francesca corría hacia su líder intentando detenerlo.

—MIA. —Barry hipnotizado se agachaba para tomarla.

Hubo un fuerte golpe que despertó a todo el mundo, Bart rodó un par de metros, el causante; un fuerte pie acompañado de una gran velocidad que impactó contra su cara.

—Uf, ya era hora que apareciera —Shay aterrizó elegantemente justo en el medio del salón—, casi no aparezco en la historia, aunque dicen que lo mejor siempre llega al final —dijo en tono burlón—. Ese chico tiene una mandíbula de cristal. —En su mano derecha tenía una gran tenaza de color grisáceo, la alzó a la altura de su pecho y preguntó—: ¿No lo crees Philippa? —enseguida uso la pinza como una mórbida marioneta y añadió: —«Sí, vaya enclenque de mierda». Haciendo uso de sus habilidades imitó perfectamente la voz de aquella jovencita, al igual que cuando estaba en la tramoya—. Oh, mis disculpas. —Hizo una reverencia hacia los enmascarados que estaban anonadados por lo sucedido—. Tomen —arrojó la extremidad hacia uno de ellos—, creo, creo que se le cayó a la chica cucaracha.

—Eso es... —temblaba al tener la tenaza entre sus manos.

—Es una de las tenazas de Philippa —respondió uno de sus compañeros.

— La ha matado. —Rita miraba llena de odio al enigmático joven.

—Por supuesto —afirmó Shay con una sonrisa cínica, sintiéndose orgulloso de sus actos—. Claro, eso fue antes de... cortarle las piernas y la lengua al chico sapo, decapitar a la gigantona, freírle la cara en aceite al de los tentáculos lo cual después de pelear con él me dieron unas fuertes ganas de ver *hentai*... y bueno los demás que había en el ático. —Alzó los brazos y confiado añadió—: ¿Qué puedo decir? Soy rápido.

—Sabía que eras tú hablando —interrumpió Francesca, su rostro solo reflejaba odio, tomó posición de combate y sus compañeros la imitaron—. Siempre te gusta hacer entradas... *coglione*.

—Oh, reconocería esa voz, en cualquier lado inclusive debajo de esa horrible máscara ¿Cómo te encuentras amor mío? —Shay hizo una reverencia—. Espero que esta noche me acompañes en al menos un baile, aún recuerdo la vez que me disparaste. —Los ojos de Shay tomaron un color aún más rojo y toda su cara expresaba odio, pero esto se desvaneció al instante para dar paso a una gran sonrisa—. s*hall we?*

—Mátenlo y tomen la maldita katana. —Rita dio la orden y cuatro de los enmascarados empezaron el ataque.

Ellos procedieron a revelar sus dones; el primero transformó sus brazos y piernas en unas largas y filosas guadañas. El siguiente retiró su capucha y alzó la cabeza. Su máscara era de lo más particular debido a que solo le cubría la parte superior del rostro, de la mitad para abajo no había nada tapándola, aunque no la necesitaba. Su boca parecía las fauces de un gran tiburón, llena de enormes y filosos dientes acompañados de una larga y viperina lengua. Al último le empezaron a brotar de la espalda unas grandes alas de murciélago, de las cuales en el centro de cada una de estas yacía un gran ojo parecidos a los de un reptil. Estos tres estaban liderados por el joven de gran tamaño y musculatura.

—¿Solo cuatro? —preguntó en un tono dramático muy exagerado—. Nunca me he enfrentado a cuatro fenómenos de circo al mismo tiempo, debieron haber visto mis peleas con sus otros amigos... pero el escritor es muy flojo como para redactarlas todas. —Puso su dedo pulgar en su boca y levemente lo mordió con sus afilados dientes—. Todos chillaron como cerditos.

—Mátenlo — gritó Edd iniciando la confrontación. Los tres corrieron en dirección a su enemigo, mientras que el de las alas alzó vuelo para atacar desde el aire.

—Bien, espero haberlos hecho enojar lo suficiente. —Shay observaba como sus adversarios corrían hacia él dispuestos a acabar con su vida, no obstante, gracias a su increíble velocidad tanto de desplazamiento como de reacción le dio el suficiente tiempo para pensar en una estrategia—. ¿Qué tenemos aquí? —analizaba a sus adversarios de pies a cabeza—. Tenemos un tiburón, una podadora gigante, un murcielaguito y un cabeza de músculo, nada complicado. —Bajó la cabeza y se dio cuenta de que su preciada katana reposaba justo a sus pies—. ¡BINGO! —pisó fuertemente el *tsuka* que era la empuñadura del arma, está rebotó dando un par de vueltas en el aire hasta llegar a la altura del mentón de su portador, Shay cayó de espaldas al suelo mientras levantaba los pies lo más que pudo, cuando la katana finalmente comenzó a descender él detuvo su caída con la suela de sus zapatos—. *Jackpot!* —sonrió, la espada yacía en un perfecto ángulo de 180 grados, empezó a hacerla girar, moviendo extremadamente rápido sus piernas y sus pies—. Bienvenidos a la *danza de espadas* 2.0 —Shay creó un abracadabrante vendaval que mandó por los aires a sus atacantes, levantaba las mesas y manteles y logró terminar de romper las ventanas restantes.

—Emilia, ya es hora. —Eobard luchando contra el viento le dio la señal a su compañera, el detective arrancó un gran pedazo de tela de mantel y en medio de la confusión lo amarró a la parte inferior de su rostro.

—¿Para qué es eso? —interpeló algo desconcertada.

—Bueno, tal vez tu no tengas una vida aquí, pero yo si tengo una que cuidar y no quiero que me relacionen con esto. —Fue la respuesta que dio.

—Entiendo —respondió, Emilia enfocó a Shay como su principal objetivo—, arrancaré la katana de sus garras después de quemar todo su cuerpo. —Sus antebrazos se envolvieron en fuego, lista para atacar.

—¡EMILIA ESPERA! —Eobard la tomó del hombro y frenó su salto.

—Primero lo primero. Debemos sacar estas personas de aquí, no puede haber daño colateral.

—Pero... —intentaba excusarse, los dos se miraron a los ojos por menos de un segundo, pero se sintieron como eones, ella percibía la preocupación reflejada en los iris de Eobard y sabía que a pesar de todo él tenía razón, bajó la cabeza y exhaló fuertemente—. Está bien ¿Qué hacemos?

El detective buscaba una manera de sacar a todos los civiles que se mantenían debajo de sus mesas intentando salvaguardarse del peligro —esos cinco están ocupados en la pelea y los otros dos están cuidando el cuerpo del que parece ser su líder. —Eobard analizó sus posibilidades de correr hasta la puerta y abrirla, no obstante, necesitaba una distracción que contuviera a los atacantes para así poder sacar a los retenidos lo más rápido posible—. Me escabulliré hasta llegar al escenario para meterme tras bambalinas ahí te daré una señal. —Se dirigió hacia las mesas laterales y lo más agachado que pudo emprendió su camino hacia el escenario intentando no llamar la atención de nadie.

—¡¿Y cuál será la señal?! —gritó Emilia molesta.

—Primero acabaré con el murcielaguito. —Shay detuvo el vendaval, la espada dio sus últimos giros disminuyendo cada vez su velocidad hasta que se detuvo completamente en su suela derecha, con el pie izquierdo desenfundó la hoja y con una magnífica maestría le dio una fuerte patada haciendo que la espada saliera disparada hacia el ser volador que debido al fuerte viento perdió su balance, navegaba dando golpes con las luces y las paredes, el tino de Shay fue magistral, la katana penetró directo entre las cejas del enmascarado ensartándolo en el tapizar del muro—.*BOOM SHAKALAKA!* —exclamó fuertemente mientras agarraba la *saya* y se colocaba de pie.

—Te crees muy gracioso, ¿verdad? —Edd fue el primero en recuperarse—. Vamos a ver qué es lo que puedes hacer ahora que no tienes tu arma —se dispuso a encarar a Shay—, vamos, atácame.

—Bien, si eso es lo que quieres. —Recogía las mangas de su saco en ambos brazos, se puso en posición de boxeador y lanzó un rápido zurdazo hacia el pecho de su contrincante—. "croch" —un crujido se sintió proveniente de su puño.

—¿Qué te pareció eso marica? —respondió sin ninguna señal de dolor.

Shay contempló su mano y grande fue su sorpresa al ver el daño que el mismo se provocó, su pulgar se rompió al tocar la dura piel del enmascarado, fue como golpear acero, su dedo parecía un resorte comprimido—vaya —proclamó boquiabierto—, eso fue una mala idea.

—¿Quieres ver una peor? —Edd agarró a su enemigo por el cuello de su camisa y le dio un gran puñetazo en toda la boca, el impacto fue tan grande que lo mandó a volar unos cuantos metros junto con la *saya* de la katana, haciéndolo caer en un rincón sobre una maseta que frenó su caída—. Maldito loco —dio media vuelta y se dirigió hacia sus compañeros—. ¿Están bien?

—Sssí… yo… sssí —respondió el que poseía fauces de tiburón mientras se recomponía, se le dificultaba hablar debido a que evitaba que su gran lengua rozara sus filosos dientes.

—Fue un duro golpe, ¿verdad? —profirió Edd.

—No todos tenemos súper fuerza o invulnerabilidad. —El enmascarado cuyos brazos y piernas se convertían en filosas cuchillas fue el último en levantarse.

—Ja, ja, ja, ja, bueno mis poderes siempre son útiles —exclamó mientras se regocijaba—. Sin embargo… —volteó y observó el cadáver de su compañero ensartado en la pared y su semblante cambió—. Bajen a Miguel y tomen... tomen esa maldita espada.

—Entendido —respondieron ambos casi sin ganas, los dos se dirigieron hasta la pared, el enmascarado hizo que sus brazos y piernas volvieran a la normalidad al empezar a caminar.

—Chicas, ¿cómo sigue Bart? —Edd se dirigió hacia Frank y Rita, que cuidaban a su inconsciente líder, Apartaba de su mente la imagen de su compañero empotrado en el muro, tenía cosas Más importantes en las que pensar y hacer en aquel momento.

—Sigue inconsciente —contestó Francesca—, le he dicho a Rita que no lo mueva tanto, pero...

—¿Qué vas a saber tu adicta? —exclamó Rita, siempre con su adorable carácter, la cabeza de Barry reposaba sobre sus piernas.

—¿Qué vamos a hacer ahora? —preguntó Edd preocupado por la situación.

—Creo que debemos marcharnos —fue la respuesta de Frank—, tenemos la katana, pero esto se salió de control.

—Tienes razón —dijo Edd mientras observaba el desastre a su alrededor—. Ese imbécil lo mandó todo a la mierda.

—¿Está muerto? —interpeló Francesca preocupada.

—No te preocupes —respondió el joven—, le di un muy buen golpe, de cosa no le volé la cabeza.

—Sí, pero debes estar seguro —se empezó a angustiar—, al tipo le dispare con una mágnum y cayó de un...

—Hay que largarnos de aquí. —Rita interrumpió la conversación—. Edd toma a Bart y cárgalo. —Dejó la cabeza de su líder en el suelo y se puso de pie dándole espacio a su compañero, se dirigió hacia los otros dos que intentaban sacar la espada y al joven muerto de la pared—. Apúrense con eso.

—Eso intentamos —respondió el que podía transformar sus extremidades en cuchillas—. Está bien incrustado. —Los dos habían tomado una mesa que colocaron cerca de la pared para así subirse a ella, después hicieron una escalera humana trepando uno en los hombros del otro, el de las fauces de tiburón le servía como soporte a su compañero mientras intentaba sacar la katana incrustada—. Esta maldita cosa esta pegada a la pared.

—Espera —expresó Frank—. ¿Qué vamos a hacer con esta gente?

Rita observó a las docenas de personas en el gran salón, algunas de ellas aun debajo de sus mesas conmocionadas por los sucesos anteriores, dio media vuelta y de la forma más fría dijo—: Hay que matarlos.

—¿Qué? —interpeló Edd sorprendido mientras recogía a Barry del suelo—. No podemos matarlos. ¿Qué pasa con el plan?

—Tenemos la katana y esto ya se jodió, ustedes esperen que esos dos la agarren, yo revisaré si era verdad que ese maldito mató a todos los de afuera.

—No podemos hacer eso. —Francesca la agarraba del brazo intentando detenerla—. Se supone que debíamos asustarlos, darles un ultimátum para que se marcharan de la ciudad, no ejecutarlos, eso era lo que Barry quería.

—Y tú que vas a saber drogona, si no fuera por tu incompetencia ya hubiéramos tenido la espada desde hace rato. —Rita sacudía agresivamente su brazo izquierdo para liberarse del agarre—. Bart no compartió nada acerca de este plan contigo a demás yo soy la segunda al mando y decido que se debe hacer.

—Maldita sea, debo hacerlo ahora. —Eobard observaba y escuchaba a los enmascarados a través de la gran cortina roja detrás de la tarima, ahora sabiendo lo que iban a hacer debía darse prisa y pensar en un plan—. No seré capaz de atacarlos a los tres ni siquiera con la ventaja de un ataque sorpresa —dijo estresado, buscaba algo que le ayudara para distraer al grupo completo—. Espera eso puede servir. —En un rincón yacían varios parlantes viejos que ya no se utilizaban, cada uno medía alrededor de ciento cincuenta centímetros y había un total de seis, Eobard añadió—: Si puedo lanzar un hechizo de energía lo suficientemente potente podré golpearlos con esos parlantes, causaré una distracción y les daré la oportunidad a esas personas de escapar. —sacó de su bolsillo el diminuto libro que Emilia le había entregado y le dio un pequeño golpe para que regresara a su original y pesado tamaño—. Bien veamos que nos puede ayudar en esta situación.

—No, no me importa lo que tú pienses, hasta que Bart despierte yo estoy al mando.

—No puedes solo matarlos Rita, piensa.

—Chicas, bajen la voz.

—Tengo que darme prisa. —Su sudor caía de par en par sobre las hojas del libro las cuales pasaba apresuradamente buscando algo que lo salvara de esa situación—. Tengo que darme prisa, quién sabe cuánto tiempo Emilia... —se detuvo al recordar que su compañera quedó esperando una señal—. Si no me apresuro ella podría atacar en cualquier momento y mandarlo todo a la mierda —Pasaba las hojas lo más rápido posible—. Rápido vamos. —El pequeño sonido del papel no hubiera sido suficiente como para llamar la atención de los enmascarados, pero debido a su nerviosismo alzaba sin darse cuenta el volumen de su voz—. Si ¡bingo! Lo encontré —exclamó lleno de emoción.

—Silencio, escucharon eso. —Edd fue el primero en darse cuenta.

—¿Escuchar qué? —preguntó Rita.

—Yo lo oí —agregó Francesca—. proviene de atrás del escenario.

—Quien sea que este ahí detrás, salga ahora. —Edd dio un par de pasos y habló con un tono amenazante.

—Mierda. —Eobard se colocó en posición detrás de la montaña de parlantes, alzó su brazo derecho en dirección a la gran cortina.

—¡Salga ahora! —gritó Edd listo para atacar.

—¡ZISKA! —al pronunciar las palabras una inmensa fuerza rodeó a los parlantes haciendo que levitaran y salieran expulsados con una tremenda velocidad hacia fuera del escenario.

—¿Qué demonios? —exclamó Edd al ver lo que se dirigía hacia ellos.

—¡Cuidado! —gritó Frank mientras esquivaba los parlantes.

—¡La tengo! —justo en el segundo que logró liberar la katana y el cuerpo de su difunto compañero, uno de los parlantes impactó contra la mesa que les servía como apoyo, esto les hizo perder el equilibrio haciéndolos resbalar, la katana voló—. Uf, hombre —exclamó al caer, la espada dio un par de giros en el aire hasta descender con su filo apuntando al suelo. Él se levantó sin ninguna herida mayor, por otra parte, su compañero...—¡Maldición! —la katana traspasó el cuello del enmascarado con dientes de tiburón haciendo un gran charco de sangre debajo de él, llamarlo mala suerte sería quedarse corto. El arma se protegía a sí misma y también a su portador—. No viejo, no. —Golpeaba el suelo mientras impotente contemplaba el cadáver de su amigo.

—Bueno supongo que esa es mi señal. —Los brazos de Emilia fueron devorados por un fuego de gran intensidad, su cabello rojizo se recubría de llamaradas—. ¡HYAAAAAH! —lanzó unas enormes esferas de fuego, en dirección a los enmascarados.

—¡Cuidado! —Francesca fue la primera en percatarse del nuevo ataque, empujó fuertemente a Rita para apartarla del rango de impacto, después esquivó rodando por el suelo, Edd al darse cuenta del asalto cubrió con su grueso cuerpo al desmayado Bart, los cuatro sobrevivieron al ataque no obstante hubo una baja, el anonadado joven cuyos brazos y piernas se transformaban en filosas dagas, no tuvo el suficiente tiempo para reaccionar, la muerte de su compañero de una manera tan desconcierta lo dejó vulnerable, sumado a que se encontraba relativamente cerca de la lanzadora del ataque.

—¡AAAAAAH! —chilló en el momento que la poderosa bola de fuego tocó su piel, los horrendos alaridos que daba mientras se desplazaba de manera errante fue el detonante ideal para despertar el verdadero pavor en la gente, todos empezaron a salir de sus mesas, alborotándose por el fuego que se expandía debido al correteo del enmascarado que se cocinaba vivo.

—¡TODO EL MUNDO SALGA AHORA! —Eobard dio una fuerte patada a la puerta para poder abrirla—. ¡SALGAN RÁPIDO! —la muchedumbre alterada le hizo caso y en forma de una gran estampida la gente salió de ese salón que poco a poco se convertía en un infierno, mientras el enmascarado daba sus últimas vueltas en el suelo antes de fallecer.

—¡NO! —exclamó Rita después de recuperarse del empujón proporcionado por Francesca—. Los rehenes están escapando debemos... —no pudo terminar su oración, sin previo aviso un gran círculo de fuego apareció debajo de sus pies atrapándolos como presas.

—¿Qué demonios? —dijo Edd al verse aprisionado en la trampa de fuego.

La última persona que salió fue el teniente Da Silva que pese a su edad recogió el cuerpo moribundo del alcalde y utilizando todas sus fuerzas logró sacarlo del salón, Eobard lo vio pasar y con una gran sonrisa dibujada debajo de su improvisada máscara se sintió tan feliz como aliviado; ya que él no resultó herido cuando los encapuchados entraron por los ventanales que separaban el salón con el balcón y también porque debido a su edad y estado él seguía siendo un héroe.

Emilia retiró la katana del cuerpo de el joven muerto, la empuñó llena tanto de ira como de preguntas y caminó hasta el grupo de enmascarados—¡¿cómo es que ustedes poseen esos dones?! —interpeló exasperada, esperaba una respuesta, pero solo hubo silencio—, ¿por qué buscan la espada? —fue otra pregunta sin respuesta, ella negaba con la cabeza mientras retrocedía un par de centímetros, examinó cuidadosamente a cada uno de ellos y esas extrañas máscaras que poseían, después direccionó su visión hacia aquel muchacho vestido de camarero que Edd llevaba en sus brazos, ya estando de nuevo mucho más cerca y controlando la situación recordó de donde lo conocía—. Esa cicatriz... —murmuró sorprendida, soltó la espada y dio otro par de pasos hacia atrás mientras llevaba sus manos hacía su boca, por fin sabía quién era—. Es... es... —fue tan enorme su asombro que no se dio cuenta como Francesca introducía su mano en el bolsillo de su chaqueta y apretaba su cuchillo listo para meterlo en el cuello de la mujer de fuego.

—¿Alguien anotó la matrícula del coche? —Shay despertó, agarró su mandíbula y de un rápido movimiento pudo ponerla de nuevo en su lugar—. Ah, mucho mejor —exclamó más relajado, después tomó su pulgar doblado y reajustó el hueso—. Vaya. —Examinó el panorama, el fuego poco a poco se expandía y se sorprendió de que la gente ya se había ido—. ¿Cuánto tiempo estuve fuera? —Se puso de pie con ayuda de la *saya*—. ¡Ay! Mi cuerpecito. —Contempló a la lejanía a la mujer cuyo cabello era fuego puro—. Vaya esa chica está que arde —hizo un guiño con el ojo—, bah, ese chiste tiene más gracia en inglés. —Empezó hacer calistenia y a estirar sus extremidades—. Otro imbécil que se pone a narrar cada estupidez que hago —dijo molesto, mientras hacía una cara de desprecio—. Si me metiera los dedos en el culo, lo narrarías también, ¿cierto?

—Hazlo y juntos lo descubriremos.

—Al menos este tiene más gracia que Emanuel. —Dio un par de pasos y estiró sus brazos lo más que pudo—. Esperó que él regrese para el segundo libro, bueno es hora del segundo asal...

—"Snif", "snif", "snif" —Shay escuchó unos pequeños sollozos, casi imperceptibles.

—¿Qué es eso? —localizó el lugar de donde provenían, una de las mesas cerca de él, caminó cuidadosamente tanto para no interrumpir la charla de los enmascarados con la mujer de fuego como la persona sollozante debajo de la mesa. Tomó el mantel blanco y lo levantó suavemente para ver a una joven vestida con un hermoso vestido amarillo, llorando casi sin fuerzas, la muchacha tardó unos segundos en darse cuenta de su presencia—no, no. — Shay exclamó en voz baja. Ella iba a emitir lo que era el inicio de un fuerte grito sin embargo con su increíble velocidad tapó la boca de la joven y con su mano libre hizo un gesto de silencio, guiñó el ojo y se introdujo completamente dentro de la mesa.

—Ya, creo que todos salieron. —Eobard se juntó con su compañera.

—¡¿Díganme que hacen aquí?! —Se oía muy molesta pero también asustada, el fuego de sus brazos y su cabello se avivaba cada vez más, pero los enmascarados mantenían su boca cerrada—. Exijo una respuesta ahora. —Sus ojos pasaban de verdes a rojizos, el sudor que circulaba por su frente se evaporaba por la elevada temperatura de su cuerpo—. Respóndanme o juro que... —alzó su mano derecha atiborrada de fuego y la acercó a la máscara de Francesca—. Díganme ¡YA!

—Que haces —Eobard agarró su brazo sin miedo a quemarse—, no puedes ejecutarlos —increpó, observaba a Emilia directo a los ojos y más allá, pudo sentir un gran miedo proveniente del fondo de su alma—. ¿Qué te pasa Emi?

—El muchacho dormido —dijo temblando, las palabras casi ni podían salir de su boca—, él es...

—¡Cuidado! —Eobard vio la reluciente hoja acercándose al vientre de Emilia, el detective soltó la mano de la mujer y sin recelo agarró la muñeca de Francesca justo antes de que su cuchillo tocara el pliegue del vestido—. Maldición que crees que... Un momento. —Rápidamente le quitó la capucha a la joven y después su máscara, grande fue su sorpresa al descubrir quién era realmente—. ¿Fran... Francesca? —exclamó anonadado, cuando oyó esa voz tras bambalinas se le hizo conocida, pero nunca imaginó que podía ser aquella joven que conoció el primer día que llegó a la comisaría—, ¿qué demonios haces aquí niña? —se retiró su pañuelo de la cara.

—Detective Eobard —dijo también atónita, al darse cuenta de quién era su piel se puso verde debido a la impresión.

—Maldita sea niña —increpó molesto—. ¿No sabes lo que haces?

—Ella tal vez no, pero yo sí. —En un parpadeo Rita se acercó lo suficiente agarró su cuchillo y lo introdujo en el vientre de Eobard, hizo un giro rápido para agravar la herida y después lo retiró.

—¿Qué mierda? —dio un par de pasos hacia atrás, sorprendido por tal acto, no sentía nada de dolor, pero la sangre emanaba a grandes cantidades desde su estómago, el detective empezaba a perder el equilibrio.

—No, no, no, no, no, Eobard, ¡Eobard! —Emilia angustiada, apagó el fuego de su cuerpo y tomó a su compañero entre sus brazos antes de que este cayera—, no, no, no, por favor. —Lo recostó delicadamente en el suelo, las lágrimas bajaban por su fino rostro.

—Emi... Emilia. —Eobard hablaba con dificultad, la sangre se derramaba tanto por la herida como por su boca, se debilitaba con cada instante, puso su mano sobre el rostro de su antigua amante a la que creía que nunca iba a volver a ver en su vida—. Yo lo... siento... Emilia. —Cerró sus ojos y una lagrima salió de su ojo izquierdo—. Lo siento... Ray.

—Mi madre también murió —dijo Shay

—¿En... en serio? —la chica del vestido amarillo pudo tranquilizarse, sus ojos permanecían rojos de tanto llorar—, ¿cómo sucedió?

—Fue hace mucho tiempo —confesó, ambos yacían arrinconados debajo de la pequeña mesa, con sus piernas recogidas y brazos cruzados—. No lo recuerdo bien, era muy pequeño —Shay alzó la cabeza y miró directamente a la base de la mesa, quedaba a varios centímetros sobre él, no obstante, parecía como si su mirada atravesara la madera y contemplara más allá—, solo recuerdo un viaje en auto, mi madre discutía con mi padre, al otro segundo sentí un inmenso dolor, y... —miró directamente a los ojos de su acompañante—. Ya ella no estuvo a mi lado nunca más. —Shay parecía diferente su ritmo cardiaco no estaba acelerado como siempre acostumbraba, sus ojos no tenían ese intenso y monstruoso tono rojo, sino que ahora eran de un color café, sus orejas y nariz redujeron considerablemente su tamaño.

—Lo siento. —Sollozaba nuevamente, pero ya no había lágrimas de donde salir.

—No te disculpes, no tengo casi memoria de eso.

Ella introdujo su cara sobre el torso del joven—gracias por compartirlo conmigo —dijo suavemente, Shay Intentó poner su mano encima de la joven. Dudó por un segundo, pero luego se arrepintió de hacerlo, apretó fuertemente el puño para luego agarrarla por ambos brazos y alejarla de él.

—Creo que deberías irte ahora que tienes la oportunidad.

—Pero... que pasara con mi papá.

—No lo vi cuando desperté —respondió—, posiblemente alguien lo haya sacado y lo llevó a un hospital.

—¿En... en serio lo crees? —dijo con un brillo de ilusión en sus ojos.

—Si... seguramente, tal vez, creo.

—E... está bien, me marcharé —se apartó un poco—, solo que me molesta que esos fenómenos hayan causado todo esto.

—Eso, úsalo —Shay alzó el mantel—. Usa esa rabia, el odio, es lo único que te mantendrá cuerdo... —levantó todo su cuerpo estando completamente afuera —. A mí me mantuvo cuerdo por más de quince años. —Se detuvo un segundo para reflexionar—. Vaya parece que a mí también se me pegó algo de Ignacio.

—Va... vamos chicas, es hora de marcharnos. —Edd sintiéndose algo arrepentido por lo que su compañera acababa de hacer solo pudo pensar en salir del salón, logró escapar fácilmente del círculo de fuego debido a que las llamas casi se habían consumido por completo, caminaba lentamente a paso pausado y algo cabizbajo, mientras oía el llanto de Emilia detrás de él.

—Si ya vámonos, tomaré esa maldita espada para poder largarnos. —Rita terminó de limpiar la sangre de su cuchillo y se dispuso a agarrar la katana, mientras que Frank se quedó observando.

—Dete... detective —dijo como un suave murmullo, se colocó su capucha nuevamente—. Lo siento. —Dio media vuelta y comenzó a marcharse dejando su máscara en el suelo del salón.

Emilia lloraba, las lágrimas corrían por su rostro pero se evaporaban al rodar por sus mejillas, su temperatura se elevaba, su blanca piel se tornaba roja, la sangre que circulaba por sus venas estaba a punto de hervir y de repente como si se tratase de un gran volcán que estuvo dormido por mucho tiempo ella hizo erupción—¡AAAAAAAAH! —un enorme grito salió de lo más profundo de su garganta, su cabello volvió a colmarse de fuego, su poder era tan fuerte que provocó que las paredes empezaran a ser consumidas por las llamaradas.

—Maldita sea —Edd bramó, a punto de salir por la puerta, una enorme cortina de fuego lo detuvo.

—La mujer —bramó Rita mientras daba un salto hacia atrás justo antes de poner sus dedos sobre la espada—, ella lo está haciendo de nuevo, maldición hay que acabar con ella.

—¡Oh! —exclamó Shay al ver el ataque de ira de Emilia—. Chica creo que será mejor que te quedes ahí un poco más. —Ella observó el infernal ambiente y otra vez se metió debajo de la mesa.

—¡HYYYAAAA! —Emilia lanzaba poderosas llamaradas e increíbles bolas de fuego hacia sus enemigos, sin embargo, se enfocaba más en acabar con Rita. En la cúspide de su enojo, la mujer estiró ambos brazos hacia la derecha para después dar un giro de trescientos sesenta grados, mientras daba la vuelta completa todo su cuerpo emanaba una poderosa energía que salió disparada fuera de sus manos, era tan grande que destrozaba las paredes del salón mientras se dirigía hacia sus objetivos.

—*Merda!* —al ver el masivo ataque dirigiéndose a ella, Francesca flexionó lo más que pudo sus piernas y dio un gran salto hacia atrás, Rita no tenía el mismo nivel de agilidad, puso su cuerpo contra el suelo, la masa de fuego pasó por encima de ella sin herirla.

—¡Ah! Maldición —Edd se encontraba entre la espada y la pared, no era tan ágil como Frank ni tampoco tan delgado como Rita, él era el tanque del grupo, midiendo casi dos metros y con un torso más amplio que la cabeza de un búfalo, sin tiempo, sin opciones además de cargar al aún inconsciente Bart entre sus brazos, solo podía hacer una cosa, confiar en sus dones, dio media vuelta, colocó el cuerpo de su líder en el suelo y haciendo de muralla, enfrentó la poderosa onda con su espalda—. ¡AAAAAAAAAAH! —de lo más profundo de su diafragma salió un horrible alarido, algo que nunca había pasado sucedió, por primera vez en su vida sintió dolor físico, fue como un latigazo proporcionado por el mismo sol, cayó al suelo, tenía una gran quemadura en su espalda, su piel ardía, burbujas de sangre aparecían y explotaban.

—¡Edd! —Frank intentó socorrerlo—. Tenemos que salir de aquí como sea. —Proclamó angustiada, las habilidades de su contrincante superaban por completo las suyas.

—¿Hace calor aquí o soy yo? —Shay se encontraba sentado sobre una de las pocas mesas que todavía no habían sido afectadas por el incesante fuego que atacaba el salón de gala.

—Oh no, lo que faltaba —Francesca negaba con la cabeza mientras ayudaba a levantar a su amigo.

—¡ADICTA! —Rita gritó—, quiero que tú y Edd se encarguen del loco. Después lleva a Bart y la espada hasta la guarida, yo me cargaré a la pirómana. —Retiró su capucha y luego su extraña máscara, tenía forma triangular con dos grandes orejas en la parte superior y estaba pintada de un tono grisáceo. Cerró los ojos, para después exhalar todo el aire de sus pulmones. Esta era su metamorfosis, los huesos de su cuerpo se empezaron a dislocar; las costillas sobresalían de su torso se podía ver a través de su chaqueta estas danzaban en su pecho, sus dientes se alargaban especialmente sus colmillos, al igual que sus uñas, su ropa se iba destrozando a la vez que ganaba altura y masa muscular, emitía sonidos de bestia, sus ojos antes de color ámbar cambiaron a un total tono amarillo, mientras que sus pupilas se hacían totalmente negras y más pequeñas, su rostro se alargó a la vez que los huesos de su nariz y boca se reestructuraban a la forma de un hocico canino, su nariz se convirtió en una pequeña bola negra, sus orejas pasaron a estar arriba de su cada vez más peluda cabeza y finalmente una larga cola apareció al final de su columna vertebral.

—Sabes roja —Shay caminó hasta donde estaba Emilia—, creo que es mejor que lances tu fueguito, antes de que termine de... bueno ya sabes. —La mujer viró su cabeza a la derecha, era al menos ocho centímetros más baja que él, sus ojos ardían en un intenso odio, el cual, hacía parecer sus iris como el mismísimo infierno, con ganas de quemarle el rostro, se contuvo porque en ese momento toda su amargura iba dirigida hacia Rita, colocó sus palmas contra el suelo, una larga hilera de fuego destruía el piso mientras se dirigía hasta la persona que apuñaló a su amado, la enorme llamarada se la tragó viva.

Hubo un estruendoso grito en el interior de la cortina de fuego, los quejidos y sonidos raros cesaron, ahora solo se podía oír el crepitar que iba consumiendo las mesas, sillas y las paredes, pero de repente y sin previo aviso—¡AUUUUUUUUUUU! —un monstruoso aullido rompió con el silencio, de las llamaradas salía una gran criatura, medía más de dos metros, tenía un pelaje negro, sus uñas eran más largas que un cuchillo de carnicero y el doble de filosas, de su gran hocico emanaba una blanca espuma señal de su furia, su torso era aún más grande que el de Edd, la gran bestia solo conservaba algunos remandados pantalones. Con sus grandes y poderosas patas dio un fuerte salto, el suelo tembló cuando aterrizó.

—LA-RE-PUTA-MADRE. —Fueron las primeras palabras que salieron de la boca de Shay al ver semejante bestia caminar hacia él—. Oh, ahora los insultos tienen más sentido.

—Encárgate de los dos de atrás —Emilia le habló—, yo enviaré a esta bestia pagana a las garras de *Balor* y luego...—dio un giro y encaró a Shay—. Vendré, cortaré tu cabeza con la katana y luego la llevaré a donde pertenece. —Volvió a ver directamente a la bestia, cerró los ojos para concentrarse, entrelazó sus manos y las colocó sobre su pecho, las llamaradas empezaron a envolver todo su ser, su cabello se alargó casi hasta llegar a sus pies y de sus ojos solo quedaron dos cuencas negras, este era su verdadera apariencia, ahora ella era fuego puro—. Pagarás por lo que has hecho, ser del *Annwn*. —La bestia empezó a caminar en cuatro patas, sus monstruosas garras destrozaban el piso a medida que ganaba velocidad, Emilia levitó y se dirigió hacia su enemiga a la vez que atacaba. El gran lobo dio un poderoso salto y entre sus fauces agarró a Emilia, aumentó su velocidad hasta llegar a los ventanales rotos, los atravesó y luego dio un enorme salto en el balcón con la mujer aún atrapada en su hocico.

—¡Buh! —bramó Shay burlándose por lo que Emilia le dijo.

—Ya... ya me siento mejor. —Edd se reincorporaba y dejaba de apoyarse en Frank.

—¿Crees que puedas pelear? —ella mantenía una sonrisa falsa con la que intentaba disimular su preocupación.

—¡Agh! Siempre. —Ambos compañeros se prepararon para la batalla.

—¡Un momento! —berreó Shay antes de empezar el combate, dio media vuelta—. Chica, ya puedes irte —de debajo de la mesa la joven se asomó—. Vamos, vamos, vete.

Ella asintió con su cabeza tímidamente, para después salir de su escondite, sin hacer contacto visual con ninguno, evadió torpemente las llamas hasta llegar a la puerta de salida en donde dio media vuelta y dijo—: Gracias por todo, adiós —se despidió y salió aprisa del infernal salón.

—Adiós Vicky —murmuró, rápidamente sacudió la cabeza tratando de volver en sí, caminó hasta donde Emilia dejó la Katana, colocó su pie debajo de ella y la alzó para agarrarla con su mano—. Bueno, ¿en dónde estábamos?

—Déjame a mí al frente. —Frank dio unos pasos hacia adelante y apretó fuertemente su cuchillo—. Ataca cuando veas un punto de quiebre, lleva a Barry y colócalo sobre la tarima, ahí estará a salvo del fuego.

—Sí —respondió el joven.

—Bien. ¿Estás listo para el asalto final? —alzó su voz desafiando a su contrincante.

—Para ti hermosa —hizo una reverencia—, siempre estoy listo.

—Pues empecemos. —Se dirigió hacia su oponente, en cambio, Shay permanecía inmóvil, esperando al momento correcto, dio una patada alta, pero Frank se deslizó en el piso para bordear el ataque, e intentó incrustar su cuchillo en la pierna del joven, sin embargo, con su increíble velocidad Shay repelió el ataque interponiendo la *saya*, entre la daga y su carne unas pequeñas chispas saltaron por el salón.

—No lo creo amor. —Introdujo el filo del arma fuertemente en el piso y usándola como un bastón alzó ambos pies y le dio una doble patada justo en el rostro.

—¡Uh! —exclamó ella mientras rodaba por el suelo.

—¿Eso es todo Franky? —sonreía burlonamente, mientras la veía tirada en el piso.

—Ya verás lo que es todo. —Edd se aproximó lo suficiente para conectar un golpe al rostro de Shay, pero él no iba a caer de nuevo en el mismo truco, se echó hacia atrás para tirarse al suelo, el poderoso gancho casi roza su puntiaguda nariz, cuando el peligro pasó, se impulsó con los músculos de su espalda y piernas nuevamente hacia arriba.

—Mi turno. —Shay desincrustó su katana del suelo y se dispuso a cortar el cuello de Edd, no obstante, él pudo detener el ataque levantando su gran y poderoso brazo frenando el filo de la hoja con su gruesa piel—. Vaya esto se pone interesante.

—¡Eh! *Coglione* —Frank usó a su compañero como trampolín, saltó sobre sus grandes hombros, dio un par de vueltas en el aire y dirigió su cuchillo a la yugular del distraído Shay.

—Eso nunca había pasado. —Él ni se inmutó ante el ataque, se limitó a dar un par de pasos hacia atrás justo antes de que el cuchillo se insertara en su piel, la muchacha solo llegó a rozar el cuello de su camisa—. Supongo que debo pensar en una estrategia mejor. —No prestaba atención a la batalla, solo examinaba la espada, asombrado por lo ocurrido.

—¿Qué hace? —preguntó Edd enojado—. Ahora pasa de nosotros.

—La katana —Frank se reincorporó—, no te lastimó. —Sorprendida tomó el brazo de Edd para revisarlo.

—No, aunque pude sentir el filo en mi piel.

—Tengo una idea, atacaremos los dos juntos —exclamó decidida—. Tu intenta bloquear los ataques de esa espada, creo... creo que puedo igualar su velocidad y dar... —exhalaba todo el aire de sus pulmones, su cansancio aumentaba debido al calor infernal del área—. Un golpe certero. —Tocó el hombro de su compañero y lo miró directo a los ojos—. ¿puedes hacerlo?

Edd dudó por unos segundos, pero no podía dejarla sola—¡hagámoslo!

—¿Será que no está afilada lo suficiente? —Shay continuaba buscando una explicación ante el inconveniente que tuvo con su enemigo de grandes músculos «los dos podrían ser un problema para mí», *pensó*. «Los supero en velocidad, la chica es rápida pero no tanto como yo, pero...». Shay dio un vistazo rápido. «Ese bastardo podría ser un problema mayor, si a eso le sumamos la maldita habilidad de Francesca. Las cartas no juegan a mi favor». Un cosquilleo recorrió todo su cuerpo, algo lo llamaba, era una nueva sensación completamente diferente a cualquier otro estímulo que alguna vez haya sentido, pero, sabía perfectamente de dónde provenía—. ¿Qué dices? —era la katana, sentía como de una manera muy disímil le hablaba—. *Ja, ja, ja.* —Soltó una pequeña risa—. Sí, no me di cuenta de eso, podría ser una gran idea. —Mostró sus enormes dientes y se reincorporó en la pelea.

—¡Ahora! —la pareja retomó el ataque, Francesca lideraba. «Maldita sea, no sé si esto funcionará», hablaba en su mente mientras se acercaba a su objetivo «maldición ¿Por qué no le arrebaté esa katana cuando lo vi en el vestíbulo?».

«Vienen hacia mí», analizaba a sus objetivos. «Debo hacer que se canse lo más rápido posible si quiero que el plan funcione».

—Bien, es el momento. —Frank se acercó lo suficiente, pero no iba a ser ella la que diera el golpe—. Tu turno Edd. —Realizó una finta y pasó entre los pies de su adversario mientras que su compañero se dispuso a atacar.

—¡Maldición! —exclamó molesto—. Ese movimiento era tan estúpido que lo descarté por completo, pero... —Shay saltó hacia atrás para evitar el contundente ataque—. Aun así mi plan va sobre la marcha.

—¡Ah! por poco —exclamó Edd al ver que casi acertaba un golpe certero.

—Vamos, solo necesitamos una oportunidad. —No descansó, alzó su cuchillo y se dirigió hacia su enemigo.

—*Let's dance Frank.* —Shay atacaría esta vez, blandía su espada en todas las direcciones posibles, cuando ambas armas chocaron, una lluvia de chispas saltó, el cuchillo y la katana impactaban en diferentes sitios con una increíble velocidad, Shay intentaba llegar a sus piernas, sabía que el don de su enemiga era tan increíble que no podía matarla al menos no en esta batalla, debía cortarle una pierna, tal vez la regeneraría, pero la dejaría incapaz de atacar por un determinado tiempo, necesitaba detenerla y así concentrarse solamente en Edd.

—Déjala en paz. —Edd llegó por la espalda y arremetió con una fuerte tacleada, esta vez Shay no pudo eludir el ataque, voló un par de metros, hasta chocar con la pared; el impacto hizo que empezaran a caer partes de la tramoya colgada en el techo, el fuego lo devoraba todo, el calor que sentían Frank y Edd, era insoportable, las células de la joven se oxigenaban más rápido además de que sus músculos se recuperaban de la fatiga—¡AAAAGH! —por otra parte, Edd.

—¿Qué te sucede? —dijo preocupada al ver a su amigo caer al suelo.

—Me... quema —chillaba por el dolor—. No... no puedo más. —Al ser tan grande su cuerpo necesitaba más oxígeno para funcionar, su metabolismo tan acelerado consumía todas sus energías en poco tiempo todo eso sumado a la gran herida que acarreaba en la espalda, solo era cuestión de tiempo para que cayera.

—No, vamos levántate —Francesca desesperada le retiró la capucha y la máscara para que pudiera ventilarse mejor—, solo tenemos que...

—*JA, JA, JA, JA.* —Shay reía al ver el dilema de sus enemigos, la sangre emanaba de su cabeza debido al gran impacto que recibió, bajaba por todo su rostro, hasta llegar a su boca—. Esto es casi poesía.

—*Bastardo!* —gritó llena de odio Frank mientras ayudaba a su compañero a levantarse.

—¿Qué se siente muchachos? —lentamente se levantaba, apoyándose tanto de la katana como de la *saya*—. ¿Qué se siente haber perdido todo en una noche?

—Infeliz. —Edd escuchaba las crueles palabras de su enemigo, mientras luchaba contra la mortal fatiga.

—¿Cuántos de sus compañeros perdieron hoy? —ya de pie guardó la espada dentro de su funda, se tambaleaba un poco, el impacto lo lastimó de verdad—, seis, ocho, ¿doce? La mayoría asesinados por mí, no es hermoso cuando piensas que las cosas van a salir perfectamente, cuando tienes tantas esperanzas por algo, cuando deseas que las cosas salgan bien, aunque sea una vez en tu vida y pones todo tu empeño en eso, para que al final... —inclinó su cabeza hacia un lado, mientras abría sus mortales ojos—. Venga una sola persona y lo arruine todo, *JA, JA, JA, JA, JA.*

—Ya ¡CÁLLATE! —en un último arranque de furia Edd se puso de pie, impulsado por el enojo y la desesperación se abalanzó sobre Shay.

—Eso es, termina de cansarte —habló en voz baja, no se tomó la molestia de esquivar el ataque, Edd lo tomó fuertemente de su cabello cubierto de sangre seca y de la parte posterior de su saco, con las pocas energías que conservaba, dio un gran giro y lo arrojó como un muñeco de trapo, Shay voló hasta la capota del salón, el impacto fue lo suficientemente fuerte para destruir la debilitada estructura, golpeó la viga de amarre haciendo que esta se desprendiera y cayera junto con las bambalinas, las luces que iluminaban el salón y una que otra barra de metal sobrante de la tramoya, todo esto cayó sobre el cuerpo de Shay cuando se desparramó en el suelo. Hubo un fuerte sonido que fue el preludio del silencio.

—¡EDD! —la joven corrió hasta su agotado amigo que yacía bocabajo en el suelo en medio del fuego, después de tan impactante hazaña—. ¿Estás bien? —preguntó angustiada.

—Lo... lo hice... Frank —dijo con muchísima dificultad—, acabé... con ese monstruo del infierno, ja, ja... cof, cof. —expulsaba sangre de su boca, dio todo de si y hasta más, la herida de su espalda cada vez estaba peor, lo malo de tener una piel más fuerte que el diamante es que tu cuerpo pierde la costumbre de regenerarse.

—Vamos Edd, levántate. —Los ojos de Francesca empezaban a llenarse de lágrimas—. No pued...

—¿Monstruo del infierno? Te equivocas. —Encima de los escombros y el humo una figura se alzó—. Yo soy el mismísimo demonio. —Shay estaba bañado en sangre, su ropa ahora era harapos, tenía diversos cortes por todo su cuerpo; el peor de todos en su antebrazo derecho la herida era tan profunda que se podía ver la blancura del hueso, este hacia contraste con el carmesí que ahora cubría su cuerpo—. Fue un buen ataque. —pasó su mano por su rostro para limpiarse el líquido rojo y después utilizó la sangre para peinar su cabello en dirección hacia la nuca—. Pero no lo suficiente. —Procedió a retirarse lo que quedaba de su saco, para usarlo como limpión quitando la sangre excedente de su rostro y luego lo amarró fuertemente sobre su brazo herido—. Dejé que me agarraras para darles algo... —bajó de los escombros y caminó en dirección a Francesca y Edd.

—No, no, no, no, no. —El llanto de la joven se incrementó mientras negaba tanto con su boca como con su cabeza, sentía miedo e impotencia, una horrible mezcla de sentimientos que no la dejaban reaccionar.

—Ilusión antes de destruirlos por completo. —Shay que ahora parecía muy diferente caminó a través del fuego y los escombros para llegar hasta sus enemigos, caminaba lento pero decidido, su mirada parecía perdida y no reflejaba nada más que oscuridad—. Ya es hora de cortarles las alas.

—No, no puedes —dijo Frank, estaba congelada debido al miedo, contemplaba a esa criatura acercándose a ella, el terror que sentía le negaba el control de su cuerpo, tan solo podía esperar.

—Sí, sí puedo. —al estar lo suficientemente cerca, dio una fuerte patada al mentón de la chica, lo que la hizo caer hacia atrás, alejándose de su vulnerable amigo—. Ya te voy a matar Edd. —De un rápido movimiento introdujo la espada dentro de la gran herida que su débil adversario llevaba en la espalda, cuando se aseguró que la profundidad era la adecuada, empezó a mover el arma de izquierda a derecha haciendo el daño más grave posible.

Los gritos y las lágrimas de Edd, no fueron suficientes para frenar su ejecución, Shay continuaba empeorando cada vez más el daño, órganos, cartílagos, nervios y músculos cada uno destruyéndose creando docenas de hemorragias internas, hasta que sus lágrimas se convirtieron en sangre, el líquido rojo brotaba también por su boca, orejas y nariz, después de unos minutos de tortura dejó de moverse, justo en ese momento su verdugo retiró su arma del interior de su cuerpo, limpió la hoja con los vestigios de su pantalón para después introducirla dentro de su *saya*.

—Pude... pude haberlo matado —Francesca nula lloraba, estaba de rodillas apoyando fuertemente sus brazos contra el suelo—, dos... dos veces. —Las lágrimas caían a montones—. En el parqueadero, pude haberle apuntado a la cabeza, en la recepción pude haberle cortado el cuello y quitado esa maldita espada. —Golpeaba una y otra y otra vez el piso.

—No, no hubieras podido —un par de zapatos negros salpicados con sangre se le colocaron al frente—, ella no te habría dejado.

La muchacha aterrorizada se apartó—*vaffanculo!* —gritó alterada y temblando—. Los has matado a todos, todos mis amigos. —Respiraba fuertemente, su cara era un revoltijo de lágrimas, sudor y cenizas—. Pero no vas a matarme —negaba erráticamente con la cabeza—, no, no lo ha...

—Oh, Francesca, es que no lo entiendes —Shay dio un par de pasos para acercarse a ella—, yo no quiero matarte.

—¡¿Qué?! —quedó atónita por lo escuchado —. Es... es mentira, tú quieres...

—Chica, desde que nos encontramos en ese edificio de coches, pude sentir algo en ti. —Tranquilamente procedió a explicar sus palabras—. Algo que ninguno de tus compañeros... bueno casi ninguno tenía.

—Vete a la mierda. —Apretó fuertemente sus puños, sus ganas de pelear eran impulsadas por la increíble cantidad de ira que tenía dentro de su pecho, no obstante, no estaba en condiciones tanto físicas como mentales para continuar, algo la hacía parar—. Todo... todo se fue a la mierda

—¿Cuántas personas has matado? —Shay le preguntó—. Solo hoy Francesca, he encontrado docenas de cadáveres. —Caminaba alrededor de ella—. Padres, hijos, gente con un futuro, con un propósito en la vida y tú y tu grupo los han matado.

—Ja, ja, ja, ja —soltó una pequeña risa, una risa combinada con algo de llanto, le hacía perder el aliento—. ¿Qué mierda te crees? No eres diferente a mí. ¿Cuántas has matado tú? —alzó su cabeza y lo miró a los ojos—. Asesinaste aquellas personas en el parqueadero, a mis compañeros y sigues con tu maldita actitud de comediante. —Lentamente se levantó—. Eres una mierda al igual que yo, al igual que esta ciudad, eres... eres tóxico. —poco a poco sentía que volvían sus fuerzas, la ira era su arma en ese momento—. En serio crees que lo que tú me puedas decir tendrá algún reparo en mí, ¿eh? —apretó fuertemente su puño derecho y con todas sus fuerzas golpeó el rostro de su enemigo—. Lo que hice, lo hice por compromiso, por una misión.

El golpe fue directo a su mentón, él ni siquiera se movió—ja, la misma historia cliché de mierda —sonrió—, tienes la cabeza tan metida en el barro que ya ni eres capaz de sacarla por ti sola. —Empujó fuertemente a Frank que al no poder controlar sus pies volvió al suelo—. Sigues tanto esa maldita idea, prefiero reír que llorar al ver la incompetencia de este mundo, ¿alguna vez te han dicho por qué haces esta mierda? ¿Por qué matar? ¿Por qué atacar un evento público? ¿Por qué robar una maldita katana?

—Para... para salvar a la ciudad —respondió casi al instante. Ella sabía que era para lograr un bien mayor, una misión <<santa>>

—¡*JA, JA, JA, JA, JA!* —soltó una enorme risotada—. ¿En serio esa fue tu respuesta? Crees tanto en esa mierda, que si te dijeran que saltaras de un puto risco, ¿lo harías? —Shay se le acercó, se puso de rodillas y muy cerca del rostro de la joven añadió—: ¿Lo harías? —hubo silencio, Frank ni se atrevía a hacer contacto visual—. Cuantas cosas has hecho, cuantas personas habrás matado, peleando una guerra estúpida —se puso de pie y comenzó a alejarse—, no puedo creer que pensé que era diferente, su mente es igual de débil que todas las demás, actúa como si le hubieran lavado el cerebro, como si... —dejó de caminar, sus ojos se abrieron y una mórbida sonrisa se dibujó en su rostro. Acababa de caer en la cuenta, una violenta risa salió desde lo más profundo de su laringe—, ahora... *JA, JA, JA,* ahora lo veo —la risa era tan fuerte que llenaba el salón—, es tan simple —se volteó nuevamente hacia la muchacha—, es... es amor.

Francesca se puso aún más blanca, el latido de su corazón se aceleró, podía sentir su yugular tratando de salir de su cuello empapado de sudor—¿qué estas...?

—Cómo no me di cuenta —dijo sonriendo —. Se nota a leguas en tus ojos. —Él se tiró al suelo, muerto de la risa—. Has seguido, has matado solo... solo por amor, *JA, JA, JA, JA.*

La joven temblaba al escuchar las palabras de su enemigo. «Maldita sea», mentalmente hablaba. «Quiero matarlo, quiero acabar con él, pero es como si mi cuerpo no respondiera, o es que en el fondo ¿me ha destrozado que haya descubierto la verdad?», agachó su cabeza. «Barry me salvó». Las memorias pasaban apresuradamente por sus ojos. «Al principio me reusé a ayudarlo y solo me impulsaba mi deseo de vengarme de los que me contaminaron, pero después... A medida que pasaba el tiempo, empecé, empecé a sentir algo». Se colocó en posición fetal, abrazando fuertemente sus piernas. «En verdad ¿hice todo esto porque quería salvar a la ciudad? o ¿fue por qué mi amor me ahogó en una cruzada de la que no pude escapar?». El corazón se le quería salir del pecho, un dolor agudo atravesó su garganta, sus ojos eran lo único que podía mover a libertar. «¿Será que Bar...? ¿Dónde está Barry?». Al alzar la mirada y buscar al joven inconsciente en la tarima en donde su fallecido amigo lo dejó, se percató de que él ya no estaba ahí.

—Te doy un consejo —Shay retomó la palabra—, márchate con tu familia, pasa tiempo con ellos. —Se levantó del suelo y retornó a ella—. Pero si de verdad quieres ayudar a salvar a la ciudad —le tendió su mano—, ven conmigo y te diré la mejor forma de hacer un cambio aquí, en vez de estar matando a gente que no se lo merece. ¿Qué dices? —Francesca no dio respuesta alguna solo se quedó mirando al vacío sin emitir ningún sonido—. Vamos, Frank responde —dijo molesto—, este sitio se está yendo a la mier...

—"¡SHIN!" —un horrible estruendo impidió que Shay terminara su oración, este vino acompañado de unas fuertes luces que iluminaron todo a su alrededor.

—Genial. —Shay pudo frenar el ataque que iba hacia él con ayuda de la *saya* la cual absorbió el impacto—. Otro con rayitos.

—¡TÚ! —Barry pronunció entre dientes—. No sé quién eres... —la ira que irradiaba era tan enorme que los rayos anteriormente azules que desprendía ahora eran anaranjados—. Pero seguramente eres el causante de todo esto.

—Ah, tú eres el que hablaba como predicador de quinta antes de que te golpeara con una patada en toda la boca, eso fue ¡ASHTONICO!

—¡DAME ESA KATANA! —Bart lanzó un poderoso rayo de energía directo a la cabeza de Shay, pero él tuvo la velocidad suficiente como para esquivarlo dando un gran salto hacia atrás—. Has arruinado todo —Bart seguía con sus ataques—, me has dejado en ridículo.

—No se te olvide que acabé con tus malditos esclavos. —Sonrió burlándose de su adversario, para hacerlo enojar aún más.

—¡MONSTRUO! —Gritó a todo pulmón—. Eso no te pertenece.

—Lo siento no vi tu nombre escrito en ella —respondió sarcásticamente mientras colocaba la katana sobre su palma izquierda y hacia equilibrio con ella—. Además, ella apareció en el baúl de un amigo, creo que le pertenece a él y me deja usarla los fines de semana.

—Se suponía que nadie debía saber de su existencia. —Apretó los puños y dientes conteniendo su enojo—. Yo era el único que... —su cuerpo temblaba, la enorme cantidad de energía emanaba fuera de su cuerpo, los rayos danzaban errantemente alrededor de él—. ¡EL UNICO QUE MERECÍA TENERLA! —explotó, la gran energía que aumentaba debido a sus sentimientos fue expulsada de todo su cuerpo, mandando a volar a Frank, Shay y al mismísimo Bart.

—Maldición. —Shay estaba tirado en el suelo, rodeado por el fuego y una gruesa capa de humo, producida por el ataque—. Este imbécil necesita clases de control de la ira. —Miró la herida de su brazo, la sangre escurría a través del trapo, comprobó la movilidad de su extremidad, le dolía como el infierno, pero podía soportarlo y en ese momento se percató—. ¿Dónde está? —se levantó de golpe, desesperado buscaba a su alrededor—. Maldición, debí soltarla por la explosión —fue la única explicación que pudo hallar—. Debo encontrarla antes que...

—¡MUERE! —Bart atacó por sorpresa, llegando desde el aire, no le dio tiempo de evadirlo—. Te cortaré la cabeza con la espada y me la llevaré.

—¿Qué es esto? —preguntó al recibir el golpe—. ¿El día de destruir a Shay?

—No mereces ese poder —puso su pie encima del pecho de su contrincante—, cuando tenga la katana la usaré para salvar esta moribunda ciudad.

—¿Qué está pasando? —Frank apenas despertó, la onda explosiva hizo que se golpeara fuertemente con un pedazo de escombro—. Barr... ¡AAAAAAAH! — soltó un gran chillido, Por reflejo coloco su brazo contra su pecho, mientras dormía su extremidad fue devorada por el fuego—. Mierda. —Tenía una horrible quemadura la carne estaba roja, chamuscada y con vejigas, pero no pasó más de diez segundos y su piel ya empezaba regenerarse, ella se daba cuenta de eso, siempre le ha dado asco ver como las grandes heridas que recibía se curaban en segundos o minutos. Dependiendo de la gravedad la velocidad de su regeneración variaba, aunque si ella se provocaba las heridas estas sanaban con la velocidad de una persona normal y podían dejar cicatrices, fue una lección que aprendió a las malas, pero era un precio razonable a pagar—. A pesar de todo tu nunca me fallarás —dijo para si misma mientras apretaba la extremidad, se puso de pie y observó como el antes lujoso salón ahora era una zona de guerra, caos y muerte con el fuego danzando alrededor de los escombros devorándolo todo, solo era cuestión de tiempo para que se derrumbara o se quemara completamente, a lo lejos divisó la figura de Bart peleando contra Shay en la otra esquina del salón, pensó en ir a ayudar a su líder, pero le tomó mucho tiempo, un par de vigas cayeron del techo, lo que la obligó a dar un salto para no quedar aplastada—. Maldita sea. —perdió de vista a los dos peleadores—. Tengo que... —desesperada por llegar al otro lado se dispuso a subir los trozos de concreto y metal retorcidos, sin embargo—. Tengo que... —al instante se detuvo, algo cambió dentro de ella, todas sus ganas, todas las energías de querer ayudar a su líder se marcharon, quedó completamente estática—. mejor... mejor me largo de aquí. —Sentía un gran peso no solo sobre su espalda también sobre su mente, ha sido una larga noche y en ese momento deseaba descansar, dio media vuelta y empezó a buscar la salida, caminaba enterrada en sus pensamientos sus pasos se sentían pesados y lentos, lo único que quería era llegar a su hogar.

—Fran... cesca. —La joven dio un pequeño salto al escuchar su nombre, pero aquella débil voz le resultaba familiar, se dio la tarea de buscar de dónde provenía—. Aquí, cerca de la pared —estaba el moribundo detective, las llamaradas le rodeaban a una distancia considerable como si de una forma intentaran protegerlo y no quemarlo.

—Señor Eobard. —Se dirigió velozmente hasta él—. ¡Está vivo!

—Sí, aunque en estos momentos sinceramente preferiría no estarlo —comentó débilmente, pero con cierta burla.

—Ha perdido mucha sangre, la herida es profunda, debo hacer presión. —retiró su chaqueta y se dispuso a amarrarla al torso del detective, para intentar parar el sangrado.

—Sí, bueno... ¡agh! —se quejó al sentir la presión del amarre—, todo fue gracias a tu amiga.

—Ja, ja —soltó una pequeña risa nerviosa—. Si sirve de algo, no somos muy amigas que digamos, tengo que sacarlo de aquí. —Tomó fuertemente el brazo del hombre y estando en la posición más adecuada para no lastimarlo lo levantó y empezó a llevarlo hasta la salida.

—¿Qué... que haces aquí Francesca? —preguntó decepcionado el moribundo Eobard.

—Sabe algo detective —dio un último vistazo al infierno que estaba a sus espaldas, todo demolido y quemado, miró fijamente hacia un pequeño montículo, rodeada de todo ese caos y destrucción pudo ver aquel objeto que tantos problemas había provocado—. Ahora mismo ni yo lo sé. —Los dos empezaron a caminar hacia el oscuro pasillo fuera de ese horrible lugar.

—Uf, hace cosquillas. —Shay sentía los miles de voltios atravesando su cuerpo, una y otra vez, el dolor era intenso y no cesaba.

—Mataste a todos mis amigos, acabaste con sus esperanzas. —Bart colocaba sus manos contra el pecho de su enemigo expulsando toda su energía.

—¿Amigos? ¿Esperanzas? Y a mí me dicen loco.

—¡CÁLLATE! —gritó—. Tú no sabes lo que hemos pasado, somos marginados, hijos de la calle, rechazados por ser diferentes, yo les di una oportunidad, un camino. —Bart empezaba a llorar, de repente hubo otro temblor, nuevos pedazos de concreto y metal cayeron entre ellos dos, Bart tuvo que parar su llanto y esquivar los escombros, por otra parte, esto le dio la oportunidad a Shay de salir del alcance de su enemigo—. Ah, maldita sea. —El material al impactar contra el suelo se hizo añicos, creando una espesa nube de tierra.

—No eres un salvador, ni mucho menos un mesías, condenaste a todos esos muchachos embarcándolos en tu propia cruzada —Shay hablaba desde la lejanía.

—¡NO ES CIERTO! —gritó Bart—. Yo los ayudé, les di un techo, un camino.

—Oh, sí claro —Regulaba la potencia de su voz para engañar a su enemigo, su principal objetivo era recuperar su arma—, tanto los ayudaste y mira como acabaron ¡MUERTOS!

Shay escuchaba los monstruosos gritos y veía los rayos a la distancia de su escondite, tenía que encontrar la katana para acabar con todo de una vez y para siempre.

Se arrastraba a través de los escombros y se movía rápidamente por el fuego, aunque su plan era volver iracundo a su enemigo, para matarlo una vez que pierda el control total, esto no estaba saliendo del todo bien, Bart era demasiado poderoso, lo superaba por completo y eso lo ponía nervioso.

—Tu dichoso plan era una mierda. —Hacía tiempo con sus comentarios—. ¿Asustar a los ricos, poderosos, filántropos y policías?, la única gente que invierte algo en esta tronera de mierda.

—Las personas ricas son corruptas —argumentó agitado—. Se la pasan robando, malgastando, pensando solamente en ellos dejando a los pobres y necesitados sin nada.

—Vaya amigo tú y yo tenemos tanto en común. —Shay hizo alegoría con su sarcasmo, atravesó una cortina de fuego y a un par de metros sobre un montículo de metal y concreto estaba enterrada la katana—. Bingo. —Desde ahí era un solo tiro sin retorno, tenía que pensar bien sus movimientos y cuando hacerlos, debía ser rápido un ataque más de su enemigo y podría ser su fin.

—No has visto lo que yo he visto, no has vivido lo que yo he vivido. —Sentía una gran cólera, Las lágrimas volvían a derramarse de sus ojos, mientras en su mente llegaban horribles recuerdos, un nudo se hacía en su garganta, era el preludio de la gran explosión de energía que acumulaba, apretó los puños, el temblor de su cuerpo vino acompañado con el rechinar de sus dientes—. ¡SAL DE UNA VEZ! —nuevamente explotó, el eco resonaba por el salón destruido, los rayos y el fuego se apareaban en medio de una danza caótica, como azares del destino debido a la concentración de ataques el salón tuvo un pequeño terremoto con la mala suerte de destruir la poca cobertura que Shay tenía en ese momento—. Ahí estás bastardo —dijo al haberlo encontrado, ahora sin escondite él era un blanco fácil, Bart atacó.

—Ah, maldito desarrollo de historia —refunfuñó, ya no tenía refugio donde ocultarse, la única opción que tenía era correr y arrancar la espada.

—¿A dónde vas? — Extrañado observaba a su enemigo huir, pero prontamente supo a donde se dirigía—¡LA KATANA! —gritó alarmado al verla y sin pensarlo dos veces se unió a la carrera.

—¡MIEEEERDAAAAAA! —Shay sentía sus pasos atrás de él además de los rayos que intentaban detenerlo.

—Detente ahora—exclamaba Bart desesperado—, eso me pertenece.

—Ya, ya casi —Shay dio un gran salto para llegar al montículo, agarró la katana con su mano derecha, pero llevaba demasiada velocidad, no pudo sostenerla por mucho tiempo. giró un par de veces antes de detenerse por completo.

—¡ES MIA! —gritó Bart emocionado al verla deslizarse sobre el destruido suelo.

—No lo creo amigo. —Shay se levantó y se propuso a agarrarla esta vez.

Ambos dieron todo de sí, corriendo por el tan preciado objeto. Pedazos de escombros caían del techo, pero a ellos dos no les importaba—¡SUÉLTALA! ¡NO TE PERTENECE! —la tomaron entre sus manos al mismo tiempo, tanto era su desesperación por tal objeto que no se daban cuenta de lo que estaba pasando, los dos empezaron a desprender un tipo de energía desde su interior, la que emanaba de Shay tenía un color rojo escarlata y la otra que provenía de Bart era de un color azul oscuro, ambas ondas danzaban alrededor antes de ser consumidas por la espada—. ¡ES UNA HERRAMIENTA!

—¡ES UN ARMA! —el cúmulo de energía era demasiado, la katana comenzó a emanar una fuerte luz.

—¿Qué demonios? —anonadado Bart contempló el extraño evento, lo que lo distrajo de la pelea, dándole la oportunidad a Shay que le acertó un zurdazo directo a la cara, el golpe hizo que perdiera terreno, soltó la espada, Shay la sacó de su funda y la blandió en señal de victoria con una gran sonrisa en el rostro, apuntó a la cabeza de su contrincante dio un par de pasos y se preparó para el golpe final, dispuesto a decapitarlo con un solo tajazo, pero no fue certero, pudo haber sido debido al cansancio, a la monumental pérdida de sangre o tal vez al destino.

Bart chilló de dolor, el golpe no fue mortal, pero logró marcar una gran línea que cruzaba su cara desde la cien hasta el mentón justo del lado contrario de su cicatriz—bas... bastardo —cayó de rodillas, oprimía fuertemente la herida la cual emanaba una considerable cantidad de sangre.

—Lo ves, no vas a poder quitármela. —Se tambaleaba, usaba sus últimas energías, el calor y el humo ya casi lo ahogaban—. Lo has jodido todo, debes aceptar que todas las ideas que has tenido. —Dio un par de pasos para acercarse a su enemigo—. Fueron una mierda.

Hubo silencio, Bart continuaba tendido en el suelo derramando sangre, el fuego ya se empezaba a consumir, pero era cuestión de minutos para que el lugar se derrumbara—bueno, mejor que acabemos con esto, porque ya se va a terminar el libro. —Alzó la katana, esta vez si iba a dar un tajo certero.

—Yo... es... des... —Bart derribado en el suelo empezó a murmurar.

—¿Dijiste algo? —Shay curioso detuvo su ataque y preguntó.

—Yo... esto... desti... —Esta vez habló un poco más fuerte sin embargo no dejaba nada claro.

—¿Estás diciendo tus últimas palabras o que mierda?

—Dije: ¡YO ESTOY ¡DESTINADO! —Bart no quería darse aún por vencido atacó por sorpresa lanzando una poderosa ráfaga de energía que acertó justo en el desprevenido Shay—. Es mi destino. —Los rayos derretían su piel y sus órganos poco a poco se deterioraban debido al voltaje.

—Tú no sabes cuándo rendirte. —El dolor era más agudo y mortal, cayó de rodillas—. No sabes... —la electricidad recorría todas sus terminales nerviosas. Los latidos de su corazón se hacían irregulares y sus neuronas se fundían debido a la presión, un humano normal hubiera muerto al segundo, pero Shay no era normal algo en él lo hacía seguir peleando y la katana potenciaba aún más todas sus habilidades—. LA KATANA... —agarró fuertemente el *tsuka* de la espada y sorprendentemente se puso de pie, soltó la *saya*, los rayos dejaban de pasar por su cuerpo para irse directamente al arma que empuñaba con ambas manos, él sonrió la conexión que había desarrollado con la misteriosa arma ya estaba completa, desde ese momento, ya no se separarían—. ME HA ELEGIDO A MI. —Shay dio una estocada al aire en dirección hacia su enemigo y de repente toda la energía que acumuló fue redireccionada y multiplicada.

—¡AAAAAAAAH! —el poderoso y mortal rayo que ahora poseía un color rojo como la sangre impactó directo al pecho de Bart, el voltaje emitía un sonido atemorizante que ahogaba sus gritos.

—¡LARGO DE AQUÍ! —Shay lanzó con todas sus fuerzas a Bart y con ayuda del potente rayo lo mandó hacia arriba.

El ataque hizo que atravesara el debilitado y casi destruido techo del salón, después pasó al ático en donde descansaban los cadáveres de algunos de sus seguidores y finalmente reventó la maciza cubierta de la azotea, pero él no se detenía, el mortal rayo se convirtió en una calamitosa onda que lo elevaba más alto que cualquier rascacielos de la ciudad, sin nada que poder hacer él solo seguía subiendo y de pronto el aparatoso poder cesó.

—¡NOOOOO! —Bart cayó desde una monstruosa altura, un pequeño punto en medio del oscuro y siniestro cielo, el ataque lo alejó unos cuantos metros de la alcaldía. No iba a volver a caer allí, la katana se había asegurado de eso, iba directo a aquel gran barranco que yacía detrás del edificio, era antiguo, aquella obra de la naturaleza fue el resultado de un monstruoso terremoto que sucedió cuatrocientos años atrás. Sus ojos inyectados en la más negra furia veían como la luz se iba convirtiendo en oscuridad al caer más y más en aquel inhóspito lugar.

Shay contemplaba el agujero por el que había visto desaparecer a su ultimo enemigo, estaba inmóvil en medio de la destrucción, con la mirada perdida y la boca abierta, las gotas de saliva se derramaban por un extremo, pero de repente se asomó aquella sonrisa tan característica suya, sus ojos volvieron a brillar en rojo—¡ASHTONICO! —gritó emocionado, era el ganador del combate—. Menos mal que ya terminó —dijo mientras retomaba su compostura—, desde hace diez minutos me entraron ganas de cagar. —Examinó el panorama alrededor suyo todo el sitio estaba destrozado y quemado al borde del colapso—. Vaya, pobre el infeliz que le toque limpiar esto. —Examinó detalladamente a la katana la cual había sido su compañera, estando a su lado toda la noche, permanecía impecable, sin ningún rasguño o desgaste—. Tú me ayudarás a limpiar toda la mierda de esta ciudad. —Le dio un beso al *sori* en el medio de la hoja, sin darse cuenta su labio superior rozó el *hasaki* lo que provocó un pequeño corte—. ¡Auch! —exclamó—. Oh, veo que no eres una chica fácil, eso me gusta. —La guardó en su *saya* y empezó su recorrido hacia la salida, atravesaba los escombros y sin ninguna razón dio un pequeño salto lo que conllevó a unas fuertes ganas de cantar— *"It's sniffing me, chasing me and screaming around…"* —empezó a bailar como si nada hubiese pasado, llegando finalmente a la salida del salón—. *"It's transforming me, corrupting me from inside and killing myself for free…"*

Dio un doble giro hacia la derecha, llegando al pasillo donde su padre… en donde el padre de Ignacio murió y grata fue su sorpresa al no encontrar el cadáver—. *"I feel my spine stir and my brain turning into broth, my humanity fades away and he takes it on a tray..."* —en su emoción no sintió el gran estruendo, el salón se había derrumbado finalmente—. *"Cause i don't Have a soul, hell yeah! Hell yeah!* —y sin previo aviso, se detuvo—. Oh, casi lo olvido. —Estaba en medio de dos caminos, el de la derecha lo llevaría a las escaleras para bajar a la primera planta y por fin salir de la alcaldía, sin embargo, tomó el de la izquierda otro largo pasillo que lo llevaría a los cuartos de limpieza—. Tengo que recoger una última... cosa aquí. —Se alejaba por el corredor hasta detenerse al frente de una pequeña puerta. Giró la perilla, dio media vuelta y añadió—: Hasta aquí llegamos por hoy, ahora toca el epílogo. —Entró en ese oscuro cuarto y lo último que se escuchó fue el rechinar de la puerta.

EPÍLOGO

EMILIA

*H**asta ahora no se ha encontrado ningún responsable de los hechos ocurridos en la alcaldía. Las autoridades están haciendo esfuerzos sobrehumanos para encontrar a los culpables. Ignacio Catricofk, hijo pródigo de la ciudad, cuyo padre falleció en el incidente, dará una rueda de prensa esta tarde a las afueras de su edificio...*

Apagó la televisión, miraba a través de la ventana las gotas de una fría lluvia que caían al otro lado del vidrio. Su única compañía en aquella oscura habitación de hospital eran las cicatrices que todavía su cuerpo no había sanado, y el sonido de aquella máquina de soporte vital que Eobard estaba utilizando. Dio media vuelta, su rostro estaba lleno de preocupación al ver a su amado postrado en aquella cama—. Eobard. —Se acercó y le tomó delicadamente de la mano.

Hace tres días se enteró de la situación, en esos tres días no se había marchado de aquel cuarto—despierta, por favor. —Estaba cansada, había pasado mucho tiempo. Si no regresaba a su lugar de origen pronto algo muy malo podría pasar, pero eso no le importaba ahora, acarició suavemente el cabello del detective y le dio un tierno beso en la frente para finalmente regresar a la ventana.

—Emilia. —La joven mujer se sorprendió al escuchar su nombre. Esperanzada en que su amado hubiese despertado, dio vuelta, pero desagradable fue su sorpresa al ver que no era él.

—¿Secellus, que estás haciendo aquí?

—Tenemos que hablar —él caminó hasta ella —¿es cierto lo escrito en tu carta? —Introdujo sus dedos dentro de su larga barba y de ella sacó un sobre.

—Sí. —La muchacha, decepcionada, se limitó a una respuesta corta

—Han pasado más de catorce años desde que lo vi. —El hombrecillo caminó a través de la habitación y tomó asiento en el sillón puesto para los visitantes—. Esto se ha vuelto aún más complicado.

Emilia observó a Eobard postrado en aquella cama, apretó fuertemente sus manos y dijo—: No sabes cuánto.

SHAY

La gente hablaba en voz baja, los fotógrafos tomaban fotos y la policía resguardaban la zona. Las nubes tapaban el sol y la tarde era fresca. El reloj de la torre Catricofk marcaba las cuatro de la tarde. La rueda de prensa estaba a punto de empezar.

Las puertas de la torre se abrieron, los flashes de las cámaras empezaron a brillar, él se acercó al pedestal y habló a través de los micrófonos—esta semana ha sido muy amarga para mí—confesó—, sufrí un ataque el cual me ha dejado con graves heridas en el cuerpo. —Recogió la manga derecha de su saco y mostró la gran herida ahora suturada—. Mi padre ha muerto, asesinado por un grupo de rebeldes auto proclamados como <<salvadores>>, pero no estoy aquí para victimizarme, aquí frente a ustedes, he decidido que desde hoy empresas Catricofk junto a la unidad policial de esta ciudad, se unirán para crear la primera fuerza policial en contra de grupos de personas con habilidades especiales —Los gritos y las palmas resonaban en compañía de los flashes de las cámaras—. Prometo, que juntos acabaremos con tales nefastos seres y haremos de esta ciudad un lugar mucho mejor.

Al terminar sus palabras, el joven dio media vuelta y comenzó a retornar a su edificio, dejando atrás al montón de gente, se detuvo enfrente de las puertas de cristal. En el reflejo se pudieron observar unos filosos dientes que crecían y también un par de ojos cada vez más rojos—. Mucho me temo que así será, *ja, ja, ja, ja.*

BARTHOLOMEO

La caída fue larga e interminable; no recuerda el momento en que tocó suelo, pudieron haber pasado solo horas, días o tal vez semanas.

La ciudad era el epicentro de grandes fábricas industriales, estas creaban enormes cantidades de residuos cada día. Algunas fábricas sabían el enorme impacto ambiental que causaban sus desechos así que trataban en lo posible de manejar sus residuos, sin embargo, a muchas otras esto no les importaba en lo más mínimo; algunas desechaban estos productos en el mar mientras que otras los arrojaban en ese profundo barranco; Al final no existía vida ahí abajo, ni nadie que se quejara por lo que estaban haciendo. Enormes charcos convivían justo en el fondo de ese morrocotudo agujero. Por años, se mezclaban y revolvían en menjunjes cada vez más hediondos e infectos; la tierra era negra, muerta y estéril. ¿Qué efectos tendrían a corto plazo? Ninguno. Por eso no se preocupaban, pero, a la larga, ¿qué nefastas consecuencias traerían? Por el momento solo podían teorizar. El impacto contra el suelo le hizo caer en un profundo letargo, pero ya era hora de despertar. Levantó su rostro que estuvo en contacto con los extraños líquidos que vivían ahí, pudo ver su reflejo, las sustancias creaban cierto brillo que iluminaba tenuemente, pero no se reconoció, ahora era... diferente.

Lentamente se puso de pie y como un niño temeroso, empezó a caminar a través del enorme acantilado olvidado por todos. Sin ningún destino aparente, sus pies pasaban por los numerosos charcos de agua burbujeante, pero a él no le importaba; poco a poco volvían sus memorias, recordaba los sucesos que lo trajeron a ese lugar. Su rostro expresaba los más oscuros sentimientos de desesperación, rabia, odio y solamente pronunció una palabra—: Venganza.

www.ingramcontent.com/pod-product-compliance
Lightning Source LLC
LaVergne TN
LVHW091536060526
838200LV00036B/632